개야소야도

개야소야도

문성배 장편소설

voiceprint

추천의 글

채수일 ● 전 한신대학교 총장

1970년대 한국 사회는 박정희 개발독재가 절정에 달했던 시대였습니다. 삼선개헌, 유신체제, 위수령과 긴급조치 등으로 인권이 유린되고, 민주주의를 향한 민중의 염원이 중앙정보부와 경찰 등 공권력에 무참히 짓밟혔습니다. 언론이 틀어막히고, 양심적인 언론인이 대거 해고되었습니다. 비판적인 지식인은 대학과 직장에서 쫓겨났습니다. 대학생들의 항거도 정보요원들에게 감시받았고, 소위 프락치를 심어 대학 사회를 분열시켰을 뿐만 아니라, 녹화사업이라는 이름으로 학생운동에 참여한 학생들을 강제 입영시켰습니다. 비판적인 사람들을 빨갱이로 몰아 구속하고 고문하고 중형으로 몰았습니다. 가족 중에 단 한 사람이라도 빨갱이 전적이 있다고 의심되는 사람은 감시받으면서 정신적 고통은 물론 실제적인 불이익을 당했습니다. 이른바 '연좌제'입니다. 이처럼 정치적 반대자를 이념적으로 색칠하여 정권을 유지하면서 국민을 분열 통치하려는 권력자들의 행태는 참으로 유감스럽게도 지금까지 유지되고 있습니다.

그러나 박정희의 죽음 이후 5·18 광주민주화운동, 6월 항쟁과 직선제 개헌, 박근혜 탄핵과 촛불 혁명 등에 이르기까지 반세기에 걸친 한국 민중의 저항과 민주화 과정은 절차적 민주주의를 어느 정도 성취했습니다. 한국은 근대화와 민주화를 동시에 이룬 흔하지 않은 국가로 세계로부터 주목받았습니다. 그러나 지난 12월 3일에 일어난 윤석열 정권의 내란은 여전히 한국의 민주주의가 허약하고 온전하게 뿌리내리지 못했다는 것을 잘 보여주었습니다. 그런데도 6시간 만에 내란을 막아낸 한국 민중의 저력과 정치적 책임 의식은 다시 한 번 세계를 놀라게 했습니다.

이것은 우리 민중이 아픈 역사를 잊지 않았다는 증거입니다. 스페인계 미국 철학자 '조지 산타야나(George Santayana, 1863-1952)'는 이렇게 말했습니다. "과거를 기억하지 못하는 사람들은 과거를 다시 반복하도록 심판받았다."

저는 저자 문성배의 친구이면서, 신학을 공부한 목사입니다. 문학에 문외한인 제가 추천사를 쓰는 것은 작품의 배경이 된 지역의 역사를 함께 경험했기 때문입니다. 1970년대 한국 사회를 반영한 소설에는 황석영의 「삼포 가는 길」, 이문구의 「우리 동네」, 박경리의 「토지」, 조정래의 「황토」, 김원일의 「노을」, 윤흥길의 「장마」 등 빛나는 작품이 많이 있습니다. 이 소설들은 산업화와 도시화의 그늘, 농촌의 붕괴와 도시 빈민과 노동자들의 고통스러운 삶, 분단의 비극과 통일 염원, 개발독재 비판을 그 내용으로 하고 있습니다.

작가 문성배의 소설은 70년대 대학생들의 사랑과 학생운동의 역사와 거기에 깃든 한국사의 깊은 그늘, 분단과 형제 전쟁, 남북의 군사적 대결, 통치 수단으로 악용된 반공법, 조작된 간첩 사건과 연좌제로 고통받은 개야소야도 친구들 이야기입니다. 반세기가 넘은 과거 이야기이지만, 1970년대를 함께 겪은 이들에게는 여전히 살아있는 이야기이고, 겪지 않은 세대에게는 오래된 이야기이지만, 기억과 전망을 통해 새로운 역사를 만들어가는 독자들과 감동을 나누고 싶어 감히 추천합니다.

차례

추천의 글　4

좋은 시절　11
이이제이(以夷制夷)　19
개야소야도 이야기　33
쿠데타와 신식민주의　47
J 무역주식회사　75
격변의 시대　87
20년 후　291

작가의 말　302

봄바람이 살랑거리는 교정의 점심시간, 새내기 중학생들은 자기들 몸 치수보다 조금 커 보이는 교복을 입고 있었고, 새로 새긴 이름표엔 새내기임을 표시하는 듯 각자의 이름이 선명하였다. 넓은 교정에는 주로 신입생들이 놀고 있었다. 상급생들은 고등학교 입학시험에 대비하여 공부해야 했지만, 간혹 교정의 후미진 곳에서는 상급생들이 옹기종기 모여 담배를 빨기도 하고, 어떤 패거리는 소주를 한두 병 사 들고 와서 돌아가며 병나발을 불며 키득거렸다.

1학년 4반인 대섭, 창호, 관식, 성식, 정수, 홍섭, 수일, 정렬 등은 각각 출신 학교와 관계없이 불과 며칠 만에 친해져서 같이 놀기도 하고, 티격태격하기도 하고, 동전 한 푼 가진 녀석이 풀빵이라도 몇 개 사면 서로 빼앗아 먹으려고 전투를 벌이기도 하는 친구들이 되었다. 사실 군산은 인구 10여만의 지방 소도시여서 너나 할 것 없이 쉽게 친구가 될 것 같은 친화력이 있는 곳처럼 보이지만, 어릴 때부터 동네별로 알력이 있어서 다른 동네 녀석들과는 패싸움을 자주 하는 다소 배타적인 도시처럼 보이기도 했다.

김성식은 군산 중국민학교 출신이다. 차정수, 박수일과 함께 군산 중국민학교를 졸업한 동창생으로 군산 북서중학교에 당당히 시험을 치르고 합격해서 입학하였다. 군산에서는 군산중학교가 일류학교로 분류되었는데, 일제의 강점기 시절에 일본인 자제들이 주로 다니던 학교였다. 비교적 넓은 부지에 시설이 훌륭한 학교로서 모두 군산중학교에 입학하기를 소망했기 때문에 입학 경쟁률도 쟁쟁하였다. 반면 군산 북서중학교는 '걸레북서중'이라는 별칭이 붙은 신생 중학교였다. 군산의 중심지에 있는 사립학교였지만 야간 중학교까지 있었기 때문에 비교적 집안 형편이 여의치 못한 학생들이 소소한 일자리를 찾아 돈을 벌기도 하며 공부하고자 입학하기도 하였고, 김성식과 박수일같이 비교적 공부를 잘하는 학생들은 학교에서 제공하는 특대생 혜택을 누리며 중학을 마칠 수 있다는 장점 때문에 입학하기도 하였다.

군산 북서중학교에 걸레북서중이란 별칭이 붙은 이유는 추측건대 삼류 학교이기도 하였고, 또 야간부가 있어서 유난히 가난한 학생이 많아서 생긴 현상이기도 하다. 사실 중학교에 걸레라는 별칭이 붙는다는 것이 조금 이상하기도 하지만, 국민학교 때도 중국민학교를 '거지 떼'라고 칭하기도 했으며, 산국민학교는 '쪽빠리 떼'로 불리기도 했다. 중국민학교는 학생 수가 5,000여 명이나 되는 대형 학교이기도 하였고, 군산역을 중심으로 하는 중앙로와 개복동 그리고 변두리 산동네의 빈민촌 자제가 많이 입학하였는데, 중앙로 지역에 사는 부유한 집안의 학생도 많이 있었지만 변두리 산동네의 학생이 대다수였고, 가난하고 남루한 모습의 상당수는 밥을 굶고 학교에 다니고 있었다. 반면 산국민학교는 중앙로3가 쪽과 영화동 등 일제강점기 시절 일본인이나 일본인에게 협조하며 지냈을 법한 친일 세력이 많이 살았던 동네를 기반으로 한 부촌의 학교였다. 학생들은 비교적 깨끗하게 차려입었으며, 얼굴은 광채가 나는 듯하였다. 그 밖에 농촌 지역에 있는 신풍국민학교, 미룡국민학교, 문창국민학교 등 도시와 농어촌이 그리고 도시에서도 부촌과 빈촌이 구별되는 구조였다.

군산 시내에서는 국민학교 축구대회와 야구대회가 자주 열렸는데, 경기가 있을 때면 대규모 응원전이 벌어지며 상대 학교를 야유하고는 하였다. 북소리에 맞춰 "둥둥둥둥, 중~ 중~ 거지 떼들아! 깡통을 옆에 차고 앞으로! 앞으로!"라는 야유로 군산 산국민학교에서 떼창을 하며 약을 올리면, 이에 뒤질세라 군산 중국민학교 응원단은 "둥둥둥둥, 야~ 야~ 쪽바리들아! 야~ 야~ 쪽바리들아! 쪽쪽 쪽바리!"라고 화답하고는 하였다. 시합 때마다 응원전은 치열하였지만, 우승은 언제나 학생 수가 절대다수로 많았으며 헝그리 정신이 강했던 중국민학교가 차지하였다. 그래서 중국민학교 학생들은 '거지 떼'란 별칭을 싫어하지도 않았으며, 수치스럽게 생각하지도 않는 것 같았다.

국민학교 때는 이렇게 아옹다옹하던 친구들이었지만 중학생이 되어 같은 학급에 편성되자 불과 한두 주 사이에 친구가 되었고, 친구의 입에 들어가고 있는 풀빵도 낚아채 먹는 사이가 된 것이다. 김성식은 국민학교 때부터 친구였던 차정수나 박수일 등과도 서로 친하게 지냈지만 새로 사귄 친구들과도 곧바로 친하게 되었고, 쪽바리 떼들이라고 놀려대던 군산 산국민학교 출신 이대섭과 손홍섭과도 친하게 지냈다. 또 개야소야도에서 배를 타고 통학하고 있는 김정렬과도 우정을 나누는 사이가 되었다.

대섭이나 홍섭은 쪽바리 마을의 자제들답게 인물도 훤칠했고, 거지 떼들처럼 얼굴에 버짐도 피지 않았으며, 벌꿀비누로 세수한 얼굴은 윤기가 흐르고 있었다. 특히나 이 친구들의 도시락에는 항상 계란프라이도 들어 있었으며 반찬으로 햄이나 소시지 등도 있었기에 친구들에게 선망의 대상이 되기도 하였다. 반면 개야소야도에서 통학하는 정렬은 종종 주꾸미나 병어를 조리한 것을 찬합에 담아오기도 하였다. 도시락을 같이 먹으며 요놈 조놈의 반찬을 나누어 먹는 것도 학교생활의 즐거움 중 하나였다.

이렇게 친구들은 빈부의 격차를 의식하지 않았고, 조금 잘산다고 뻐기는 친구도 없었으며, 말랭이 동네에서 가난하게 산다고 위축될 일도 없었다. 김성식은 국민학교 때 한정되어 있던 교우관계가 좀 더 폭넓어진 것 같아 좋아했고, 부자 동네 친구들과 어울리며, 종종 그 친구들의 집에 찾아가 놀면서 맛있는 음식도 얻어먹고 그 집의 환경을 접할 기회도 얻을 수 있었다.

어느 날 김성식은 김정렬과 이런저런 이야기를 나누다가 개야소야도라는 섬에서 살고 있는 정렬이의 삶이 너무 경이롭고 신기함을 깨닫게 된다. 김정렬은 김성식에게 "성식아! 나는 학교 파하고 집에 가면 바로 갯벌에 나가 조개도 캐고, 종종 낙지를 잡기도 하지. 나는 바다와 같이 지내는 것이 참 좋아! 밤에는 말이지, 모래사장을 조용히 거닐다 보면 모래사장에 깔린 조개껍데기 사이사이에서 보석들이 반짝거리는데, 하늘에는 별들이 쏟아져 내리고, 파도는 철썩거리는데, 그렇게 아무 생각 없이 철썩거리는 파도 소리를 들으며 걷는 평화가 너무 좋더라!"라고 말하였다.

"뭐? 평화가 뭐냐?" "응? 평화? 그냥 맘이 편안해지는 거야!"라는 말을 듣고는 정렬이가 시인이 아닐까 하는 생각을 갖게 되었다. 그리고 섬 생활을 평화와 무아의 경지로 받아들이고 있는 정렬이의 생활이 너무나 보고 싶어졌다. "정렬아! 네가 사는 개야소야도는 정말 좋은 곳이구나! 난 개야소야도라고 하길래 개나 소들이 사는 동네인 줄 알았지! 크크!" "아녀! 우리 동네 정말 좋은 곳이여!"라고 정렬은 강력하게 자기 동네 자랑을 하였다. 아무튼, 그날 정렬은 언제 좋은 날에 성식을 자기 집에 초대하겠다고 약속하였고, 그때 대하나 낙지 잡기 체험도 할 수 있도록 해주겠다고 약속하였다.

1

 1940년 초여름 만주국 총무청 차장 아리가와 게이지는 관내에 조선독립군이 암약하고 있으며 만주뿐 아니라 조선 반도와 일본국 본토에까지 영향력이 미치고 있다면서 조선독립군을 박멸하라는 본국의 훈령을 받았다. 총무청의 차장이지만 사실상 만주국의 실권자이기도 하였던 아리가와 게이지는 관내 보병8사단장을 총무청 집무실로 불러들였다. 헌병대의 호위를 받으며 참모를 대동하고 총무청에 온 스즈키 소장은 참모들과 함께 총무청 차장의 집무실에 들어와, "차장 각하께 받들어총!"을 올리며 아리가와 게이지에게 최상의 예우를 했다.
 "음, 스즈키 소장! 오랜만이네." "하이, 각하!" 이들은 10여 년 전 대구사범학교에서 교련 교관으로 같이 근무한 적이 있었으며, 스즈키는 게이지의 부하였었다. "스즈키 소장! 우리가 대구사범에서 근무할 때만 해도 이팔청춘이었는데, 스즈키 소장도 희끗희끗 서릿발이 보이는군!" "하이! 각하! 세월이 무상합니다." "그러나저러나 조센징들 때문에 골머리가 몹시 아프네." "하! 그렇습니까?" 스즈키 소장은 대동한 헌병대장을 힐끗 쳐다보며 마치 '우리에겐 헌병대가 있습니다!'라는 표정을 지으며, "각하! 각하의 모든 걱정은 소관이 다 해결하겠습니다. 골치 아픈 모든 일은 소관에게 맡겨 주십시오!"라며 자신감을 드러냈다.

"좋아! 스즈키 소장! 조센징 독립군이 요즘 기승이다. 조센징 독립군 때문에 대일본제국의 대륙 진출이 방해받지 않도록 모두 잡아들여!" "하이! 각하!" "불순 조센징들 싹 잡아들여서 천황폐하께 충성을 다하라! 스즈키 소장!" "하이! 각하" "스즈키 소장!" "하이! 각하!" "귀관의 부대에 만주군관학교에 입학하면서 혈서로 '대일본제국과 천황폐하께 충성을 다하겠습니다.'라고 맹세했던 조센징 출신 장교가 배치되었다면서?" "하이! 각하! 어찌나 기가 센 놈인지 눈알이 반짝거리다 못해 눈빛에 살기와 독기가 넘치는 섬뜩한 놈입니다! 그 놈을 한번 이용해 볼까요?" "좋은 생각이야! 스즈키 소장! 이이제이(以夷制夷)라는 고사가 있잖아? 오랑캐를 제압하는 데 오랑캐를 이용하는 방법이 제일 좋은 방법이거든. 굳이 대일본제국의 신성한 용사들의 손이 조센징의 피로 더럽혀질 필요가 없잖아!" "하이, 각하! 소관 그러면 물러나 각하의 걱정거리를 깨끗하게 정리하고 보고 올리겠습니다! 각하께 받들어총!" 스즈키 소장은 이렇게 아리가와 게이지에게 최상의 예우와 존경을 표현한 후 사단 영내로 돌아왔다.

그날 오후 8사단장은 만주군관학교를 우수한 성적으로 졸업하고 사단에 배치된 신참 소위를 사단장실로 불러들였다. 잔뜩 긴장하였지만 자신감 넘치는 모습으로 사단장실에 도착한 고야(高野) 소위는 "대일본제국에 충성! 고야 소위, 사단장님의 부르심 받아 신고합니다!"라고 소리쳤다. "쉬어! 대일본제국의 귀중한 인재이자 사단의 엘리트 장교인 고야 소위에게 새로운 임무를 하달하고자 한다! 고야 소위, 잘할 수 있겠나?" "하이! 사단장님! 대일본제국 장교의 명예를 걸고 주어진 임무를 완벽하게 수행하겠습니다!" "요시! 고야 소위! 귀관을 헌병대 특임소대장으로 임명한다! 특임소대의 첫 번째 임무로 현재 만주 일원에 독버섯처럼 번지고 있는 조센징 독립군을 완전히 소탕할 것을 명한다." "하이! 사단장님! 이른 시일 안에 임무 마치고 보고 올리겠습니다!"라고 큰 소리로 응답하고 사단장실을 빠져나오는 고야 소위의 얼굴에는 비장함과 결연함이 서려 있었다.

2

제3헌병대 제1중대의 제1특임소대장은 각 조장을 소집하여 각 조장으로 하여금 자신이 운용하고 있는 정보원을 모두 집합시키도록 명령하였다. 헌병대 조장들의 정보원들은 현지 사정에 밝은 만주인이 대부분이었지만 몇 명의 조선 출신도 있었다. 고야 소대장은 "본관은 사단장님으로부터 막중한 임무를 부여받았습니다. 그 임무를 원활하게 수행하기 위해선 정보원 여러분의 적극적인 협조가 필요합니다. 앞으로 여러분은 각자 지역에서 본관의 지시에 따라 일사불란하게 움직일 것을 명령합니다. 모두 대일본제국과 천황폐하를 위해 목숨을 바칠 각오를 다짐해야 합니다. 각 대원은 자기 관내의 불순분자 및 조센징 독립군처럼 보이는 자들을 비밀리에 조사해서 그 명단을 50명 이상 작성해서 제출하시오! 3일의 말미를 드립니다. 이상입니다."라고 명령을 하달한다. 정보원들은 명령에 절대복종하겠다는 듯 힘찬 말투로 "하이, 소대장님!"이라고 화답한 후 돌아갔다.

고야 소대장은 8사단장실의 책상머리에 붙어있던 '以夷制夷(이이제이)'라는 고사성어를 마음에 떠올리며 사단장의 깊은 의중을 파악하기 위해 곰곰이 그 문구를 되새김하였다. "음, 이이제이라. 오랑캐를 이용해 다른 오랑캐를 통제하며, 오랑캐를 이용해 힘들고 껄끄러운 일을 해결한다? 음! 사단장은 지금 조센징을 오랑캐로 보고 있으며, 조센징 불순세력을 사상을 달리하는 또 다른 조센징들을 이용해서 척결하려 하는군! 음, 이이제이라! 요시!" 이렇게 마음을 정리하며 팔을 걷어붙인 고야 소대장의 눈에는 결전의 의지를 불태우듯 불이 붙었다.

3

3일 후, 정보원들은 불순세력의 징후가 보이는 중국인이나 조센징의 명단을 1인당 50명 이상씩 제출하였다. 일단 명단을 제출받은 고야 소대장은 정보원들을 부대 안에서 숙식하도록 명령한 뒤 지금까지 일어나고 있는 모든 일을 1급 비밀로 처리하고 보안에 붙였다.

각 조의 조장들과 함께 불순세력의 명단을 검토한 고야 소대장은 정보원들이 제출한 명단 전원을 모두 연행하기로 결정하고 다음 날 심야에 체포 작전을 감행했다.

다음 날 밤 10시부터 시작한 불순세력 연행 작전은 약 200명의 만주인과 700명의 조선인을 모두 영내로 연행하는 싹쓸이 작전이었고, 다음 날 새벽 5시까지 진행되었다. 졸지에 잠자리에서 붙잡혀 들어온 만주인과 조선인은 모두 포승줄에 묶여 헌병대 연병장에 쪼그리고 앉아 있거나 기진맥진하여 쓰러져 있었다. 헌병들과 조장들 그리고 정보원들이 밤샘 작업의 피로를 풀기 위해 서너 시간 낮잠을 자고 있을 동안 땡볕에 널브러져 있던 만주인과 조선인은 밥도 먹지 못했고 잠 한숨 자지 못한 데다 앞으로 어떤 일이 벌어질지 모르는 공포감으로 거의 사색이 되어 있었다.

오후가 되자 만주인과 조선인으로 분류된 대열에서 만주인은 한두 명씩 불려 나가더니 집으로 가기도 했으며, 위병소 밖에서는 만주 토박이들이 위병들과 접촉하여 헌병조장이나 정보원들을 만나기도 하였다. 그때마다 한두 명씩 혹은 서너 명씩 만주인은 풀려나갔다. 하지만, 조선인은 단 한 명도 풀려나가지 못했다. 저녁이 되었을 땐, 만주인은 대부분 가족의 방문을 받은 후 각서를 쓰는 등 여러 가지 방법으로 풀려나가게 되었다.

하지만, 조선인은 7개 중대로 편성되어 중대별로 비좁은 헌병대 유치장에 입실하게 되었다. 30여 명을 수용할 수 있는 헌병대 유치장 한 칸에 100명 정도의 인원을 수용하여 유치장은 초만원으로 아비규

환이었으나 감히 불평할 수 있는 조선인은 없었다. 700여 명의 조선인은 하룻밤 사이에 포로가 되어 수용소에 수용된 상태가 되었다. 김창호 대인은 전날 밤 한밤중에 잠자리에서 끌려온 이후 밥 한 끼 물 한 모금 먹지 못한 상태로 기진맥진하여 같이 끌려온 동포들 틈에 끼어서 꾸벅 잠이 들었다.

"와! 와! 일본군을 무찔러라! 와! 와!" 하지만 전우들은 퍽퍽 쓰러져 갔다. 동학군 선봉대에서 보유하고 있던 조총보다 유효사거리가 배 이상 긴 일본군의 장총에 전우들은 퍽퍽 쓰러져 갔다. 일본군 특전단 1개 대대는 동학군 5만 명의 돌격을 치밀한 작전과 우수한 무기 체계로 무력화했으며, 대부분 동학군은 쓰러져 갔다. "음, 저놈의 장총을! 저놈들의 신무기를!" 이렇게 비명을 지르며 안타까워하다가, "전달한다! 특임소대원 전원은 연병장에 완전군장으로 집합한다!"라는 쩌렁거리는 선임조장의 고함에 놀라서 잠에서 깼다.

김창호 대인은 40여 년 전 10대 후반의 나이로 동학군에 참여하였다. 조선 조정은 관군이 동학군에게 패하자, 일본 정부와 협약을 맺고 일본군을 불러들여 동학군을 진압하려고 하였다. 그때 공주전투에서 김창호는 동료를 거의 다 잃은 상태로 천신만고 끝에 살아남아서, 고향 개야소야도로 돌아가게 되었다. 그때 겪은 일본군의 최신 무기와 전투력에 전율하며 자신에게 어떤 일이 닥칠지 모를 공포감에 사로잡혀 있었다. 이렇게 선잠에서 깬 김창호 대인이 잠시 과거를 떠올리고 있는 사이에 특임소대원들은 일사불란하게 움직여 불과 2분 이내에 완전군장을 꾸려 연병장에 점호 검열 대열로 집합하였다.

　유치장에 수용되어 있던 조선인들이 잔뜩 긴장한 채 일본 헌병들의 움직임을 살펴보고 있을 때, 특임소대장 고야가 나타났다. "소대 차렷! 소대장님께 받들어총!" "대일본제국에 충성!"이라는 구호 외침이 쩌렁쩌렁 울려서 이웃 마을의 개들이 사방에서 '컹컹컹' 짖어대고 있었다. "제군들, 이번 특임 작전을 수행하느라 고생이 많았다. 하지만, 대일본제국 천황폐하의 군대인 우리 특임소대원 중에 한두 명은 자신의 본분을 어긴 채 천황폐하의 신성한 명령을 어지럽히고 있다는 보고가 있다. 본관이 소대장으로 있는 동안 어떠한 군기 문란이나 불복 행위도 용서할 수가 없다. 알았나?" "하이! 소대장님!" "지금부터 소대원들의 군장을 검열하여 귀관들의 정신상태를 점검하겠다!" "하이! 소대 차렷!" 고야 소대장은 소대의 맨 앞줄 조장들부터 검열을 시작하였는데, 검열을 시작하자마자 고야 소대장의 표정이 굳어지기 시작했다.

　이윽고 검열을 다 마친 소대장은 맨 앞줄 조장들 앞에 서서 "귀관들이 대일본제국 제8사단 제3헌병대 제1중대 제1특임소대원들이 맞나?" 소대원들이 "하이! 소대장님!"이라고 큰 목소리로 복창하자마자, 소대장은 조장들을 한 명씩 한 명씩 조인트를 까기 시작했다. 고야 소대장의 말 장화 발길질이 조장들의 조인트를 '퍽퍽' 깔 때마다 조장들은 모두 쓰러졌지만 단 1초도 지체하지 않고 벌떡 일어서며 차렷 자세로, "소대장님! 시정하겠습니다!"를 외쳐댔다. 조장들의 조인트를 다 깐 소대장은, "귀관들의 군장 상태를 살펴보니 대일본제국 군대의 명예로운 헌병대원이라고 볼 수가 없다. 죄인들을 취조하기 이전에 먼저 귀관들의 군기부터 우선 확립하라!"라고 명령한 후 소대장실로 들어가 버렸다.

소대장이 들어가자 최고참 조장이 앞에 나섰다. 최고참 조장은 앞에 나와서 분을 삭이지 못한 목소리로 "소대 군번 순으로 헤쳐 모여!"라고 명했다. 순식간에 흩어진 대오는 군번 순서로 이열 횡대로 다시 정렬했다. "소대 푸시업 자세 실시!" "푸시업 자세 실시!"라는 복창과 함께 소대원들은 엎드린 상태가 되고, 최고참 조장이 곡괭이 자루를 들어 고참 순서대로 빠따를 치기 시작했다. 일본군의 군기 잡기 줄빠따가 시작된 것이다. 최고참 조장의 몽둥이질이 끝나자 다음 고참의 몽둥이질이 이어지고 또 다음 고참의 몽둥이질이…. 결국 최말단 졸병은 50여 대의 곡괭이 자루 몽둥이질을 당하게 되어 있었다. 빠따를 칠 때마다 '퍽퍽' 소리가 작렬하였다. 벌써 중간 고참 이하의 엉덩이에는 피가 흐르고 있었고 몽둥이질이 계속되는 동안 헌병대 졸병들의 고통에 겨운 비명이 고조됨에 따라, 유치장에서 이걸 지켜보고 있는 조선인 수용자들의 공포도 극에 달하고 있었다. 결국, 특임소대의 줄빠따 행사는 신병 교육을 마치고 며칠 전에 자대 배치된 어린 신병이 기진하여 쓰러진 뒤에야 끝이 났다.

이제는 수용되어 있는 조선인에게 그 화풀이가 이어질 것이 당연시되었고, 만주인의 농장에서 머슴으로 일하거나, 소작농이거나 날품팔이 혹은 허름한 식당업을 하면서 겨우겨우 삶을 부지하고 있던 조선인은 공포에 부들부들 떨고 있었다. 중대 규모로 분류되어 구치소에 수용되어 있던 조선인은 중대별로 밖으로 불려 나왔다. 선임조장은 피투성이가 되어 거의 초주검이 된 졸병들에게 곡괭이 자루를 하나씩 들게 한 후 무죄 팀을 맡게 하였고, 고참 조장의 인솔하에 독립군 팀과 중고참 조장의 인솔하에 독립군에 협조한 그룹으로 분류한 뒤에, "자! 여러분 중에 조선독립군에 잠깐이라도 참여한 자들은 1팀으로, 조선독립군은 아니지만 약간이라도 협조한 자들은 2팀으로, 조선독립군과는 아무런 연관도 없어서 완전히 무죄라고 생각하는 자들은 3팀 즉 무죄 팀으로 헤쳐 모입니다! 실시!"라고 명령했다.

이러한 말도 안 되는 명령에 선뜻 응하는 사람은 아무도 없었다. 모두 죄는 없었지만 무죄 팀으로 달려간 후에 닥쳐올 묵직한 두려움 때문이었다. "무얼 망설이는가? 식당에 대일본제국 군대의 맛있는 식사가 준비되어 있다. 1팀과 2팀이 먼저 식사하고, 3팀은 나중에 식사한다. 2분의 시간 여유를 주겠다. 자신의 죄를 고백하고 용서를 구하고자 하는 자들은 1팀과 2팀으로 합류하여 맛있는 식사를 하기 바란다!" 이런 터무니없는 전달을 발표한 선임조장은 시계를 보기 시작했다. 조선인은 대부분 움직이지 못했다. 서너 명이 용기를 내서 3팀으로 즉 무죄 팀 쪽으로 발걸음을 옮기는 듯해 보이자, 피투성이가 되어 있는 헌병 졸병들이 곡괭이 자루를 들고 일어나기 시작하였다. 무죄를 주장하려고 다가가던 조선인은 마치 악귀를 본 듯 소스라치게 놀라서 원래의 자리로 되돌아왔다.

이런 조선인의 거동을 살펴본 선임조장은, "자, 여러분 모두는 조선독립군에 잠시라도 가담했거나 그 단체에 협력한 사실을 인정하였고, 대일본제국의 천황폐하께 용서를 구하는 자들임을 스스로 인정하였다. 앞으로 정당하고 합법적인 절차에 따라 조사가 진행될 것이다. 죄가 막중한 자들은 처벌을 받겠지만, 죄가 가볍고 지금부터라도 대일본제국에 적극 협력하는 자들은 곧 방면하고 또 특별히 우대하겠다! 자 그럼 약속한 대로 식사 맛있게 하고 잘 쉬도록 하라!"라며 온정을 베풀었다. 결국, 이렇게 만주 봉천 지역에 거주하던 700여 명의 조선인은 일본군 헌병대의 후리가리에 걸려들게 되었다.

이이제라는 기발한 아이디어를 조선인 제압에 이용한 아리가와 게이지 총무청 차장의 쓰임을 받은 조선 출신 헌병장교는 물불을 가리지 않았다. 결국, 700여 명의 조선인이 8사단 헌병대의 취조를 받으며, 금붙이나 돈을 들이민 일부는 천황폐하의 너그러운 용서를 받고 훈방되기도 하였지만, 수많은 조선인이 조선독립군으로 조작되었으며, 일부는 고문의 후유증으로 반신불수가 되기도 하였고 사망한 사람도 부지기수였다.

3개월 후 고야 소위는 조선독립군 소탕의 혁혁한 전과가 인정되어 특진하게 되었다. 고야 소위는 소위에서 중위로 특진한 이후 더욱 눈에 불을 켜고 다녔다. 그는 수십 명의 정보원을 새로 채용하였으며, 닥치는 대로 조선인을 끌어다 강압수사를 하였다. 이러한 고야의 활약에 크게 고무된 일본군 수뇌부는 봉천 지역에 이어 간도 지역의 조선독립군을 색출하기 위해 조선인을 특별히 채용하여 특별부대를 창설하였는데, 간도에서도 '백담(白談)'이라는 조선 출신 장교가 두각을 나타내며 조선독립군 탄압의 선봉장이 되었다. 봉천 지역의 고야에 이어 간도에서도 조선인 백담이 큰 활약을 보이며 조선독립군 타파에 앞장섰으므로, 아리가와 게이지는 자신이 선택한 이이제이 전략이 적중하였음에 만족하였고 큰 성과에 흐뭇한 미소를 지었다.

개야소야도 이야기

중학교 1년생들은 중학교에 입학한 이후 처음 치른 중간고사를 마치자 시험에서 해방된 기쁨으로 홀가분한 하굣길을 걷고 있었다. 교문을 나서자마자 김정렬은 같이 걷고 있던 김성식과 박수일을 쳐다보며, "야들아! 이번 토요일에 우리 집으로 놀러 갈래?"라고 물었다. "그려, 시험도 끝났고, 나는 좋아!"라고 성식이 말하자, 수일이 역시 "응! 나도 좋아!"라고 화답했다. 정렬은 "그래, 이번 토요일에 학교 마치고 바로 선착장으로 가서 우리 집으로 가자! 내가 너희들 낚시질도 가르쳐주고 소라 잡기와 낙지 잡기 등 어촌 체험을 시켜줄게. 형아가 음식도 만들어 주고 쐬주도 한 따까리씩 하자! 크크."라며 기뻐하였다.

"뭐? 쐬주?"라며 성식과 수일은 놀랐는데, "우리 섬사람들은 생선회 쳐서 막쐬주 한 잔씩 땡기지! 나도 어른들 팀에서 일하면서 종종 한 잔씩 마시는디, 기분이 싸아 하지!"라고 정렬은 스스럼없이 대꾸했다. 사실 정렬은 중학교 1학년이라고 보기에는 체격도 다부지고 햇볕에 적당히 탄 얼굴은 청년처럼 단단해 보여서, 성식과 수일보다는 서너 살 더 나이 들어 보였다. 한국전쟁 이후 자녀의 출생신고를 2~3년 후 혹은 3~4년 정도 늦게 하는 경우도 흔했기 때문에 어쩌면 정렬이도 실제 나이는 17~18세 정도일지도 몰랐다.

　그렇게 약속한 이후 토요일 하교 시간이 되어, 선착장으로 향하는 중학생 세 명의 발걸음은 소풍 가는 날 이상으로 들떠 있었다. 군산항은 금강 하구와 서해가 교차하는 지점에 있었기 때문에 금강에서 흘러 내려오는 토사를 퍼 올리는 준설 작업을 끊임없이 해줘야 하고, 밀물과 썰물의 차이가 커서 항구엔 바닷물 수위에 맞추어 높낮이가 조절되는 접안 시설이 설치되어 있었다. 강 건너 충청남도 장항으로 향하는 배가 떠난 후 곧바로 고군산군도를 순회하는 배가 대기했다. 그 배에 오르면서 정렬은 뱃일을 하시는 아저씨께 깍듯이 인사를 드리며, "아저씨! 제 친구들인데요! 우리 집으로 놀러 가요!"라며 성식과 수일을 소개하였다. 아저씨는 "응! 그래! 배표 끊지 말고 그냥 타!"라고 선심을 썼다. 삼총사는 정렬을 잘 아는 아저씨께 "감사합니다!"라고 인사드린 후 배에 올랐다. 우선 개야소야도 여행의 첫 시작으로 공짜 배를 타게 된 것이 은근히 기분이 좋았는데, 어쩌면 그 아저씨가 정렬이가 사는 섬의 이웃 아저씨일 거라는 생각이 들었다. 배에는 북서중학교 학생들도 있었지만 다른 학교 학생도 많았는데, 수많은 학생과 섬 주민이 배를 이용하여 통학도 하고 생업에 종사하는 것이 신기하기도 했다.

　배는 뱃고동을 부웅부웅 울리면서 출발하였는데 배가 파도를 가르면서 비웅도, 선유도, 무녀도, 개야소야도로 가는 동안 갈매기들이 끼룩거리며 동행해 주었다. 비응도, 신시도, 선유도에는 약간 높은 산이 보였지만 개야소야도에는 아주 낮은 야산을 중심으로 서쪽 해안은 용암이 돌출되어 있었고, 군데군데 모래사장이 발달해 있었으며 바람이 세찼다. 산의 안쪽엔 밭과 논 그리고 마을이 군데군데 있었는데 저 멀리 군산과 서천이 눈에 들어왔다. 동쪽 해변에는 소형 어선이 갯벌에 수십 척 정박해 있었다. 해변에서는 아저씨들과 아주머니들이 그물과 통발을 손질하거나 만들기도 하였고, 군데군데 긴 장대에 삼색으로 표시한 깃발을 쌓아두고 있었는데 가두리 양식을 하는 이들이 자신의 영역을 표시하는 깃발처럼 보였다. 깃발은 **빨강**, 노랑, 흰색의 조합이거나 노랑, 파랑, 주황의 조합이거나 각각 다른 색깔로 자신들의 어장임을 표시하는 약속임을 바로 알 수 있었다.

해변에서 언덕길로 조금 오르자 마을로 향하는 길목이 나왔는데, 대부분 집은 신우대를 바람막이로 이용하여 신우대 숲의 안쪽에 자리 잡아 안락해 보였다. 어떤 집은 집 바로 뒤 신우대 숲 밖에 묘지가 있었는데 돌아가신 가족을 바로 지척에 모시고 있는 독특한 구조였다. 언덕 넘어 서너 집을 지나 약간 낮은 지대에 안락한 마을이 자리 잡았는데 30여 호 정도 되어 보였다. 그 마을을 지나 약 10분쯤 걸어간 후 삼총사는 정렬의 집에 도착하였다. 정렬이의 집도 뒤편에 **빽빽**한 신우대 숲이 자리 잡아 제법 넓은 집과 뜰을 감싸고 있었다. 마당에는 그물과 닻과 같은 어촌 특유의 장비가 쌓여 있었다.

집에 들어서며 "학교 다녀왔습니다!"라고 정렬이가 인사하자,

"응, 정렬아 잘 다녀왔어?"라고 화답하며 어머니와 아버지가 밖으로 나왔다. "어머니, 아버지. 중학교 들어가서 새로 사귄 친구들이에요!"라고 정렬이가 성식과 수일을 소개했다. 어머니, 아버지는, "아이고, 정렬이 친구들이구먼! 어서 들어가자!"라고 반겨 주었다. 성식과 수일은 방에 들어가자마자 넙죽 두 분께 절을 하며, "정렬이 친구입니다!"라고 인사드렸다. 아버지는 "응 그려! 그려! 우리 정렬이만 멋있는 줄 알았는데 정렬이 친구들도 인물들이 훤하고, 똑똑해 보이네그려! 어촌 구석이라 뭐 특별히 대접할 것은 없겠지만 내 집이라 생각하고 편하게 놀다가 가거라! 얘들아!"라며 크게 환영해 주었다. 어머니도 "아이고! 중핵교 댕기는 학생들이라 인물들이 훤하구먼!"이라며 반가워하며 밖으로 나가더니 이웃 아주머니들에게 "군산에서 중핵교 댕기는 우리 정렬이 친구들이 왔네!"라며 중학교 다니는 아들과 아들 친구들이 자랑스러운 듯 수다를 떨었다. "그려?"라고 화답한 이웃 아주머니들이 또 다른 이웃에게 "군산에서 중핵교 댕기는 학상들이 왔디야!"라고 광고를 하면서 곧 온 마을 전체가 군산에서 손님이 온 것을 알게 되었다.

약 10분 지났을 무렵 소쿠리에 딸기를 담아 오신 아주머니, 낙지 몇 마리를 큰 냄비에 담아 오신 아주머니 그리고 주꾸미를 양푼에 담아 오신 아주머니들의 수다로 집안이 시끌벅적하였다. 동네 아주머니들은 수다를 떨면서도 손발이 척척 맞아 짧은 시간에 밥상이 차려졌고, 삼총사는 소박하면서도 엄마들의 정성이 담긴 밥상을 맞이할 수 있었다. "얘들아! 차린 것은 별로 없다만 많이들 먹어라!"라는 아버지의 식사 개시 신호와 함께 삼총사는 게걸스레 먹어 치웠다. 식사를 다 마친 후 숭늉 대접을 앞에 둔 성식과 수일에게 아버지는 "너희들은 공부는 열심히 하냐? 우리 정렬이는 공부하는 꼴을 통 못 보겠던데?"라고 물어보았다. 성식이 "저도 공부는 잘 못하고요. 하는 척만 해요."라고 머리를 긁적이자, 아버지는 "너는 열심히 하냐?"라고 수일에게 물어보았다. 수일은 "아니요! 제가 제일 못하고요! 우리 셋 중에 그래도 정렬이가 제일 잘해요! 아버지!"라고 아버지께 말씀드렸다. 아버지는 "그려? 우리 정렬이가 제일 잘한다고? 하하! 정렬이 이 녀석이 생긴 것만 잘생긴 줄 알았는데 공부도 조금은 하나봐!"라며 기분 좋게 웃었다. 공부를 제일 잘하는 수일의 거짓말에 집안의 분위기도 밝아졌고 삼총사는 아버지로부터 해방되어 밖으로 나올 수 있었다.

밖으로 나온 삼총사는 낚싯대와 뜰채 그리고 호미와 망태기와 정렬이가 준비해 둔 묵직한 가방을 챙겨 들고 마을 길을 따라 걷기 시작하였는데, 2~3분 걸으니 개야소야도 국민학교가 보였고, 학교 운동장에는 축구를 하는 애들이 보였다. 학교를 지나며 정렬은 "저 학교가 내가 다닌 학교인데, 지금은 6년제 국민학교지만, 십여 년 전에는 문창국민학교 개야소야도 분교라 불렸고, 2년제였어, 개야소야도 사람들 대부분은 2년제 국민학교 다니면서 한글만 겨우 읽혔다고 봐야지. 우리 꼰대도 그랬으니까!"라고 담담히 말했다. 수일과 성식은 "정말? 이야, 2년만 공부하고도 졸업장은 받을 수 있었나?"라고 놀라워했다. 그 말을 들은 정렬은 약간 의기소침한 모습으로 말없이 묵묵히 걸었다. 성식은 분위기를 전환하려는 듯 밝은 목소리로 "정렬아! 그건 그렇고! 그런데 말이다! 너의 아버지께선 널 되게 잘생긴 걸로 말씀하시던데, 실은 너 말이야! 음, 사실은 말이야, 음…."하면서 뜸을 들였다. "사실은 뭐?"라고 정렬이 재촉했다. "음, 사실은 너 조까치 못생겼어!" "뭐어? 이 왕싸가지 새끼!"라며 정렬은 성식의 어깨를 퍽 소리가 나게 때리고 도망쳤다. "와! 저 깡패 잡아라!"라며 성식과 수일은 정렬이를 쫓아갔고, 삼총사는 곧 해수욕장에 도착했다.

해수욕장은 긴 고구마 모양의 개야소야도 북쪽 끝부분에 자리 잡았고, 그 해수욕장에서 좌측으로 돌면 광활한 서해 바다를 접할 수 있고, 우측으로 약 10분 걸어가면 동쪽의 군산이나 장항이 보이면서 갯벌이 나왔다. 해수욕장에는 흰색에 연한 분홍색이 약간 섞인 것처럼 신비스러운 연분홍 모래사장이 펼쳐져 있었다. 모래사장에서 조금 위쪽에는 몽돌과 바윗돌과 자갈이 어울려 거친 자연미가 물씬하였다. 해수욕장의 왼편 쪽으로 모래사장을 따라 약 100미터 가다 보면 용암층과 전리층의 바윗길이 나오는데, 그곳을 지나 바닷길을 걸어 들어가면 해송이 우거진 아주 조그마한 섬이 보였다. 지금은 썰물 때라 작은 섬에 걸어서 갈 수 있었다.

작은 섬에 도착한 삼총사는 정렬의 지시에 따라 일사불란하게 움직였다. 낚싯대와 통발을 던지는 등 바삐 움직였는데, 낚싯줄에 미끼를 낀 정렬이가 낚싯대를 휙 돌려서 바다에 추를 던진 후 성식과 수일에게 끄덕끄덕 줄을 당겨서 추가 바닷속 밑바닥에 스칠 정도로 들었다가 놓으며 추의 감을 잡으라고 가르쳐 주었다. "그러니까, 추가 바닥에 닿은 후 낚싯대를 위아래로 들었다 놨다 움직여 주면 고기들이 미끼를 물게 되어있어. 고기가 미끼를 물면 추가 움직이며 짜릿한 손맛을 느낄 수 있는데 그때 잽싸게 낚싯대를 옆으로 살짝 채는 거야!"라며 낚싯대를 옆으로 살짝 채는 시범을 보여주었다. 성식과 수일은 "네! 대장님!"이라고 거수경례까지 붙여가며 정렬이의 멋짐에 매료되기 시작했다.

친구들에게 그렇게 난생처음의 낚시 체험을 시킨 정렬은 옷을 벗어부친 후 바닷속으로 첨벙대며 들어가더니 조금 깊은 곳에 이르러 자맥질을 하기 시작했다. 자맥질할 때마다 소라를 몇 마리씩 잡아왔는데 결국은 망태기에 그득하게 소라를 채워서 들고 올라왔다. 성식과 수일은 30분 동안 고기를 한 마리도 잡지 못했지만 결국 정렬이가 합류한 이후 개우럭 4마리와 노래미 한 마리를 잡았다. 잡혀 올라오며 팔딱거리는 고기를 보며 환호성을 지르는 성식과 수일의 모습에 정렬이도 신바람이 났다. 정렬의 "야들아! 재미있냐?"라는 물음에 성식과 수일은 "거럼! 두말하면 공산당이지!"라며 무척 즐거워하고 있음을 확인해 주었다. "자! 그럼 우리 저쪽으로 돌아가서 갯벌이 있는 쪽으로 가볼까?"라는 정렬의 제안에 따라 삼총사는 움직이기 시작하였고, 10여 분 후엔 오른쪽 갯벌이 나오는 지역에 도착하였다.

갯벌에서는 아주머니들이 무엇인가를 채취하고 있었다. 호미질을 하면서 대합을 줍는 것처럼 보였다. 정렬은 아주머니들에게 "안녕하세요! 이모님들! 친구들하고 낙지나 몇 마리 잡으려고요!"라고 인사하였다. 아주머니들도 "그려! 그려! 많이 잡아!"라고 격려해 주었다. 정렬은 갯벌에서 숨구멍 같은 곳을 찾아서 호미로 파기 시작하였고 어느 정도 판 후에는 그 속으로 손을 쑤셔 넣었다. 그렇게 해서 낙지를 갯벌과 함께 끄집어낸 것이 갯벌인지 낙지인지 구별이 되지 않았다. 아무튼 성식과 수일이도 잡아보려고 혼신의 힘을 다 써보았지만 정렬이가 잡는 것을 구경하는 것으로 만족해야 했다. 그렇게 해서 삼총사는 낚시 체험, 갯벌 체험 등 섬에서 할 수 있는 체험을 다 하게 되었고 수확물을 바닷물에 대충 헹구고 챙긴 후 정렬을 따라 이동하게 되었다. 시간은 오후 늦은 시간이 되었고 한 시간쯤 후면 서해의 낙조를 감상할 수 있는 시간이 되었다.

"야들아! 저기 저 언덕으로 오르면 나의 아지트가 있어. 너그들 그곳에 가볼래?"라며 정렬은 친구들의 표정을 살폈다. "옛, 설! 대장님!"이라며 거수경례를 붙이며 성식과 수일은 대장님에게 무한한 신뢰를 보냈다. 정렬은 크게 만족하여, "쪼아!"라고 말한 후 성큼성큼 걷기 시작했다. 약 10분쯤 언덕에 오르자 평평한 곳에 자리 잡은 묘한 기가 보였다. 정렬은 묘 앞에 가방을 던지며, "야들아! 우리 할아버지 집이야!"라고 친구들에게 덤덤하게 말했다. "응! 그려? 할아버지 산소구나!"라며 성식과 수일은 주춤거리며 대꾸했지만, 정렬은 "난 종종 이곳에 올라와 해 떨어지는 서해 바다도 감상하고, 할아버지 묘지에 누어 낮잠도 한소금씩 자기도 하지!"라고 차분하게 말했다. "응, 그랬구나!"라고 성식과 수일이 화답하자, "자! 우선 할아버지께 인사나 드리자!"라고 정렬이 말했다. 그래서 삼총사는 할아버지 산소에 절을 드렸다.

절을 드린 후 정렬은 가방에서 삼학소주 한 병과 목기 술잔과 접시 그리고 마른오징어 두 마리를 꺼냈다. 접시에 오징어 두 마리를 얹은 후, 목기 술잔에 소주를 가득 부은 후 산소 앞에 두더니 정렬은 다시 두 번 절을 올렸다. 절을 올린 정렬은 소주잔을 들어 할아버지 산소에 반쯤 뿌리는가 싶더니 나머지 반잔을 홀짝 마시고 "키야!"라고 기염을 토했다. 이런 정렬이의 일거수일투족이 너무 신기하고 어른스러워서 성식과 수일은 그저 입을 쩍 벌리며 "야아!"라고 감탄할 수밖에 없었다.

정렬은 목기 접시에 올려져 있던 마른오징어를 쫙쫙 찢더니 한쪽은 자기 입으로 넣으며 "너네들도 한 잔씩 혀라!"라며 친구들에게 술잔을 내밀었다. 성식은 반잔쯤 홀짝 마시다가 그 강렬함에 놀라서 콜록콜록 기침까지 하였고, 수일은 한두 잔 먹어본 경험이 있는지 홀짝 들이켜며 "카아!"라고 기염을 토했다. "야아, 수일이 술꾼이네!" "야아! 놀랠 노 자로고만!"라며 삼총사는 키득거렸다. 삼학소주 한 병을 마른오징어를 씹으면서 다 마시게 되었는데, 그때 서해 바다는 붉은 노을이 들기 시작하였고 수면에 반짝이는 윤슬이 유난히 아름다웠다. 수평선 너머 진한 빨강 빛깔의 태양이 바닷속으로 들어갈 즈음의 서해 바다처럼 중학 새내기 세 명의 얼굴도 붉게 물들어 가고 있었다.

"그런데 할아버지는 언제 돌아가셨어?"라고 성식이 물어보자,

"응, 우리 할아버지 한 20년 전쯤 만주에서 돌아가셨어!"라고 말한 뒤 잠시 뜸을 들인 정렬은, "만주에서 일본군 헌병대의 후리가리라는 것에 걸려들어서 잡혀 들어가셨고, 결국은 그놈들한테 맞아서 돌아가셨다고 하더라고!"라며 말끝을 채 마무리하지 못했다. "뭐어? 후리가리? 후리아들놈들이란 말은 들어봤어도 후리가리란 말은 첨 듣는 말인데?" "응, 후리가리라고 하는 건 말이다. 너네들 저인망이라고 하는 말 들어봤냐? 그냥 바닷속 밑바닥을 싸악 훑어버리는 것인데, 마찬가지로 일본 놈들은 무슨 단속을 할 때 죄가 있건 없건 무조건 싹 잡아들여 놓고 고문하고 때려잡아서 죄인을 만드는 거야! 그러는 과정에 돈 있고 빽 있는 사람들은 아무 탈 없이 빠져나오지만, 빽도 없고 들이밀 금붙이나 돈이 없으면, 특히나 못 배우고 만만한 사람들은 다 그놈들 밥이 되는 거야! 그래서 도둑놈도 되고 독립군도 되고, 그 사람들이 목표 또는 할당된 숫자를 채울 때까지 계속 두들겨 패서 범인으로 조작하는 것이지!"라고 말하며, 정렬은 눈물을 뚝뚝 떨어트리기 시작했다.

"아! 그랬구나!"라며 성식과 수일은 정렬을 어찌 위로할지 몰라 안절부절못하고 있었는데, 정렬은 "그런데 말이다. 이곳 작은 섬마을에도 밀정이 여러 명 있고 어쩌면 너네들 동네에도 밀정이 많이 있을 거야! 그때 만주에도 밀정이 많았다고 하더라고!"라고 말했다. "뭐어? 밀정?" "응! 고등계 형사나 헌병, 순사들 모두 밀정을 몇 명씩 데리고 있어. 그 밀정이 동네 돌아가는 사정을 낱낱이 보고하는데, 그 밀정들이 문제야! 자기들이 못마땅한 사람들을 배척하는 수단으로 밀고질을 하게 되는 것이고, 멀쩡한 사람들도 눈에 보이지 않는 완장을 차고 있는 사람들 덕분에 큰 곤욕을 치르곤 허지." "아아! 그렇구나!" 성식과 수일은 잘 이해가 되지는 않았지만 어른들의 세상이 좀 치사하고 지저분하고 무섭다는 생각이 들었다. 정렬은 "할아버지께서 돌아가시기 직전 아버지께서 만주에 가서 할아버지를 면회하셨는데 그때 이미 할아버지께선 모진 매에 몸이 만신창이가 된 상태였고, 극도로 쇠약해지셨어. 결국 일본 놈들은 할아버지를 석방하였지만, 할아버지는 석방되자마자 돌아가시게 되었어. 운명하시기 직전 할아버지께선 우리 아버지께 유언을 하셨는데, '나라를 지켜야 하고, 나라를 지키기 위해선 힘을 길러야 하고, 그 힘을 기르기 위해선 배워야 해!'라고 하셨다는 거야!"라고 말하며 훌쩍대기 시작했다. 성식과 수일도 같이 훌쩍거리며 "그 나쁜 놈의 쪽빠리 새끼들!"이라고 일본인을 싸잡아 욕을 해댔다.

"그런데 말이다, 일본 놈들이 전쟁에서 졌잖아. 그래서 일본에 대항하고 나라의 독립을 위해 힘쓴 사람들이 이 땅을 통제해야 하는데 말이다. 어찌 된 일인지 일본에 협조하고 일본을 도왔던 조선인 출신 일본군 장교들이 다시 교묘하게 신분 세탁을 하였고, 조선인 출신 일본군 장교들이나 순사들 그리고 그 밑에 있던 밀정들이 이 나라를 다시 통제하고 있는 거 아니냐고?"라고 정렬은 비참한 어조로 말했다. 성식과 수일은 정렬이가 믿음직스럽기도 하였고 자신들은 정렬이의 슬픔이나 애통해하는 마음에 다소간 공감하기도 하지만 정렬이처럼 뼛속까지 사무치지 않음을 느낄 수 있었다. 이제 태양은 바닷속으로 들어갔는지 서서히 어둠이 밀려오기 시작하였고 소주 한두 잔에 취한 도령들은 "두만강 푸른 물에 노 젓는 뱃사공~!"을 목청껏 부르며 고성방가를 시작하였다. 마을 안쪽에서 개들이 "컹컹컹! 컹컹컹!" 짖어대며 도령들의 고성방가에 화답하였다.

쿠데타와 신식민주의

1

    K 대학교 인문관 기다란 석조 건물 앞, 정원에는 수십 개의 동아리방 부스가 설치되어 신입 회원을 한 명이라도 더 섭외하려는 홍보 전쟁이 치열하게 벌어지고 있었다. 부스마다 동아리의 특성을 알리고 눈길을 끌기 위한 선배들의 열정적인 공세는 후배들을 솔깃하게 하기도 하고, 동아리에 대한 은근한 기대를 부추기고 있음에 틀림이 없었다. 김성식은 영어영문학과 과 선배들에게 매일매일 이리저리 끌려다니며 퍼마신 막걸리 때문인지 얼굴이 푸석하고 까칠하며 몸까지 나른하고 피곤하였다. 그래서 오늘은 영문과 선배들이나 동료들을 따돌리고 동아리 탐색에 나섰다.
    부스를 처음부터 살펴보기 시작한 김성식은 바둑 동아리가 눈에 들어와 잠깐 살펴보다가 바로 이웃 부스인 기타 동아리에 들르게 되었다. "저, 초보자도 들어갈 수 있을까요?"라고 덤덤하게 부스를 지키고 있는 선배에게 질문하였다. "아! 물론이죠!"라며 선배는 현란한 기타 연주 솜씨를 선보이며, "초보자도 3~4개월 연습하면 어느 정도 할 수 있고요! 끊임없이 1~2년 연습하면 상급자 되는 것도 시간문제지요! 우리 선배들이 다 가르쳐 줍니다. 물론 공짜로요. 하하하!"라고 성식의 호기심을 유발했다. "아! 그렇군요!"라고 건성으로 대답한 성식은 기타 동아리를 벗어났다. 선배의 현란한 기타 솜씨에 주눅이 들고 기타에 문외한인 자신이 어느 세월에 연습하여 저 정도 고수가 되겠냐는 생각이 들었다.

부스 3~4개를 그냥 스치다 보니 영어 원서가 쌓여있는 부스가 보였다. '원어 소설 독서 토론 클럽'이라는 명판이 쌓여있는 영어 원서들 앞에 놓여있었다. '원어 소설 독서 토론 클럽' 부스를 지키고 있던 여자 선배는 성식에게 "Welcome."이라고 짧게 영어로 말한 후 하얀 이를 드러내며 화사하게 웃었다. 김성식은 여자 선배님께 깍듯이 "안녕하세요? '원어 소설 독서 토론 클럽'은 어떤 클럽일까요?"라고 수줍은 듯 조심스럽게 물어보았다. "아, 우리 클럽은요. 노벨문학상을 탄 해외 소설과 같은 영어로 쓴 소설을 같이 읽으며, 그 읽은 내용에 관해 토론하는 클럽입니다."라며 선배는 또다시 하얀 이를 드러내며 상큼 웃었다. 김성식이 "아, 그렇군요! 저처럼 영어가 짧은 사람은 어렵겠네요."라고 대답하자, "어머, 무슨 겸손의 말씀을요. 우리 대학교에 입학한 학생들은 거의 문제가 없을 텐데요. 혹시 공대생인가요?"라고 선배가 미소 지으며 물었다.

"아닙니다. 인문대학 영어영문학과 신입생입니다."라고 머리를 긁적이며 김성식이 대답하자, 선배는 기다렸다는 듯 "앗! 그렇군요.

우리 후배님, 최적의 클럽을 찾으셨네요. 영어영문학과, 정외과, 외교학과, 불문과생 들이 주로 많이 활동하고 있고요. 그럴 리 없겠지만 만에 일이라도 영문 해독이 안 되면 번역본을 써도 무방해요. 그리고 영어 잘하는 선배들이 많은 도움을 줄 것이고, 영문과 학우들에겐 최고의 동아리라고 봐야죠. 근대 영문학의 핫토픽(hot topic)들을 주로 토론하니깐 최신 이론으로 무장할 수 있는 가장 적합한 동아리라고 할 수 있지요. 여기 학번하고 이름 적으시고 사인하시면 오케이입니다. 전 불문학과 최윤슬입니다."라며 마치 반가운 친구를 만난 것처럼 활짝 웃었다. "아! 최윤슬 선배님. 저는 영문학과 신입생 김성식입니다. 여기 동아리 가입할 테니 잘 부탁드립니다."라며 얼떨결에 마치 홀린 것처럼 김성식은 학번과 학과와 이름을 쓴 후 사인을 했다.

"아! 김성식 후배님! 이렇게 우리 '원어 소설 독서 토론 클럽'에 흔쾌하게 가입해 주셔서 감사합니다! 멋진 후배님과 같이 활동할 수 있게 되어 저도 무척 기쁘고 떨리네요! 제가 클럽 활동하면서 발표했거나 공부했던 내용을 기록해 놓은 파일이 있으니까 혹시 필요하시면 빌려드릴게요. 참고가 될 자료가 필요하시면 어려워 말고 불문과로 오셔서 말씀하세요!"라고 최윤슬이 통통 튀는 명랑한 목소리로 말했다. 김성식은, "아! 고, 고마워요."라고 더듬거리며 얼굴까지 빨개지는 것을 느꼈다. 김성식이 수줍음과 부끄러움에서 탈피하려고 "그럼 다음에 봐요!"라며 부스를 떠나려 하자, 최윤슬은 "곧 클럽 회장께서 연락할 거예요! 그럼 모임 때 얼굴 봐요!"라며 활짝 웃었다. 이렇게 '원어 소설 독서 토론 클럽'에 가입한 김성식은 무엇인지 확실하지는 않지만 세상이 둥둥 뜨는 느낌으로 얼굴이 벌겋게 상기된 채 자췻집으로 돌아왔다. 라면 한 냄비를 끓여서 저녁 식사를 마친 김성식은 대학교에 입학한 이래 정신없이 지낸 20여 일을 돌이키며, 오늘 오후에 갑자기 다가온 신비로운 마음을 정리하려는 듯 일기를 쓰기 시작했다.

March 20, 1976.

오랜만에 좀 한가하고 여유로운 시간을 갖게 된 저녁 시간이다. 설레며 기대가 크던 대학 생활을 시작한 지 3주째인데 그간 사실 내가 무엇을 하고 지냈는지, 어떻게 지냈는지, 혹은 내가 누구인지를 자신에게 물어봐야 할 지경이다. 그런데 오늘 오후 선물처럼 나에게 좋은 시간이 다가왔는데, 동아리 모집 부스에서 최윤슬이라는 선배님을 만난 바로 그 순간부터이다. 그분이 환하게 웃는 모습에 가슴 설레며 어찌할 줄 몰라 쩔쩔매던 나 자신이 부끄럽기도 하지만 그래도 뭐라고 표현할 수 없는 강력한 끌림과 신비스러움에 몇 시간이 지난 지금도 가슴이 콩닥거리며 떨리는 것은 웬일일까? 영문과에는 특별한 목표가 있어서 들어온 것도 아니고, 영어가 수학이나 과학보다 조금 쉬웠다는 이유로, 그리고 감성적 성격에 문학이란 학문이 적성에 맞지 않겠냐는 막연한 기대로 영문과에 들어온 것이지 거창한 연구를 하기 위해 영문과에 들어온 것은 사실 아니다. 하지만 오늘 윤슬 선배를 만나면서 알게 된 '원어 소설 독서 토론 클럽'은 영문학도인 내가 가야 할 구체적 목표인 것 같아서 더 선물처럼 다가온 오후라는 것이다. 아! 하얀 이를 환하게 드러내며 웃어준 선배님! 목소리는 밝고 청량하였고 명랑하게 통통 튀는 활발한 그 모습, 내가 어쩌면 꿈속에서 그러던 딱 내 스타일의 신여성상이 아닐까? 최윤슬 선배님! 정말 예쁘시더라! 그 예쁜 선배님께서 물어볼 것 있으면 언제든지 불문과로 찾아오라고 하셨다. 아! 표현하기 힘든 이 묘한 기분! 왜 이리 세상이 둥둥 뜨는 것 같을까?

이렇게 쓴 후 성식은 미소를 지으며 일기장을 덮었다. 성식이 고향을 떠난 지 20여 일이 지났는데, 어머니가 그립기도 하고 서울처럼 화려하지 않으며 복잡하지도 않은 고향이 그립기도 하였다. 더구나 이곳 서울은 성식에게 모든 것이 부족하기만 하지 여유로운 것이 단 하나도 없다는 것이 문제였다. 친구 세 명이 함께 얻어서 쓰고 있는 이 자취방만 해도 제약과 규칙이 많을 뿐 아니라 비용도 만만치 않았으므로 성식은 모든 것을 불편하게 느끼고 있었다. 한편 성식의 다른 친구들도 7~80명이 서울의 대학에 진학하게 되었는데 집안 형편이 좋은 친구들은 하숙하거나, 집안에서 큰 정미소를 운영하는 손홍섭은 부친께서 서울에 직접 올라와 집을 구입한 후 일부는 세를 놓고 아들이 여유롭게 살 수 있도록 해주기도 했다. 성식은 고등학교 때 친했던 친구들과 함께 수시로 서울에서 교류하며 정보도 교환하고 고달픈 자취 생활을 슬기롭게 하기 위해 전전긍긍하였다. 이렇게 적응하기 만만치 않은 고달픈 서울 생활에 단비가 내렸는지 김성식은 저녁 내내 오늘 오후에 만났던 최윤슬을 생각하며 노래를 부르기도 하였고 히쭉거리며 웃기도 하였고 휘파람을 불기도 하였다.

2

　3월 하순 어느 날 인문대학 게시판에 '원어 소설 독서 토론 클럽 정기 모임' 공고가 붙어있는 것을 살펴본 김성식은 4월 6일에 정기 모임과 신입 회원 환영 순서가 있음을 알게 되었다. 성식은 "오! 나 같은 신입 회원이 여러 명 있나 보네! 음, 기대가 되는데! 나는 무엇을 준비해야 할까?"라고 생각하며 호기심이 생기기도 하고 최윤슬 선배를 곧 볼 수 있다는 은근한 기대로 마음이 들뜨고 있었다. 성식은 동아리에서 어떤 방식으로 토론하는지, 모임의 신입 회원으로서 준비해야 할 일이 뭐가 있을지 궁금하였다. 김성식은 최윤슬 선배가 공부한 내용을 정리한 파일을 빌려줄 수 있다는 호의를 베푼 것을 떠올리며 불문학과 강의실 주변으로 최윤슬 선배를 찾아 나섰다.
　불문학과 강의실 314호는 강의 중이었고 315호, 316호 강의실에는 학생들이 군데군데 모여서 좌담하거나, 책을 읽고 있는 학생도 드문드문 보였다. 김성식이 이쪽저쪽을 기웃거리는 사이에 314호실에서 강의가 끝나 학생들이 나오기 시작했고, 곧 최윤슬 선배와 만날 수 있었다. "아! 반가워! 후배님." "안녕하세요! 선배님!" "웬일일까요? 영문과 신입생께서 불문과 갈참을 찾아오신 이유가?" "크크크! 갈참이에요?" "그래요! 이제 취업도 해야 하고 학교를 떠날 준비를 해야죠. 세월이 참 빠르요!" "아, 예! 그렇군요. 저도 서울 올라온 지가 엊그제 같은데 벌써 한 달이 지났어요." 그런 대화를 나누며 둘은 자연스럽게 건물을 빠져나와 정원의 벤치 쪽으로 향했다.

"저, 동아리 모임이 있다고 하는데 무엇을 준비해야 할지 몰라서 여쭤보고도 싶고 혹시 선배님께서 정리해 놓으신 파일을 며칠 동안 빌려 볼 수 있을까요?"라고 성식이 조심스럽게 말문을 열었다. "아, 이번 모임엔 별로 준비하실 것은 없을 것 같아요. 처음엔 선배들 발표하는 것 경청하셨다가 다음 모임에 혹시 책 읽고 난 후 발표하고 싶은 내용 있으면 잘 정리해서 발표하시면 좋은 경험이 될 거예요. 제가 정리해 둔 파일은 월요일에 수업이 있으니까 가져올게요. 별건 아니니까 그냥 참고만 하세요. 난 도서관에 가서 이것저것 뒤적거려야 해요. 졸업도 해야 하고, 취업도 해야 하고, 연애도 하고 싶고, 하고 싶은 일들은 많은데 되는 일은 하나도 없어 요즘 맘속이 번다하네요. 성식 후배가 마냥 부러워요. 다시 신입생이 된다면 훨씬 잘할 수 있을 것 같은데. 그럼 월요일 12시에 여기서 만날까요?"라고 윤슬 선배가 일어서며 제안했다. 성식이 "네, 그럼 월요일에."라고 대답하며 둘은 헤어졌다. 성식은 윤슬 선배와 헤어진 후 영문과 강의실로 되돌아와 2시에 있을 '영국문학사 개론'에 대비해 책을 뒤적여 보았다. 하지만 책은 머릿속에 전혀 들어오지 않았고 조금 전에 헤어진 윤슬 선배의 해맑은 얼굴만 눈에 아른거렸다.

그날 오후 성식은 수업은 어떻게 했는지도 모를 정도로 들떠있었다. 웬일인지는 모르겠으나 세상이 훨씬 환해진 것 같기도 하였고,

자신의 걸음도 훨씬 힘차고 당당하게 느껴졌으며, 자신이 더 이상 청소년이 아닌 청년이 되었다는 자부심마저 생기고 있음을 느꼈다. 오후 세미나를 마친 후 과 동료들이 삼삼오오 교정을 빠져나가고 있는 동안 성식은 윤슬 선배와 잠시 같이 있으며 담소를 나눴던 벤치에 앉아 이런저런 상상의 시간을 보낸 후 조용히 자췻집으로 돌아왔다. 자췻집에 돌아온 이후에도 성식은 평소와 달리 빈둥대며 책상에 앉아 공부하는 것도 아니고 그렇다고 일기를 쓰는 것도 아닌 상태로 그저 연습장에다 무언가를 끄적여 보는 멍한 상태로 지냈다.

이렇게 한동안 멍한 상태로 지내고 있을 때, 학교 앞 이웃 동네 하숙집에서 학교를 다니고 있는 박수일이 전기구이 통닭 한 마리와 삼학소주 4홉들이 한 병을 사 들고 찾아왔다. 서로 반갑게 악수를 나눈 둘은 통닭을 차려놓고 소주를 마시기 시작했다. 언제부터인가 좀 목이 좋은 상권에는 전기구이 통닭집이 번성하기 시작했고 그 가게를 지나칠 때마다 그 구수한 냄새에 끌려 침을 꿀딱 삼키기도 했었는데, 과연 소주와 곁들여 먹는 전기구이 통닭은 별미 중의 별미였다. 소주 한 잔 하고 뜯는 통닭구이 맛에 감탄한 성식은 "캬아, 내 생애 처음 맛보는 전기구이 통닭이 정말 판타지아 자체로다!"라며, 맛난 것을 사 들고 방문한 박수일에게 고마움을 표했다. "그렇게 맛있어? 많이 먹어라. 그런데 너 무슨 좋은 일 있냐? 얼굴이 훤해진 것 같은데!" "크크, 그렇게 보이냐? 사실은 동아리 방에서 최윤슬이란 선배를 만났는데, 그 선배가 나를 보며 환하게 웃어줄 때마다 가슴이 콩닥거리네!"라고 성식은 말해버렸다. "뭐? 성식이 너 사랑에 빠졌냐?" "뭐? 사랑? 이런 마음이 사랑인가? 괜히 마음이 들뜨고 세상이 조금은 환해 보이는 것 같기도 하고, 어떤 큰 힘이 나를 잡아서 끌어가는 것 같기도 하고." "야아! 윤슬 선배란 분이 그렇게 예뻐 보이데? 가슴이 콩닥거리며 끌려갈 것 같을 정도로? 햐아, 부럽다. 성식아!" 라고 수일은 경이로워했다.

"그런데 말이다. 윤슬 선배는 자신이 갈참이라며, 오히려 내가 부럽다고 하데." "뭐? 갈참? 그럼 졸업반이라는 이야기인가?" "응, 그렇지. 불문과야!" "음, 연상의 여인이라. 으아! 좋으면 그만이지 연상이면 어떻고 갈참이면 어떠냐? 성식이가 사랑에 빠진 것이 신기하기만 하네! 공부밖에 모르는 녀석이! 그러나저러나 정렬이 소식은 들어 보았니?" "아니! 중학교 때 이후로 한 번도 만나 보지는 못했는데, 정렬이 아버지께서 간첩 혐의로 체포된 이후 그 집안이 풍비박산되었고, 정렬은 중학교를 자퇴한 이후 뱃일에 종사하고 있다는 소식만 들었어. 그런데 수산대학에 들어간 우리 동창 정관식한테 전해 들은 이야기로는 군산항에서 간첩이라고 해경에 체포된 자가 개야소야도 주민들 명단을 호주머니에 소지하고 있었는데, 보안대하고 경찰서 대공 형사들이 그 명단에 들어있는 모두를 간첩이라고 잡아서 끌고 갔대. 그런데 말이야, 군산 째보선창에서 생선 장수 하는 아주머니께서 그 간첩이라고 체포된 자가 얼굴을 새카맣게 칠하고 모자를 푹 눌러썼는데도 자기 동네에서 수산대학 나온 후 해양경찰로 취직한 사람이란 걸 알아채고 떠벌리고 다녔다네." "뭐라고? 말도 안 돼! 어찌 그런 일이! 그래서?" "정관식이 한 말에 의하면, 째보선창에서 생선 장수 하시던 아주머니께서 보안대 끌려가서 무지하게 두들겨 맞고 폐인이 다 됐다네."

"저런! 어떻게 그럴 수가 있나? 그럼 개야소야도 전체를 간첩단으로 몰아서 세상 시끄럽게 만들고 한동안 대서특필되었던 사건이 바로 기획에 의해 조작되고 만들어진 것이 아닐까?" "어쩌면 그럴지도 모르지." 성식과 수일은 소주 한 잔을 들이켜며 한숨을 푹 쉬었다. "사실 나는 정렬이가 검은색 지프차를 타고 학교에서 불려 나가는 모습을 보고, 얼마나 가슴이 쫄렸는지 몰랐어! 내가 간첩의 가족과 친구가 되었다는 자체에 놀랐고, 혹시 나도 불려 갈까 봐 전전긍긍했었어." "응 나도 마찬가지야." "아무튼, 어둑어둑한 새벽에 군산항에 잡혀 온 간첩 한 명이 개야소야도 섬마을 주민들의 명단을 소지하고 있었다는데, 그 명단에 들어있는 모든 사람은 간첩과 내통하고 있는 고정간첩으로 몰리게 되었고, 모두 불려 가서 모진 고문을 견디지 못해 간첩이 되었다는 이야기잖아? 정관식의 말에 의하면 정렬이 아버지도 그때 많이 두들겨 맞고 전기고문 등의 후유증으로 비가 오는 날이면, '김일성 장군 만세! 박정수 장군 만세!'를 외치며 섬을 휩쓸고 돌아다닌다네." "아이고! 잘생긴 아들 대학교 보낸다고 술, 담배, 노름 다 끊으시고 오직 뱃일에만 매달리시던 분인데…." 이런 대화를 나누며 삼학소주 4홉들이 한 병을 다 마신 후, 술에 취해 둘은 헤어졌다. 수일이 자기 하숙집으로 돌아간 후 성식은 일기장을 꺼내 그날의 일기를 쓰기 시작했다.

MAR 28, 1976.

오늘은 여러모로 의미가 있는 날이다. 첫째, 내가 가장 좋아하는 친구와 술 한 잔 나누며 이런저런 이야기를 나눌 수 있어서 좋았다. 더구나 오늘 윤슬 선배를 만나서 완전 들떠 있었고 그 선배의 환한 미소가 세상을 밝게 비추어 주는 것처럼 느껴졌었으며, 세상이 다 내 것처럼 느껴진 날이었는데 때마침 찾아온 수일에게 그런 내 마음을 들킨 것 같아 쑥스럽기도 하다. 그러나저러나 우리 중학교 때 친구 정렬은 어떻게 지내고 있을까? 공부도 잘했고 부지런한 친구였는데, 그 친구가 간첩의 가족이라는 이유로 학교에서 불려 나가며 지프차에 실려 갈 때 당황해하며 어쩔 줄 몰라 하던 모습이 눈에 선하게 떠오른다. 그렇게 입에 들어가는 풀빵까지 낚아채 먹으며 키득거리며 사이좋게 지내던 친구가 큰 어려움에 처하자 선뜻 나서서 무슨 일이냐고 물어보는 일마저 두려워했던 나 자신이 너무 부끄럽다. 들리는 말처럼 조작된 간첩 사건이라고 한다면 우리 친구 정렬은 그 억울함을 어디에 호소할 수 있을까? 아, 오늘은 기쁜 날이었는데, 왜 이렇게 갑자기 마음이 답답해질까? 방학 때 한번 찾아가 볼까? 꿈속에서 친구 정렬을 만날 수 있으려나? 아님 윤슬 선배를 만날 수 있으려나? 둘 중 누구라도 만나 볼 수 있으면 좋겠다.

3

 월요일, 약속 시간보다 약 1시간 전에 벤치에 자리 잡고 오후에 있을 강의인 교양국어 텍스트를 뒤적이고 있던 김성식에게 슬그머니 다가온 최윤슬은 "Hi, Sungsik!(반가워, 성식!)"이라고 인사하며 손을 내밀었다. 김성식은 깜짝 놀라 벤치에서 일어나며, "선배님 안녕하세요?"라고 인사드리며 윤슬 선배와 악수를 나눴다. 김성식은 최윤슬의 손을 잡으며 신비스러운 부드러움을 느꼈고, 은은한 라일락 향이 바로 그녀의 향기임을 확실히 구별하며 얼굴이 붉어졌다. "주말 잘 지내셨나요? 후배님!"이라고 윤슬이 미소 지으며 성식을 바라보았다. "네!"라고 성식은 짧게 대답하였다. "그런데 후배님, 수줍어하시나요? 왜 그렇게 얼굴이 빨갛게 되셨을까요?" "아, 그게….."라며 성식은 당황한 나머지 주춤거리며 말했다. "지금 저마다 그 자태를 자랑하는 봄꽃의 향기가 온천지에 그윽하여, 윤슬 선배님의 향기와 봄꽃의 향기가 구분이 잘 안되었는데, 오늘은 윤슬 선배님의 은은한 향기를 확실히 구별할 수 있게 되어서 저도 모르게 그만 얼굴이….." "아! 나의 향기?" "네! 선배님의 향기가 라일락 향인가 아카시아 향일까 나름대로 머릿속으로 상상했었는데…. 요즘 꽃이 만발하여 저번에 만났을 땐 확실하게 구별치 못했는데, 오늘은 저하고 악수하실 때 손에서는 부드러움을 느꼈고 동시에 은은한 라일락 향을 느꼈어요. 지난 토요일 저녁 상상으로 느낀 향이 바로 이 은은한 라일락 향이었어요." "앗! 뭐라고요? 지난 주말에 상상 속에서 나의 향기를 느졌다고요? 이럴 수가! 그럼 나를 상상하며 혹시 무슨 짓이라도 했을까요?" "앗! 그걸 어떻게 알았어요?"라며 성식은 얼굴이 더 화끈거림을 느꼈다.

"하하하! 요런 순진한 후배님! 제가 문학소녀 노릇하다가 문학 전공자로 생활한 지가 3년여인데 그 정도쯤이야 바로 감을 잡아야죠! 참고로 문학에서 특히 소설에서는 주로 인간의 삶에 있을 법한 이야기를 주로 다루는 것인데…." "아! 문학의 개연성을 말씀하시는군요." "그렇지요. 그런데 그 개연성이라는 게 짝사랑, 지고지순한 사랑, 삼각관계, 인간의 처절한 복수 등등을 다루는데, 짝사랑이나 지고지순한 사랑, 삼각관계와 같은 것들은 삼류 소설이나 만화책에서 다루는 테마들이에요. 따라서 성식 후배가 윤슬이라는 선배를 흠모한다든가 혹은 어떤 상상을 하며 어떤 짓을 했다면…. 이건 거의 순정 만화에서나 볼 수 있는 일이겠지요." 이런 윤슬의 이야기를 듣고 있던 성식은 얼굴이 붉으락푸르락하며 나쁜 짓을 하다가 엄마에게 들킨 아이가 엄마한테 꼭 붙들려 꾸지람을 듣고 있는 모양이 되었다.

성식은 "저, 죄송해요. 다시는 그런 상상을 안 할게요." "다시는 안 한다고요? 믿어도 돼요?" "네! 약속할게요!" "알았어요. 후배님. 아직 순진해서 그렇겠지만 조금 있으면 나보다 훨씬 예쁜 여자 친구가 다가올 거예요. 그리고 나 같은 사람은 부르주아 취향이어서, 어쩌면 성식 후배에겐 잘 어울리지도 않을 것 같아요." "네에? 부르주아 취향이라고요?" "그래요, 문학 수업하면서 수많은 부르주아와 마주할 거예요! 아무튼 너무 깊게 생각하지 마시고 그저 공부나 열심히 하세요. 이건 내가 가지고 온 파일인데 내가 공부한 것 대충 요약해 놓은 것들이니까 참고만 잠깐 하시고, 다 참고하신 후에 돌려주세요. 그럼 모임 때 봐요!"라며 윤슬 선배는 총총히 인문관 건물 안으로 들어가 버렸다.

윤슬 선배가 떠난 후 성식은 얼빠진 사람처럼 한동안 벤치에 앉아 있었다. 자신이 부끄럽기도 했지만, 윤슬 선배의 당당함에 압도되어 약간 혼이 나간 상태가 된 것처럼 느껴졌다. 그렇게 한동안 벤치에서 멍한 시간을 보낸 후 성식은 조심스럽게 윤슬 선배의 노트를 펼쳐보기 시작했다. 노트를 펼쳐본 성식은 깨알같이 예쁘고 질서 있게 써진 윤슬 선배의 글씨체에 우선 감동하였다. 맨 처음 '문학사조의 주요 변화(Major Changes of Literature Trend)'라는 제목을 살펴볼 수 있었다. '문학사조의 주요 변화(Major Changes of Literature)'는 윤슬 선배의 일반적 글씨와는 달리 고딕체로 써 있어서 제목임을 금세 알 수 있었다. 그 이후 약 30쪽 정도의 분량으로 문학작품의 성향이나 작가와 작품의 사조들을 일목요연하게 정리정돈해 두고 있었다.

성식은 윤슬 선배의 일목요연한 분류를 보며 19세기 초반에는 낭만주의 문학이 대세였음을 알게 되었다. 19세기 중반에는 사실주의 문학사조가 대두되었는데, 사실주의 문학사조는 중류 사회의 사회상을 사실대로 표현하고자 했음을 알 수 있었다. 그 시대의 주요 작가인 찰스 디킨스, 에밀리 브론테, 스탕달, 푸시킨 등등의 작품을 정리해서 분석해 두고 있었다. 이후 19세기 말과 20세기 초반에 근대문학이 대두되기 시작했고, 미묘한 차이는 있지만 20세기 초반에 이미지주의(Imagism), 상징주의(Symbolism), 표현주의(Expressionism), 잃어버린 세대(Lost Generation), 초현실주의(Surrealism), 다다이즘(Dadaism) 등의 문학사조가 대두되어 가히 소설 문학의 전성기에 접어들고 있었음을 알 수 있었다. 근대주의의 작가들은 지크문트 프로이트, 버지니아 울프, 제임스 조이스, 조지프 콘래드, T. S. 엘리엇 등에 의해 그 뿌리가 형성되었음을 알 수 있었다.

또한 사실주의 문학의 작가들은 비교적 사실적 묘사를 함으로써 '신뢰할 수 있는 서술자(reliable interpreter)'였다고 볼 수 있었다. 하지만 20세기 근대문학 작가들의 서술은 '신뢰할 수 없는 형태의 서술(Unreliable interpreter)'이 주축을 이루고 있고, 의식의 흐름과 형이상학적이고 추상적 서술이 유행하고 있었음을 알 수 있었다. 2차 세계대전 이후에는 커트 보니것(Kurt Vonnegut)과 같은 작가들의 포스트모더니즘이 대두되어서 전쟁 이후 사회 괴리 현상을 풍자하기도 하였다. 또한 제2차세계대전 이후 대부분 식민지 국가가 독립을 얻게 된 것을 계기로 탈식민주의 문학이 대세를 이루게 되었고, 이어서 신식민주의 문학이 그 계보를 이어가고 있음을 알게 되었다. 에드워드 사이드(E. Said), 호미 K. 바바(Homi K. Bhabha), 가야트리 스피박(G. Spivak), 콰메 은크루마(Kwame Nkrumah), V. S. 나이폴(V. S. Naipaul)과 같은 철학자와 작가가 탈식민주의 문학과 신식민주의 문학과 그 이론을 집대성한 이들임을 알 수 있었다. 성식은 윤슬 선배의 꼼꼼한 정리 내용을 살펴본 이후 비로소 자신이 문학을 공부하는 학생으로서 아는 것이 전혀 없는 최고 수준의 무식쟁이임을 알게 되었다. "음, 이번 모임에서 탈식민주의와 신식민주의 문학에 관한 토론이라…. 에구구, 탈식민주의는 무엇이고 신식민주의 뭐 말라빠진 개뼈다귀야? 아이고, 뭘 알아야 면장 질을 하지!"라고 투덜대면서 노트를 덮었다.

4

4월 6일 오후 3시 50분경, 방목도서관 4층, 소토론장 R402호 앞에는 '원어 소설 독서 클럽 제23차 정기 모임 및 신입 회원 환영식'이란 팻말이 붙어있었는데, 두리번거리며 조심조심 회의장에 들어온 김성식은 바로 최윤슬 선배와 조우할 수 있었다. 최윤슬은 곧바로 김성식을 선배들에게 소개하였다. "영어영문학과 신입생 김성식 씨입니다."라고 최윤슬이 소개하자, 선배들이 경쟁하듯 격하게 악수를 청하며 김성식을 환영하였다. 신입 회원뿐 아니라 기존 회원들도 오랜만의 만남에 회의장은 시끄럽고 벅적거렸다.

정확하게 4시가 되자 회장의 개회 인사가 시작되었고 곧이어 신입 회원들이 한 명씩 단상에 올라가 자신을 소개하는 순서가 진행되었다. 신입 회원들 소개 순서가 끝난 후 바로 3학년에 진급하며 신임 회장이 된 장우식 회원이 발표자로 나섰다. "안녕하세요! 장우식입니다. 지금부터 제가 지난 3~4개월 동안 연구 고찰한 탈식민주의와 신식민주의에 관한 발표를 시작하겠습니다." "와와! 브라보!" 이런 함성과 함께 우렁찬 박수가 터져 나왔다. "우선 먼저 양해 말씀을 구해야 하는데요. 제가 오리엔탈리즘과 같은 책은 처음 접해보기도 하지만 그 난해성 때문에 깊이 공부할 수 없어서 좋은 발표가 될지 저 자신 의문입니다."라고 말하며 두껍고 묵직한 『오리엔탈리즘 (Orientalism)』이란 원서를 들어 보였다. 발표자는 『오리엔탈리즘』 외에 여러 권의 책들을 쌓아 두고 이런 책들을 읽어 보았으며 살펴보았음을 과시하는 듯하였다.

"에드워드 사이드는 『오리엔탈리즘』 서론에서 동양학이란 과거의 이미지 즉 지정학적, 문화적, 학문적 가치와 가치관 대신 동양과 서양의 반대 세력으로서의 동양학, 다시 말해서 서양과 동양 어느 쪽에서 권력의 헤게모니를 쥐고 있느냐에 따라서 그 값어치가 정해진다고 말하였습니다. 더 쉽게 말하면 힘의 균형에서 월등한 서방 세계의 모든 가치가 동양의 가치에 비해 우월하다는 것이고, 서양의 가치는 긍정적이고 적극적이고 진취적인 반면, 동양의 가치는 소극적이고 여성적이고 부정적이라고 하는 것 같았습니다. 세상은 서구 국가들이 원의 중심에 자리 잡고 있는데, 원의 중심에서 멀어질수록 미개하고 소극적이고 여성적으로 된다는 이론입니다. 여러분 맞습니까?" "아닙니다!"라고 토론회 청중은 떼창을 하듯 대답하였다.

"그렇지요! 에드워드 사이드는 이런 서구인들의 논리를 총칼 혹은 기계문명의 발달에 의해 일시적으로 발생한 약간의 힘의 우세를 바탕으로 마련한 헤게모니 이론이라고 주장하였습니다. 그리고 제2

차 세계대전 이후 대부분 식민지 국가가 독립의 기쁨을 누리는데, 아프리카 가나공화국의 초대 대통령을 역임한 정치학자이자 비동맹 국가들의 리더였던 콰메 은크루마는 신식민주의 이론을 주장하면서 탈식민주의 상태와 신식민주의 상태를 확실하게 구분시켜 주었습니다. 탈식민주의는 영어로 'Post-Colonialism'이라 불렸고, 갓 독립을 얻은 신생독립국들이 그동안 피식민 상태에서 억눌렸던 민족의 자아를 되살릴 수 있고, 독립국으로서 당당하게 민족의 정통성을 회복하고 발전시킬 수 있는 희망적인 상태를 말하는 것입니다. 하지만, 신식민주의(Neo-colonialism)를 처음 주장한 콰메 은크루마는 새로 독립을 얻은 신생독립국이 독립은 얻었지만, 지배되는 방식만 다르지 아직도 똑같이 지배되고 있다고 말하고 있었습니다. 쉽게 이야기한다면, 과거에는 무력에 의해 지배되는 상태였지만 독립을 얻은 후에는 경제적으로 문화적으로 계속 지배되고 있다는 것입니다. 특히 제국주의 국가는 지난날에 피식민국에 제공하였던 치안이나 국방의 책임이 없어진 상태이기 때문에 오히려 무질서를 방조하기도 하고, 신생독립국의 새로운 지도자가 제국주의 국가에 반항하는 경향을 보이면, 자신들의 하수인을 부추기고 조종하여 쿠데타를 일으키는 일까지 저지른다고 말하고 있습니다. 이러한 이론을 뒷받침하는 소설이 있는데요. V. S. 나이폴이란 작가는 자신의 소설 『강의 한 굽이(A Bend in the River)』에서 익명의 아프리카 신생독립국의 신식민주의 상태를 다루기도 합니다. 이 소설에서 등장하는 거인(Big Man)은 이 나라가 피식민 상태에 있을 때 제국주의 국가의 군에 입대하여 정보장교로 일하게 되었고, 그 정보기관에서 군대를 장악하고 통솔하는 경험을 얻게 되었습니다. 거인은 그 경험을 바탕으로 신생독립국의 권력을 움켜쥐는 데 성공합니다. 거인은 자신의 입지를 강화하기 위해 의회와 노동조합을 해산하고, 집회와 결사의 자유를 제한합니다. 소수의 대의원에 의해 선출하는 체육관 선거를 통해서 대통령이 된 후 '아프리카에 의한 아프리카'라는 정치 슬로건을 제시하며 외국 기업의 국유화를 선언하고, 외국인을 축출합니다. 이렇게 서구에 비우호적인 정국을 못마땅하게 여긴 보이지 않는 권력은 젊은 정치 세력을 포섭하고 지원하고 부추긴 후 물리적 지원을 하게 되며, 결국 반란을 일으키게 합니다. 이러한 방식으로 보이지 않는 세력은 자신들의 입맛에 딱 맞는 정권을 수립하고, 그 정권을 통해 그 나라에 대한 책임은 아무것도 지지 않으며 실속은 극대화한다는 것입니다. 비동맹 국가들의 리더 중 한 명인 콰메 은크루마는 신식민주의의 중요 조종 세력으로 미국의 중앙정보국(CIA)을 지목합니다. 미국 중앙정보국의 조정에 따라, 신생독립국은 식량 원조와 나라의 재건을 위한 원조를 제공받게 됩니다. 그런데 이 원조가 모두 조건부이기 때문에 결국, 원조 수혜국은 피신식민주의국(被新植民主義國)이 되며, 중앙정보국은 이렇게 자신들이 조정할 수 있는 나라에 신문사나 방송국을 진출시키며 정보국에서 운영하는 회사를 만들고, 학교에 신교육을 명분으로 하는 미국 평화봉사단 교사들을 파견한다고 주장합니다. 콰메 은크루마는 이들 평화봉사단원이 각급 학교의 선생님 역할을 하지만, 이들마저도 중앙정보국의 하급 조직으로 그 나라 밑바닥의 모든 정보가 이들에 의해 수집된다고 그의 저서 『신식민주의: 제국주의의 마지막 단계(Neo-Colonialism: The Last Stage of Imperialism)』에서 주장합니다."

이렇게 발표를 마친 장우식은 그가 마지막으로 언급한 콰메 은크루마의 원서를 들어 청중에게 보이면서, "제가 이런저런 새로운 이론을 살펴보면서 많이 배우기도 했지만, 저 자신이 너무 아는 것이 없고 학문의 깊이가 얄팍함을 깨닫게 되었습니다. 더구나 원서들이 난해해서 독해하는 데 꽤 어려움을 겪었습니다. 저는 이것으로 오늘 발표를 마치겠지만 이러한 이론에 관한 연구를 여러 회원님께서 지속해 주시리라 믿습니다. 이상 발표를 마칩니다. 질문이나 토론은 시간 관계로 회식 장소에서 하기로 합니다. 감사합니다." "와아! 브라보!" 이렇게 발표를 마친 모임의 회장은 선배, 동료, 후배들에 의해 수고했다는 악수 세례를 받게 되었고, 집행부의 안내에 따라 회원들은 학교 앞에 있는 '조약돌 막걸리센터'로 이동하였다.

5

조약돌 막걸리센터는 K 대학교 학생들의 모임 장소로 인기가 있는 곳이다. 넓은 홀 왼쪽에 독립적인 공간이 있어서 단체 모임의 회식 장소로 적합하였고 디스크자키를 채용해 팝송이나 통기타 음악을 신청받아 틀어주었기 때문에, 호주머니가 가벼운 학생들이 막걸리를 들이켜며 놀기에 최적의 장소였다. 왼쪽 단체 방에 입장한 '원어 소설

'독서 토론 클럽' 멤버들은 집행부의 유도에 따라 테이블마다 신입 회원과 기존 회원 그리고 남자 회원과 여자 회원이 고루 섞일 수 있도록 좌석 배치가 완료되었다.

　좌석 배치가 완료되자 곧 회장이 일어서며, "자! 여러분 지금부터 '원어 소설 독서 토론 클럽'의 신입 회원 환영 파티를 진행하겠습니다. 우선 주전자를 들어 막걸리 잔을 가득 채우겠습니다!"라며 분위기를 띄웠다. 대부분 테이블의 선배들은 주전자를 잽싸게 들어 신입 회원들에게 먼저 잔을 권하였고 이어서 여학생과 후배의 잔을 채웠다. "자! 막걸리 잔이 다 찼습니까? 우선 우리 클럽에 새로 가입해 주신 신입 회원님들께 진심으로 감사드립니다. 앞으로 클럽의 발전에 크게 기여해 주시리라 믿습니다. 자! 막걸리 잔을 놓지도 말고 털지도 말고 캬아 소리도 내지 말고, 쭈욱 원 샷으로 갑니다. 자! 우리 클럽의 무한한 발전을 위하여!" "위하여!" 이렇게 젊은 청춘들의 회식이 시작되었다. 막걸리를 한 잔씩 들이켠 이후 모임의 분위기는 조금씩 고조되기 시작되었는데, 회장이 다시 나서서 "자! 이제 목도 살짝 축이셨으니 본격적인 회식에 앞서 아까 토론 순서에서 잠시 미루어 두었던 질의응답과 토론의 시간을 갖도록 하겠습니다. 우선 저의 발표에 의문점이 있으시거나 추가로 자신이 연구한 바를 논하고 싶으신 분은 손을 들어 표해주시기 바랍니다."라고 말했다.

　영문과 한 명이 손을 들었다. "아! 선배님 말씀하시지요." "네! 영문과 73학번 김장구입니다. 저도 탈식민주의와 신식민주의에 관해 이것저것 뒤적이다가 아까 회장님께서 언급하신 V. S. 나이폴의 소설 『강의 한 굽이』에 관해 살펴보았습니다. 나이폴은 이 소설에서 나라를 익명으로 처리하였고 또한 그 소설의 주요 인물 중 한 명인 독재자를 거인(Big Man)으로 처리하였지만, 사실 자이르라는 나라의 모부투를 소설화했다고 생각하는데 회장님의 의견은 어떠신지요?" "아! 그런가요? 어떤 측면에서 그렇다고 주장하시나요? 선배님." "네, 제가 논문집을 뒤적이다, 「V. S. 나이폴의 『강의 한 굽이』의 독재자 빅맨에 관한 역사적 고찰」이라는 논문을 보게 되었는데, 그 논문에 따르면, 빅맨의 실체는 자이르의 모부투였고, 모부투는 자이르가 피식민국가 시절에 제국주의 국가의 정보국에서 일했으며, 그 정보국 경험을 바탕으로 자이르가 독립을 얻은 후 정권을 거머쥐었고, '아프리카에 의한 아프리카 건설' 등의 캠페인으로 외국인을 축출하였고, 외국인 기업을 국유화하였으며, 의회와 노동조합을 해산하고 언론을 국유화합니다. 집회를 엄격히 통제하며 소수의 대의원에 의해 체육관에서 대통령을 선출하는 정책을 선보입니다. 모부투의 그런 정책이 바로 부투이즘인데요. 모부투의 그런 정책에 의해 아프리카에서 세 번째로 잘사는 나라였던 자이르는 최빈국의 위치로 떨어지게 되었고, 결국은 내전이 일어나고 나라가 큰 혼란에 빠지게 되었습니다."

"아, 선배님의 깊은 연구 정말 감동이군요. 우리 모두 박수!" "자, 또 다른 발표나 질문이 있으신 분?" 이런 회장의 멘트가 있은 후 4~5초 정도 지났을 때, 갑자기 김성식이 손을 번쩍 들었다. "앗! 후배님! 손을 갑자기 번쩍 드셨는데, 네, 환영합니다. 말씀하시지요." "네! 신입 회원 김성식입니다. 제 머릿속에 갑자기 떠올랐습니다마는, V. S. 나이폴이라는 작가는 모부투라는 독재자를 소설에 빅맨이라는 가명으로 등장시켜서 아프리카 신생독립국의 독립 후의 상황을 사타이어(satire) 했다고 보는데 저의 인식이 맞나요?" "아! 예! 사타이어! 좋은 표현이고 틀림없이 그런 상황입니다." "그렇다면, 나이폴은 소설에서 모부투를 이용해 신생독립국의 신식민주의 상황을 사타이어 했고, 우리나라 정부의 지도자는 아프리카에서 십여 년 전에 독재자 모부투가 기용했던 나쁜 제도를 벤치마킹해서 우리나라의 정치체제를 변형시키는 데 활용하였다는 생각이 드는데 선배님들의 생각은 어떠신가요?"

"아!" 선배, 후배 가리지 않고 모두 감탄을 하였는데 어느 선배가 "예리하네요. 와아! 박수!"라고 소리쳤다. 장내에는 한참 동안 박수가 일어났고 김성식은 박수에 화답하고자 일어나서 꾸벅 고개를 숙이며, "감사합니다."라고 말하고 자리에 앉았다. "자! 분위기도 좋고, 열기도 후끈합니다. 더 말씀하실 분 없을까요?" 회장의 이런 멘트에 더 이상 반응은 없었다. "네, 회원 여러분. 이제 배도 고프시고, 조금 전에 드신 막걸리도 다 깼을 것이고, 이제 토론은 그만하시고 이 집 기왓장이 날아갈 정도로 신나게 놀아보시면 어떨까요? 아앗! 〈조약돌〉이라는 노래가 나오네요! 우리 막걸리 한 잔씩 더 마시면서 떼창으로 〈조약돌〉 한번 불러볼까요?" "네! 꽃잎이 하~ 안~ 잎 두 ~ 잎~." 어느새 젊은 군상들은 DJ가 틀어준 음악에 맞춰 떼창을 부르며 이 테이블 저 테이블 옮겨 다니며 대화의 꽃을 피웠다. 순식간에

존재감을 과시한 김성식은 선배들과 동료들 그리고 최윤슬 선배와 다른 여학생들과도 대화를 나누며 기분 좋고 보람 있는 저녁 시간을 보내고 있었다. 시간이 많이 흘러 회원들이 한 명 두 명 자리를 뜨며 홀을 빠져나가고 있을 때 모임의 회장이 성식에게 다가와 막걸리 한 잔을 권하며 말했다.

"후배! 후배처럼 멋지고 똘똘한 친구들이 우리 동아리에 더 들어왔으면 좋겠어! 우린 문학으로 뭉친 거니깐, 문학에 관심이 있다면 다른 대학 친구들도 문제 될 게 없어, 좋은 친구 있으면 섭외 부탁해!" "네! 알겠습니다. 한 7~80명 서울에 올라왔으니, 그중에서 우리 동아리에 관심이 있는 녀석이 있는지 알아볼게요." "고마워! 그리고, 앞으로 발표하고 싶으면 적극적으로 나서주고, 발표할 땐 꼭 어느 학자를 인용하는 걸 잊지 말도록. 예를 들어 '어떤 논문에서 어느 학자가 이렇게 이야기했는데 여러분 생각은 어떻습니까?'라며 자기 생각도 어떤 학자가 얘기한 것처럼 말하는 거지!" "왜 그래야지요? 선배님!" "요즘 그래. 각 동아리가 모니터되고 있다는 소문이 돌아서." "아, 개야소야도에서 우리 친구가 한 말이 생각이 나네요. 밀정 이야기, 그럼 밀정이 개야소야도 말고 여기에도 있나요?" "뭐? 밀정? 크하하! 밀정! 좋은 표현이네. 여기선 학원 프락치라고 하는데." "아! 밀정이 바로 프락치이군요? 그러니까 프락치에 의해 감시당할 수 있으니 좀 껄끄러운 말을 할 경우에는 외국 학자가 했던 말을 인용하는 것처럼 위장하라는 말씀이군요." "미안해! 순수한 영혼에게 너무 복잡한 이야기를 해서. 우리 파이팅 하자!"

이렇게 회장과의 대화도 끝난 후 모임을 빠져나온 김성식은 어릴 적 친구가 하였던 "어쩌면 너희 동네에도 밀정이 많을걸!"이란 말이 자꾸 머리에 오버랩되었다. 은크루마, 신식민주의, 쿠데타, 체육관 선거, 학원 프락치 같은 이런저런 단어들이 머릿속에 뒤엉키기 시작하며 집으로 향하는 발걸음이 무거워졌다.

J 무역주식회사

1

　J 무역주식회사 김 부장은 어젯밤 중정동 안가에서의 VIP와의 만남을 되새기며 복잡하게 얽혀가고 있는 정국의 실마리를 어떻게 풀어가야 할지 고민하며 이런저런 생각으로 머리가 묵직한 아침 시간을 보내고 있었다. 어젯밤 술기운이 얼큰히 올라오자 VIP는 이렇게 말했었다. "김 부장, 요즘 더워서 그런가? 심기가 편하지 않아서 그런가? 잠자리가 편하질 않네. 그저 이렇게 더울 땐 이열치열이 최고이고, 오랑캐가 준동할 땐 이이제이가 최고이지!" "네, 이열치열과 이이제이 말씀이십니까?" "요즘 학원가는 왜 이리 시끄럽노?" "아, 예! 죄송합니다. 신경 좀 써보겠습니다." "그래요. 신경 좀 쓰세요. 몇 년 전 개나소섬이던가? 그 섬 사건 때처럼 신경 좀 써보세요. 그저 오랑캐는 오랑캐 시켜서 두들겨 잡고, 빨갱이는 빨갱이 시켜서 두들겨 잡아야 뒤탈이 없어요!" "네, 각하! 그 친구 김 과장 지금도 제 밑에서 일하며 충성을 다하고 있습니다." "아! 그 친구! 이용만 해 먹지 말고

당근도 좀 주고 총알도 좀 주고 그래요!" "아, 예! 각하 제가 신경 쓰고 있습니다." 김 부장은 지난밤의 대화를 되새기며, VIP의 의중을 파악하고자 신경을 곤두세웠다.

'몇 년 전 총선 직전 사용했던 북풍몰이 사건은 섬마을의 2년제 국민학교에서 겨우 한글이나 익혔을 정도의 무지한 사람들을 상대하였지만, 이번 사태는 워낙 큰 이슈가 걸려있는 데다 상대가 상대인지라… 전국에서 몰려온 검증된 인재들인데, 더구나… 음…. 학원 내에 요원을 심는 것도 버거운 일인데, 어느 누굴 빨갱이로 만들 수 있단 말인가? 우리 국민 중 그래도 최고 수준의 인재들을 상대하는 것인데… 음… 이이제이라?' 김 부장은 번민 끝에 김 과장을 다시 이용해 보기로 결심했다. 비서를 통해 호출당한 김 과장은 곧바로 부장실에 들어왔다. 김 과장은 "충성! 부장님! 그간 평안하셨습니까?"라고 부장께 인사를 드렸다.

"아! 김 과장! 어서 와요! 어제 VIP를 접견했는데 VIP께서 김 과장이 5~6년 전에 잘 마무리했던 역할과 성과를 기억하시더라고!" "네에? VIP께서 저를요?" "그럼! 말 부리듯이 부려 먹지만 말고 당근도 좀 주고 총알도 좀 후하게 하사하라고 당부하셨어요." "넷! 충성을 다 하겠습니다. 무엇이든 하명만 해주십시오!" "아! 역시 김 과장은 패기가 있어! VIP의 신임을 받을 만한 자격이 충분해! 김 과장도 잘 알다시피 지금 정국이 몹시 어수선하고 특히 학원가에서 소요 사태가 계속되고 있는데, 근래에는 극렬해지고 있잖아?" "네, 알고 있습니다." "일단, 이번에도 자네에게 이 일을 맡기겠으니 정국 수습 방안과 학원 안정화 방안을 잘 기획해 보게. 병력과 총알은 무한 지급할 거고, VIP의 특명이니 문교부, 내무부, 국방부에 협조 요청하고, 공수특전사의 병력도 잘 이용해 보시게." "네! 부장님! 철저히 기획하여 보고 올리겠습니다. 문교부, 내무부, 국방부 등은 어느 선에서 협조를 얻어야 할까요?" "물론 장관들을 불러들이게! 자네는 과장이지만 J 무역주식회사의 과장이야! 하급 기관 장관쯤이야 잘 요리할 수 있지?" "네! J 무역주식회사의 명예를 걸고 완벽한 수습 방안을 기획해서 올리겠습니다. 충성!"

그렇게 패기만만하게 물러선 김 과장은 깊게 호흡하며 생각했다. '음…. VIP의 신임이라! 더구나 국방부장관, 내무부장관, 문교부장관까지 동원하여 정국 수습 방안과 학원 소요 사태를 진정시키는 방안을 모색해야 한다. 음… 그래, 멋지게 한번 해보자!' 이렇게 굳은 결심을 한 김 과장은 박 팀장을 불렀다. "박 팀장! 오늘 저녁 우리 과 팀원 전원 한 명도 예외 없이 회식합시다! 삼청각에 전화해서 우리 과의 팀원들 외엔 어느 손님도 받지 못하게 해!" "네! 과장님! 알겠습니다. 무슨 긴급한 일이라도?" "그래! 1급 비밀이야!" "네! 알겠습니다." 큰일을 기획하게 된 김 과장은 가슴이 벅차고 설레어 커피잔을 든 손이 미세하게 떨리고 있었다.

2

저녁 5시 30분, 삼청각에 다소간 긴장한 표정으로 집결한 팀원들에게 김 과장은 말했다. "자! 팀원 여러분! 오늘 저녁엔 VIP께서 하사하신 술 한 잔씩 대접하고자 모든 팀원을 모이게 했습니다. 자! 모두 잔을 드세요. 나라의 발전과 존하의 평안을 위하여!" "나라의 발전과 존하의 평안을 위하여!" 건배사를 마친 후 김 과장이 다시 말했다. "여러분! 요즈음 나라 안의 정세가 어수선합니다. 우리는 그림자처럼 움직여서 존하를 보필해야 하고, 존하의 심기가 불편하지 않으시도록 보살펴야 할 의무가 있습니다. 여러분, 오늘밤엔 마음껏 드시고 회포도 마음껏 푸세요! 내일 아침부터는 14일 동안 안가C에서 합숙하게 되고, 일체 외출, 외박 없이 근무합니다. 여러분이 조기에 VIP께서 만족하실 만한 성과를 올리시면 특별 근무는 조기에 해제될 수도 있지만 성과가 미흡하면 특별 근무는 연장됩니다." "네? 14일 동안 외출, 외박 없이 연속 근무를요?" "불만 있습니까?" "없습니다!" "아! 좋아요! 자, 지금부터 풍악을 울리고 우리 모두 광란의 밤이 어떤 것인지를 보여줍시다. 알겠습니까?" "네!" 이렇게 국내1과의 모든 팀의 팀원을 다 모아 당당하고 단합된 기세를 부추긴 김 과장은 의욕과 자신감이 넘치는 오만한 목소리로 요정의 사장을 불렀다. "마담!" "네! 과장님!" "이 친구들 오늘밤 광란의 밤이 어떤 것인지를 보여주겠다고 합니다." "네! 제가 과장님의 팀원 전원을 편안하게 모시기 위해 다 준비해 두었습니다. 오늘밤 저희 집은 김 과장님과 직원들의 독무대입니다!" 이렇게 대답한 마담은 "짝짝" 손뼉을 쳐서 대기하고 있던 악단과 기생들을 입장시켰다.

3

김 과장은 이렇게 2주 동안 팀원들과 합숙하며 연구 개발한 자료를 취합하고 간추려서 만든 두 가지 기획안을 서류화하였다. 두 가지 기획안을 최종 검토한 김 과장은 부장님께 그간의 과정과 결과물을 보고하고 브리핑하기 위해 부장님 비서실을 통해 연락을 드렸다. 약 1시간 후에 부장님 면담이 허락된 김 과장은 J 무역주식회사 김 부장의 집무실로 안내되었다.

"부장님, 그간 안녕하셨습니까?" "아! 김 과장. 그간 안가에 2주씩이나 처박혀서 일했다면서?" "네, 그렇습니다. 워낙 보안을 철저히 해야 하는 큰일이라서, 지금까지 팀원 모두 외출을 금지하고 있습니다." "아! 수고했네. 어디 한 번 살펴볼까?" "네, 우선 사회 정화 대책으로 긴급조치 1, 2, 3, 4, 5호를 준비했습니다. 추가로 더 필요할 경우에 대비해 6, 7, 8, 9, 10호까지 준비해 두었습니다. 그리고 학원 소요 사태에 대응하기 위해 '학원녹화사업 프로젝트'를 준비했습니다." "아! 사회 정화와 긴급조치라, 그리고 학원녹화사업 프로젝트라! 오! 과연 이름만 들어도 신선하고 구미가 당기네!" "네! 감사합니다. 이번에 준비한 기획안을 부장님의 지도 편달을 받아 최종안으로 만든 후 문교부장관, 내무부장관, 그리고 국방부장관의 협조를 구해서 그분들의 결재를 받겠습니다. 그 이후 제가 최종안을 확인한 후 부장님께 최종 결재를 올리겠습니다."

"아, 그래요! 여기 긴급조치 중에 화폐개혁 조치는 지하경제에 타격을 줄 수 있는 좋은 정책이고 어쩌면 중국 화교에게 치명적일 듯하고, 그리고 이거 긴급조치 5호는 전 국민의 사채를 1년 동안 동결 조치하는 것이잖아? 이런 거 몇 번 날리면 국민들 아마도 다른 데 신경 쓸 겨를도 없겠는데! 음, 학원녹화 프로젝트에서 특수부대원들을 학생으로 만들어 편입생이나 복학생으로 학교에 잠입시키는 작전은 정말 기발하고만! 기밀 유지가 아주 중요하니 시에라 3호 발동시켜 보안 유지에 더욱 신경 쓰세요. 그리고 대학교 신입생 중에서 지방 유지의 자제를 우리 J 무역의 하부 조직으로 활용하자는 아이디어는 탁월하고 진취적이야! 이 아이디어는 꿩 먹고 알 먹고인 것이, 어차피 우리 J 무역주식회사는 대대적인 조직 확대가 필요한 시점이고 젊고 유능한 인재의 확보가 절실하거든! 지방 유지의 자제를 학원의 정보원으로 학원에 상주시킨다면, 모든 학교의 정보가 속속들이 우리 손에 쥐어지는 것이잖아? 그렇게 되면 학원 문제 해결되는 것도 시간문제이고만! 아! 김 과장 이렇게 좋은 기획안 만드느라 수고 많았어!" "네! 감사합니다." "호남평야의 대지주 자제들이 우리 식구가 되어, 알토란같은 정보를 따끈따끈하게 제공한다니, 음… VIP께서 학원 문제로 더 이상 신경 쓰실 일이 없겠어요!" "예, 그렇습니다. 부장님!" "음, 아주 좋아요! 이렇게 좋은 작전과 아이디어도 철저한 보안이 담보되어야 성공이 가능합니다. 김 과장! 불도저처럼 밀어붙이되, 보안 확보에 만전을 기하세요!" "네! 부장님! 일주일만 말미를 주시면, 모두 다 정리정돈해서 최종 결재안을 올리겠습니다. 충성!" "충성! 김 과장! 이번에 수고가 많았으니 사과 상자 열 개 내려보낼게, 부하 직원들 섭섭하지 않게 잘 챙기고 김 과장도 몇 개 가져가게!" "네에? 열 개씩이나요? 감사합니다. 부장님!"

4

 일주일 후 J 무역주식회사 국내1과에 불려 온 국방부장관, 내무부장관, 그리고 문교부장관의 얼굴에는 긴장감이 감돌고 있었다. 이 세 명의 장관들이 국내1과에 도착하여 응접실에 앉아 기다린 지 15분 이상 경과했지만 담당 과장이 부재중이었기 때문에, 장관들은 묵묵히 기다릴 수밖에 없었다. 약 20분쯤 지났을 무렵 젊은 과장이 살기등등한 표정으로 방문을 열고 들어왔다. "장관님들 오래 기다리게 해서 죄송합니다. 부장님과의 면담이 조금 길어져서 그랬으니 용서해 주세요!" "아! 괜찮습니다." 장관 세 명은 모두 60세 이상으로 흰머리가 희끗희끗 하지만, 사십도 안 돼 보이는 젊은 과장에게 깍듯한 예를 표했다. "장관님들 잘 아시다시피 요즘 정국이 심히 어수선합니다. VIP께서 이 상황을 좋지 않게 보시며, 이 나쁜 정국을 새로운 국면으로 전환하시길 원하십니다. 그래서 여기 긴급조치 1, 2, 3, 4, 5호 안과 학원녹화사업 프로젝트를 준비했습니다. 이 모든 조치가 문자 그대로 긴급조치이고 비상 정국에 대처하기 위한 조치이기 때문에 굉장히 낯설겠지만 잘 검토해 보시고 각 부처 간 적극 협조 부탁드립니다. 이 사안들은 모두 국가 최고 기밀입니다. 만에 하나라도 사전에 누설되면 여기 계신 장관님들 모두에게 연대 책임을 묻겠습니다.

알겠습니까?" "…." "알겠습니까?" "…." 김 과장이 두 번 연속 "알겠습니까?"라고 질문을 던졌으나 아무도 알았다고 대답하는 장관은 없었다. 방 안의 분위기는 살벌해지고 긴장감이 감돌았다.

"저, 그런데 여기가 논산훈련소인가요? 우리가 훈련소에 입소했나요? 과장님, 도대체 뭘 알겠냐고 물어보시는 건가요?"라고 문교부 장관이 할 말을 했다. "다시 말씀드리겠습니다. 지금 나라가 비상시국이고 VIP께선 이 비상시국을 정리정돈하시길 원하십니다. 그래서 긴급조치 1, 2, 3, 4, 5호가 마련되었고, 또한 학원녹화사업 프로젝트가 준비됐어요. 그 계획들을 잘 시행하기 위해서는 각 부처 간의 협력이 필요하고, 완벽한 작전을 위해 철두철미한 보안이 필요합니다. 그래서 만약 이 사안이 사전에 누설되면 장관님들께 연대 책임을 묻겠다는 겁니다. 다시 한번 묻겠습니다. 알겠습니까?" "네."라고 군 출신인 국방부장관과 내무부장관이 답변하였지만 문교부장관은 이번에도 대답이 없었다. "문교부장관은 모르시겠습니까?" 김 과장이 차고 매서운 표정으로 문교부장관에게 반문하였다.

"네! 첫째 긴급조치나 학원의 어떤 프로젝트가 무슨 내용인지 모르겠고, 또 무엇을 어떻게 보안을 하라는 것인지 그 보안의 내용이 무엇인지 몰라서 대답하지 않았습니다. 다시 한번 여쭙겠는데 우리가 과장님의 졸병입니까?"라고 문교부장관이 말했다. 내무부장관과 국방부장관이 문교부장관을 자제시키려고 자리에서 일어났지만 만류할 겨를도 없이 김 과장은 자신의 탁자에 있던 잉크병을 들어 문교부장관에게 던졌다. 다행히 잉크병은 문교부장관의 머리카락만 살짝 스친 채 벽에 부딪혀 박살 나며 잉크가 온 사방에 작렬하였다. 잉크병을 얼굴에 정통으로 맞지는 않았지만 문교부장관의 얼굴은 거의 잉크색에 가까워져 있었고, 정신이 빠진 채 안절부절못하고 있었다. 바로 옆방에 있던 요원 두 명이 들어오더니 문교부장관을 낚아채듯 팔짱을 끼고 옆방으로 끌고 가버렸다. 문교부장관이 강제로 끌려 나간 후 J 무역주식회사 국내1과 응접실 안의 공기는 묵직한 유해가스가 그득한 듯하였고 조그마한 불씨에도 바로 폭발할 듯하였다. 국방부장관과 내무부장관은 옆방으로 끌려가지는 않았지만, 며칠 전 국무총리도 이곳에 끌려와 구타당했다는 소문이 가짜 뉴스가 아님을 목격하는 순간이었고, 어서 빨리 이곳을 빠져나가는 것이 상책이라는 생각이 들었다.

바로 이때 바로 옆방에서 '퍽퍽!' '윽윽!' 하는 소리가 들렸는데, 노쇠한 문교부장관이 두들겨 맞아 뼈다귀가 부러지거나 개박살이 나고 있는 것이 분명하였다. 한동안 무슨 이야기를 하는지 조용하더니, 문교부장관이 흐트러진 모습으로 다리를 절뚝이며 응접실로 되돌아왔다. 김 과장은 이렇게 절뚝거리며 비참한 모습으로 되돌아온 문교부장관에게 미안한 마음이나 조그마한 가책의 기색도 전혀 없이 또다시 비장하고 얼음장처럼 찬 어조로 말했다. "자! 우리 J 무역주식회사의 요원들은 그림자처럼 일하고, 우리들은 오직 VIP를 위해 일하고, 우리들의 상관은 오직 VIP 한 분이십니다. VIP께서는 우리를 통해 나라의 중요한 일과 긴급한 일을 처리하시기 때문에 여러 장관께서도 우리의 명령에 따라야 합니다. 여러분 부서에서 특별히 할

일은 없습니다. 우리 팀원들이 여러분 부서에 파견되어 이번 작전과 프로젝트를 수행하기 때문에 여러분은 약간 협조만 하면 되고 시키는 대로 하면 됩니다. 자! 여기 서류에 서명하시고, 보안서약서에도 서명하세요. 만약 오늘 일어난 일이나 이 서류의 내용이 누설되면 장관들께 연대 책임을 묻겠습니다. 절대 입을 열지 마세요! 알겠습니까?"라고 묻는 김 과장의 목소리는 끝까지 얼음덩이처럼 차고 매서웠다. "네!" 세 명의 장관은 죽어가는 목소리로 짧게 대답했다. 세 명의 장관은 오직 J 무역주식회사라는 무시무시한 곳에서 조금이라도 빨리 벗어나고 싶었다. "네!"라고 짧게 말한 것처럼 서둘러서 서명도 마치고 자리에서 일어났다. J 무역주식회사라는 곳에서 이 세 명 장관의 어깨는 이미 무너져 있었다. 장관의 어깨가 아닌 기운 빠진 노인들의 어깨였다. 그중에서 특히 문교부장관은 혼이 반쯤 빠져나간 것처럼 흐느적거리는 것 같았다.

격변의 시대

1

 월요일 오후, 미국문학사 수업에 참여한 김성식은 거의 비어있는 강의실이 민망스럽고 약간은 당황스럽기도 하였다. 지금 대부분 선배는 교정 밖에서 "삼선개헌 철폐!" "독재 타도!" "유신헌법 철폐!" 등의 구호를 외치며 전투경찰과 대치 중이었다. 오늘은 유난히 학생들이 진압대에 밀리는 형세처럼 보였다. 학생들과 전투경찰들 사이에는 학교 정문이란 암묵적인 경계선이 설정된 것처럼 정문을 사이에 두고 일진일퇴가 반복되었다. 학생들이 정문 밖으로 진출하기 위해 적극적으로 나서면 어김없이 '펑펑!' 최루탄 발사기가 작동하였다. 최루탄 세례에 학생들이 밀려서 학교 안으로 물러서게 되면 전투경찰들은 전열을 가다듬고 잠시 휴식을 취하기도 하였는데 오늘은 시위 양상이 종전과는 약간 다르게 바뀌었다.
 빨강 모자를 쓰고 비교적 무장을 가볍게 한 새로운 모습의 병력이 전경들 틈에 섞여있었는데, 그 병력은 방호복과 방패로 무장한 전경과 달리, 가벼운 전투복에 오직 진압봉만 손에 든 채 방패진 바로 뒤에 몸을 엄폐하고 있다가 학생들이 밀리기 시작하면 어김없이 뛰어나가 도망치는 학생들을 두들겨 패 쓰러트린 후 끌어오곤 하였다. 특공대가 새롭게 투입되어 시위 적극 가담자를 체포하는 것처럼 보였다. 지난주까지만 해도 학교 정문을 사이에 두고 일진일퇴가 반복되었는데, 오늘은 학교 안까지 빨강 모자를 쓴 병력이 쫓아 들어와 학생들을 구타하기도 하고 연행해 가는 모습이 눈에 띄었다. 교수들도 심란하기도 하고 집중이 잘 안되는지 창밖에 시선을 자주 주었는데, 김성식도 불과 십여 명의 학생들과 강의실에 앉아 있는 것 자체가 좌불안석이었다.

오후 들어서는 학생들이 빨강 모자를 쓴 수십 명에게 쫓기기 시작하였고 선배 한 명이 강의실까지 도망쳐 들어왔는데, 빨강 모자는 악랄하게도 강의실까지 쫓아 들어오더니 방금 도망쳐 온 선배를 사나운 동물 패듯이 진압봉으로 두들겨 팼다. 강의실에 남아있다가 이런 꼴을 본 십여 명의 학생이 빨강 모자에게 집단으로 달려들어 겨우 빨강 모자를 격퇴했다. 정문 근처에서 난무하던 최루탄이 교정 깊숙이까지 들어와 터지고 빨강 모자들이 강의실까지 쳐들어오는 상황이 된 것이다. 이런 상황은 학생들을 더욱 흥분시켰고, 대부분 학생은 맨몸으로 하던 시위에서 벗어나 이제는 벽돌이나 화염병을 찾기 시작하였다.

'인문 대학생들 모두 학생회관에 모이라!'는 총학생회장의 회람에 따라 학교에 남아있던 대부분 학생이 학생회관에 모였다. 학생회관에서는 구타당하여 멍투성이가 된 학생들 10여 명이 겨우 도망쳐 온 후 치료를 받고 있었다. 학생회 지도부에서는 강경해진 전투경찰 당국에 대응하기 위한 전략회의가 한창이었다. 이윽고 회의를 마친 학생회장이 단상에 올랐다. "K 대학교 학우 여러분! 오늘 우리 친구들 수십 명이 빨강 모자에게 몽둥이찜질을 당했으며 또 많은 친구가 잡혀서 끌려갔습니다. 오늘 이 사람들이 강경해진 것을 감안하면 일종의 새로운 강력한 조치가 나올 것이 분명하고 또 다른 불확실성이 다가올 것이 명확합니다. 최근 들어온 정보에 의하면, 경찰에 연행되면 바로 최전방으로 실려가고, 그 이후 초강력 군기 잡기 훈련을 받은 후 자원입대하는 형식으로 최전방 부대로 보내진다고 합니다. 부모님들께 군대 다녀온다고 인사도 못 드리고 가족, 친구, 친척 그 누구도 알지 못한 채 우리의 삶을 그냥 옮겨 버린다는 것입니다. 그래도 되겠습니까?" "안 됩니다!"

"그럼 어떻게 해야 하지요? 고분고분하게 말 잘 들을까요?" "…." "물론 말 잘 들으면 우린 편안하게 학교 졸업할 거고, 군대에 가도 좋은 부서에 배치될 것이고, 좋은 직장에도 취직할 수 있겠지요! 하지만, 우리에겐 젊음이 있고 지성이 있습니다. 우리의 지성으로 이 말도 안 되는 독재 체제를 그냥 모른 체할 수만은 없지 않겠습니까?" "옳소!" "자! 우리 전열을 가다듬어 독재를 타도합시다!" "옳소!" "자! 여러분 우리 집행부의 리드에 따라 새로운 투쟁 도구도 만들고, 인쇄물도 만들고, 우리의 투쟁 능력을 더욱 강력하게 보강합시다. 여러분!" "옳소!" "자! 여러분 우리 집행부의 지침에 협조하여 각자 역할

분담을 합시다!" "네!" 이런 과정을 거쳐 수백 명의 학생들은 인쇄팀, 현수막 제작팀, 화염병 제작팀, 투석 준비팀, 특공대 진입을 저지하기 위한 장애물 제작팀 등등의 역할을 분담하였다. 진압경찰이 보강된 만큼 더 효과적인 투쟁을 위해 수백 명의 학생들이 분주하게 움직였다.

　김성식도 이 대열에 자기도 모르게 합류하고 있었고, 어머니 아버지께서 "데모하지 말고 꼭 공부만 열심히 혀야 혀!"라고 신신당부하시던 말씀을 까맣게 잊어버리게 되었다. 김성식은 인쇄물 제작팀에서 영문과 동기와 함께 등사기에 롤러를 밀어서 브로슈어를 한 장씩 뽑아내는 일을 돕고 있었는데, 그 브로슈어에는 독재 타도, 삼선개헌 폐지, 체육관 선거 반대 등의 구호가 큼직한 글씨로 인쇄돼 있었고 인쇄 잉크의 독한 냄새가 진동하였다. 성식은 열심히 롤러를 밀다가 오른팔이 뻐근해서 잠시 쉬며 어깨와 목을 좌우로 뒤틀어 대다가 한 50m 떨어진 출입구에서 최윤슬 선배처럼 보이는 여학생이 두리번거리는 모습을 보았다. "어? 윤슬 선배가 갑자기 어디서 나타났지? 웬일일까?"라며 성식은 반사적으로 몸을 일으켰다. 바로 성식을 알아본 윤슬이 다가왔다. "선배님! 웬일이세요?" "웅! 성식 씨! 드릴 말씀이 있어요! 잠깐 밖에서 드릴 말씀이…." "알겠어요!"라고 가볍게 말하고 김성식은 최윤슬을 따라나섰다.

　학생회관을 벗어나자 윤슬은 방목도서관을 가리키며 "저기서 공부하고 있었는데, 도서관에서 공부하던 학생들도 많이 술렁대며 학생회관으로 자리를 옮기는 걸 봤거든요! 그런데, 나도 마음이 어수선해서 책이 머릿속으로 들어오지 않더라고요! 이렇게 마음이 어수선하고 복잡할 때 음악이나 들으며 막걸리나 한 사발 들이켜면 좋겠다는 생각이 들더니, 딱! 성식과 함께 한잔하고 싶다는 생각이 절실해지더라고! 그래서 어쩌면 성식이 학생회관에 있을지도 모르니 찾아보자고 나섰어요! 잘했을까요? 못했을까요?"라고 물으며 김성식의 팔짱을 끼며 몸을 가까이했다. 김성식은 윤슬의 향기를 느끼며, "잘했어요!"라고 즉흥적으로 대답했다.

"우리 조금 걸어서 후문 옆 샛길로 나가요! 정문 쪽은 왠지 가기 싫어요!" "알았어요! 선배님! 선배님 지시에 따를게요! 전 선배님께 포로로 잡힌 몸이에요." "뭐? 포로? 그래도 빨강 모자한테 잡혀서 끌려가는 것보단 몇 배 더 좋을걸!" "거럼요! 첫째 윤슬 선배의 향기가 등사기 잉크 냄새보단 몇백 배 황홀하네요!" "그래요? 좋았어! 그렇다면!"이라며, 윤슬은 몸을 더욱더 밀착시켰다. 김성식은 이렇게 한참 동안 최윤슬에게 체포되어 윤슬이 이끄는 대로 향나무 숲 사잇길로 빠져나와 학교 뒷마을 먹자골목에 이르렀다. 골목에 도달하자 윤슬은 비로소 안도의 큰 숨을 내쉬며 성식의 팔을 풀어주었다.

"저 집이 우리 불문과 애들이 자주 가는 집이야! 저리 갈까?" "네! 선배님!" 이렇게 식당에 당도하였고, 막걸리 한 주전자와 두부찌개 한 냄비를 주문한 윤슬은, "휴…. 물가에 내놓은 어린애라니깐."라고 말했다. "제가요?" "그럼. 여기 성식 씨 말고 어린애가 또 어디 있겠어요?" "아! 제가 성인이 된 줄 알았는데 아직 어린애였군요!" "그렇지요. 나 같은 부르주아의 딸은 끌려가도 한 시간 이내에 풀려나지만 성식 씨같이 어리숙한 사람은 한 삼 년 후에나 얼굴 볼 수 있을 걸요. 우리 꼰대가 오늘 아침 말씀하시길 학교에도 가지 말고 집에 꼼짝 말고 있으라고 했어요! 그만큼 긴장감이 감도는 비상 상황이에요." "그래서 절 보호하기 위해 절 체포하셨군요? 전 괜히 좋아서 흥분했잖아요?" "그래요! 장우식 회장도 오늘 빨강 모자에 끌려갔어요! 우식 씨 같은 경우는 서울에서 내로라하는 집 아들이니깐 문제없이 바로 풀려나겠지만 서울에 연고 없는 지방 학생들은 애네들이 하루에 몇 명이라고 정해진 건수가 있기 때문에 바로 전방으로 끌려가기 십상이에요. 집에서 소 팔아 가지고 대학교 들어와서 몇 달 만에 짐승 끌려가듯 군대에 가면 좋을까요?" "아!" 성식은 얼굴이 붉어졌다. 울 엄니께서 아들 대학 들어간다고 기뻐하시면서 그 비싼 등록금을 마련하기 위해 얼마나 고생하셨겠느냐는 생각이 번쩍 났다.

서울로 올라오는 날, "성식아! 힘들게 대핵교 보내는 거다! 데모 같은 건 절대 하지 말고 꼭 공부만 열심히 혀야 혀! 알았지!"라고 신신당부하시던 어머니 생각이 나서 저절로 눈물이 났다. 그러나 윤슬에게 눈물 흘리는 모습을 보이는 것은 좀 그렇다는 생각이 들어 윤슬의 얼굴을 마주 보지 못했다. "무슨 센티한 생각을 하면서 눈물까지 흘리는 거야? 울고 싶으면 그냥 펑펑 울어! 누나한테 다 털어놓고 울어. 누나가 다 해결해 줄게!" "…." "자! 그럼 마음 추스르고 우리 막걸리나 한 잔 먹고 기분 전환할까? 자! 윤슬과 성식의 우정을 위해 건배!" "건배!" 윤슬 선배의 편안한 리드에 의해 성식의 마음은 풀어지게 되었고, 막걸리도 한 잔, 두 잔, 한 주전자, 두 주전자를 비우며,

둘은 점점 취기를 더해갔다. 윤슬이 술이 더 센지 윤슬의 혀는 아직 꼬부라지지 않았는데 성식의 혀는 점점 더 꼬부라지고 있었다.

윤슬이 막걸리 잔을 놓으며 "야! 성식이 너 정말 섹시하고 멋지게 생겼다. 너처럼 멋진 녀석과 술 한 잔 같이할 수 있는 난 정말 행복한 사람이지?" "그램마! 너는 더 섹시해 자슥아! 넌 팜프파탈이야." "뭐? 팜프파탈? 하하!" 윤슬은 마릴린 먼로의 약간 넋이 나간 듯했던 고혹적인 섹시 포즈를 연출하며 말했다. "내가 이렇게 섹시하단 말이지?" "그래, 인마!" "근데 너 취했니? 왜 누나한테 그램마 저램마 하는 거니?" "얌마, 내가 언제 그랬어?" "크하하! 지금도 그러잖아?" "아무튼 넌 팜프파탈이야! 너 때문에 내가 죽을 것 같아!" "오! 성식아! 너 나 진짜 좋아하는 거야? 누나로서가 아니고?" "그램마!" "이 누나는 널 후배로서 좋아하고, 네가 학교 잘 졸업하고 멋진 사람으로 성공하였으면 좋겠어! 넌 그렇게 될 거야! 그러니까 함부로 행동해서 끌려가지 말라고! 알았지? 약게 행동하고! 아까 누나가 널 끌고 나온 길 앞으로도 계속 이용해! 그 길 아는 사람은 몇 명 안 되거든, 앞으로도 혹 시위에 참여할 일이 있더라도 앞장서지는 말고 뒤에서 살살 하다가 도망쳐서 그 향나무 숲길을 이용해!" "얌마! 잔소리 그만해라! 지겹다!" "하하! 누나의 말씀을 잘 들으면 자다가도 떡이 생기나니! 넌 문학 전공의 글쟁이니까 익명으로 글을 쓰거나 브로슈어 만들어서 뒤에서 도와주는 방식으로 참여하며 지내고 네가 계획한 좋은 시기에 자발적으로 군대에 가는 거야! 그렇게 잘하고, 군대에도 제때 잘 가면, 이 누나가 면회도 가줄게! 어때?" "아! 군대 이야기 나오니까 정신이 반짝 드네. 생각지도 않았는데!" "그래, 우리 여학생들은 졸업하면 취직할까? 결혼해 버릴까? 이런 고민하지만, 너희는 언제 군대 갈지가 고민 아니야? 대개 3년 차에 많이 가는 것 같더라고. 그러니까 그 안에 빨강 모자에게 잡혀서 강제징집당하지 말라고! 알았지?" "알았어! 누나!" "그래! 이래도 누나가 팜프파탈이야?" "아니요. 아닙니다!" "그럼 뭐야?" "모성애가 넘치는 따뜻한 여자입니다." "아우! 요 귀여운 녀석!"

2

화요일 오후, 박수일은 중학교 때부터 친구인 손홍섭을 만나기 위해 학교 앞에서 서성대고 있었다. 학교 정문 앞은 오늘도 전투경찰 부대와 학생들이 팽팽하게 대치하고 있었는데, 학생들의 "독재 타도!" "삼선개헌 헌법 폐지!" 등등의 구호와 전투경찰대의 마이크로폰 소리가 혼합되어 극도로 어수선하고 소란스러웠다. 친구 손홍섭이 나타나자, 두 친구는 몇 개월 만에 얼굴을 보는 반가움에 악수한 손에 힘을 꽉 쥐며, "야! 홍섭이 그간 더 멋있어졌어!" "응, 고마워! 수일이 너도 무비 스타 같은데!" 이렇게 서로를 칭찬하며 반가움을 표했다. "야! 여기서 한 10분 걸어가면 성식이 자취하는 집 나오는데 같이 가볼래? 혹시 집에 있는지?" "그래! 같이 만나서 당구 한 게임 치자!" "그래!" 두 사람은 이런 대화와 함께 성식의 자췻집을 찾았다.

"성식아!" "성식아!" 두세 번 불러도 성식의 대답은 없어서, "아!

집에 없나 보네. 그냥 가자!"라며 돌아서는데 성식이 부스스하고 벌겋게 충혈된 눈으로, "야들아, 웬일들이냐?"라며 방에서 기어 나왔다. "와아! 성식이 꼬락서니 봐라! 주태백은 명함도 못 내밀겠는데? 크크!" "아! 그러냐? 어젯밤에 막걸리를 좀 많이 마신 것 같아!" "그런데 지금 몇 시냐?" "응, 한 시 삼십 분!" "뭐? 그럼 내가 한 시 삼십 분까지 잠을 잤다고?" "으하하하! 완존 잠꾸러기 주태백이로군! 와우! 성식이 대박!" "야들아, 너무 그러지 마라! 쪽팔리잖아?" "그래, 알았다! 기어 나가려거든 세수라도 좀 하던지!" "알았어." 그리고 대충 세수를 마친 성식은 친구들의 대열에 합류하였다.

    수일과 홍섭이 앞장서서 간 곳이 당구장이었는데 성식은 당구를 칠 줄 몰랐다. 영문과의 선배나 동료들 틈에 끼어서 배울 기회도 많았지만 용돈이 부족한 성식은 자제할 수밖에 없었고, 가능하면 막걸리 회식 같은 자리도 피하고 싶었다. 하지만 계속 회피할 수만은 없었기 때문에 성식은 불편할 때가 많았다. '오늘도 당구 치고 저녁이라도 같이 먹으면 비용이 적지 않을 것 같은데….'라며 성식은 마음속으로 불편함을 느끼고 있었다. 성식이 게임에 참여하지 않아서 재미를 덜 느낀 수일과 홍섭은 딱 한 게임으로 당구를 마쳤다. 그 후 홍섭이 말했다. "야들아, 며칠 전에 우리 꼰대 올라오셔서 한 이틀 머물다 가셨어!" "응! 그러셨구나!" "가시면서 좀 넉넉하게 용돈을 주셨기 때문에 오늘은 내가 한턱 쏠게!" "야아! 잘생긴 놈이 착하기까지 하네. 그래라 그럼!"이라며 두 친구는 홍섭의 호의를 받아들였다. "신촌에는 음악 틀어주는 막걸리 센터가 많은데 여긴 좋은 데 없냐?"

"응, 여기도 있어! 저 집과 그 건너편 집, 다음 골목에도 있고, 조금 떨어져 있긴 한데 후문 가까운 쪽에 내가 어제 막걸리 먹던 곳은 두부전골 같은 걸 먹음직스럽게 해주던데. 더구나 복작거리지 않아서 얘기 나누기도 좋은 것 같더라고." "그래? 그럼 거기로 가자! 우리 얘기 나눈 지도 오래됐잖아?" "오케이!"라고 성식이 대답하며 친구들과 함께 불문과 학생들이 자주 이용한다는, 어제 최윤슬과 막걸리를 많이 마신 집으로 향했다.

고향 친구이자 동창이고 서울에서 대학 생활을 같이 시작한 친구들끼리 만나서인지 모두 즐거워했고, 10여 분을 걸은 후 '엄마손'이라는 단아한 식당에 도착하였다. "저 집이야! '엄마손'."이라고 성식이 말하자, "오우! 한옥집을 식당으로 사용하는군. '엄마손'이란 이름만 들어도 엄마 생각이 나네! 좋았어!"라고 친구들은 좋아했다. 성식은 "그래! 어제 윤슬 선배가 그러던데 엄마가 해주는 음식처럼 정갈스럽고 맛있어서 불문과 학생들이 지어준 상호라네!"라고 말하며 앞장서서 식당에 들어서며 "아주머니, 안녕하세요?"라고 인사하였다. "아이고! 어제 많이 취했던데 오늘 또 왔어? 오늘은 쉬지!"라고 주인아주머니가 웃으면서 대답했다. "아! 저는 오늘부로 술 끊었어요. 어제 잘해주셔서 제 친구들 데리고 왔어요. 앞으로 영문과 친구들하고도 자주 올게요!" "아이고, 고마워라! 잘 부탁해!"라고 주인아주머니가 말하는데, 안쪽 테이블에서 "성식아!"라고 부르는 선배가 있었다. "아이고! 선배님! 여기서 뵙네요!" "응! 그래. 여기 불문과 애들이 자주 이용하는 곳이야! 영문과 친구들도 이리로 데리고 오겠다고! 좋지!" "선배님! 저기 제 친구들이 같이 왔으니까, 같이 있다가 나중에 찾아뵐게요."라고 말한 후 성식은 친구들에게 돌아왔다. "저 선배 불문과인데 '원어 소설 독서 토론 클럽'이란 동아리에서 같이 활동하는 선배야!" "아! 그래! 우선 우리끼리 먹다가 나중에 짬 봐서 인사시켜 줘라!"라고 두 친구가 말했다.

    홍섭은 메뉴판을 살펴보더니 그중에서 제일 비싼 불고기 3인분과 소주를 주문하였다. "와, 만석지기 자제분이라 역시 다르네. 너무 과용하는 것 아냐?"라고 수일이 말했고, 성식은 "불고기? 난 불고기라는 건 처음 먹어 보는데, 근데 너무 비싼 것 아니냐?"라고 걱정스럽게 말했다. "야아, 뭘 이 정도 가지고 그러냐? 우리 집은 명절 때마다 소 한 마리 잡아서 식솔들에게 몇 근씩 나눠주고 우리 집에서도 실컷 먹고 그래!" "아! 그렇구나! 괜히 만석지기가 아니구나! 근데 너의 아버지는 무슨 일로 서울 올라오셨대? 아들 걱정돼서?" "아니! 그런 건 아니고! 나라의 높은 분 한 분을 알고 계시는데, 그분한테 초대를 받으셨나 봐! 다음 달에도 또 오실지 모른다고 하셨어!" "아! 그렇구나! 아무튼 잘 먹을게."라고 성식이 말했다. "그건 그렇고 성식이 너 아까 얘기한 '원어 소설 독서 토론 클럽'은 뭐야?" "그러게, 흥미롭던데!" 수일과 홍섭의 말에 성식이 대답했다. "응! 내가 몇 주 전에 가입한 동아리인데, 원어 소설을 읽고 토론하고 발표하는 그런 클럽이야! 장우식이란 선배가 회장인데, 그렇게 멋지게 발표하는 사람은 처음 봤어! 그 두꺼운 원서를 다 읽고 주요 내용을 발표하는 거야! 근데 난 뭐 아는 게 있어야 발표를 하든지 토론을 하든지 하지!

무식하면 용감하다더니, 난 무식해서 용감하게 그 클럽에 가입했지만 모두 똑똑하고 멋져서 아주 부럽더라고! 우리 대학뿐 아니라 타 대학생도 문학에 취미와 관심이 있으면 문호를 개방한다고 했으니 너희도 생각 있으면 말해라! 내가 바로 추천해서 가입시켜 줄게!" "그래? '원어 소설 독서 토론 클럽'이라? 좋은 동아리 같은데 성식이가 참여했으면 나도 따라 간다!"라고 수일이 말하자, "그래! 나도! 친구 따라 강남 간다고 하잖아?"라고 홍섭이 말했다. 이렇게 수일과 홍섭이 흔쾌하게 동아리에 가입한다는 의사를 밝히자, 성식은 너무 기분이 좋아 바로 뒤편에 있는 선배에게 달려갔다. "선배님! 제 친구들이 동아리에 가입할 의사가 있답니다!" "그래! 잘됐네. 내가 이쪽 모임 곧 끝나가니깐 끝나거든 그쪽으로 갈게!" "네! 선배님." 이렇게 성식은 선배와 대화를 마치고 돌아왔다.

　그때 주문하였던 불고기가 나왔는데, 수일은 "와아, 불고기로구나! 비주얼이 죽여주네!"라고 감탄하였고, 성식은 "야아, 만석꾼 자제분을 친구로 두었더니 이런 호사를 다 하는군!"이라고 기뻐하며 홍섭에게 감사를 표했다. 홍섭은 소주잔을 채워주며, "자! 우리의 우정을 위해!"라며 건배를 제의했다. 친구들은 "우정을 위해!"라고 화답하며 쫙 소주잔을 들이켰다. "그런데, 성식아! 너 조금 전에 술 끊었다고 하지 않았어?" "응! 그랬지! 어젯밤부터 아까까진 끊었었고, 지금 다시 시작했어!" "하하하!" "근데, 너희들 군대 문제에 관해서 고민은 해봤냐?"라고 성식이 묻자, 수일은 "아니!"라고 짧게 대답했다. 홍섭은 "우리 꼰대께서 좋은 보직으로 심어주신다고 하셨고, 군대 문제뿐 아니라 아무것도 걱정하지 말라고 하시며 그냥 공부나 열심히 하라고 하시데." "와아! 부럽다! 만사형통이로구나!" "역시 이 시대의 부르주아구만!" "뭐? 부르주아? 성식이 넌 영문과 들어가더니 유식해진거냐? 아니면 겉멋이 든 거냐? 친구를 부르주아라고 부르는 것은 좀 그렇잖냐?"라며 홍섭은 못마땅한 표정을 지었다. "아! 윤슬 선배가 잘 쓰는 말이라서, 나도 모르게 튀어나왔어! 윤슬 선배가 부르주아 취향이라서! 난 사실 부르주아의 확실한 개념도 몰라! 하지만 부유하고 여유롭다는 사실 하나만으로도 부럽기만 하더라." "그럼, 성식이 너도 부르주아 취향이냐?" "어쩌면 그럴지도 모르지만, 한낱 꿈에 불과하다고 봐야지!" "왜? 너 이제 스무 살이고, 좋은 대학교 들어왔고, 틀림없이 성공할 거고, 너도 넉넉히 부르주아 계급이 될 수 있어!" "그러냐? 그렇게 돼서 최윤슬 선배 취향에 딱 맞는 사람이 되고 싶다." "와아! 성식이 사랑에 빠졌나 보네, 최윤슬 최윤슬 자꾸 불러대는데 성식이 애인이라도 되냐?"라고 홍섭이 묻자, 수일이 말했다. "그래! 성식이 사랑에 빠진 여인이 최윤슬이란다. 근데 성식이 너 손목이라도 한 번 잡아 봤냐?" "뭐어? 손목? 맞아 죽을 일 있냐? 감히 누구 손목을 잡아? 그런데 나보고 약아 빠지게 학교 생활 잘해서, 내가 계획한 시간에 군대 잘 가라고 하면서, 그렇게 군대 잘 가면 꼭 면회 와 준다고 하데. 어제 술 많이 취했는데, 군대 얘기하니깐 술이 확 깨더라고!" "와아! 군대 간 김성식과 최윤슬의 면회! 개봉박두!" "크하하하!" "이렇게 떠들어대며 홀짝홀짝 마신 소주 탓에 세 명은 취기가 올라오고 있었는데, 그때 이웃 테이블의 선배가 자신들의 자리가 끝났는지 후배들을 찾아왔다.

"아! 선배님 어서 오세요!"라고 성식이 인사하자, 선배는 "아! 75학번 박삼식입니다."라며 수일과 홍섭에게 자신을 소개하였다. "네! 선배님! 성식이 친구 손홍섭입니다. Y대 영문과 신입생입니다."라고 홍섭이 응답하며 악수하였고, 수일은 "성식이 친구 신방과 박수일입니다."라고 자신을 소개하며 선배와 악수를 나눴다. "후배님들 재미있게 말씀 나누는데 불청객이 끼었나요?" "아! 아닙니다. 대환영입니다."라고 말한 손홍섭은 박삼식 선배에게 수저를 챙겨주고 술을 권하였다. 이렇게 해서 4명이 주거니 받거니 하며 대학 생활 선배로부터 사사로운 경험담을 듣기도 하고 군대에 언제 가야 유리한지에 관해서도 들을 수 있었다. 그리고 '원어 소설 독서 토론 클럽' 동아리에서 앞으로 활동하며 좋은 추억 남길 수 있기를 서로 기대하며 술자리를 끝냈다.

3

장우식은 학교 정문 앞에서 시위대의 선두에 서서 "독재 타도!" "삼선개헌 헌법 폐지!" 등을 외치며 전투경찰대와 팽팽하게 대치하고 있었다. "자! 학생들 이제 학교로 들어가세요!"라고 휴대용 마이크를 든 전투경찰 지휘자가 소리를 지르는 순간, 페퍼포그 자동 발사 차량의 포문이 열렸다. "펑! 펑! 펑! 펑!" 수십 발의 페퍼포그가 학생들 머리 위에서 작렬하였고, 견디지 못한 학생들은 콜록거리며 학교 안으로 후퇴하기 시작했다. 바로 이때 수십 명의 빨강 모자를 쓴 병력이 전투경찰의 방패진 엄호에서 벗어나 학생들 틈으로 함성을 지르며 돌진하였다. 이들이 든 진압봉은 박달나무 재질이어서 잘못 맞으면 뼈가 부러질 정도로 아프고 치명적이다. 빨강 모자들은 학생들에게 돌진해 닥치는 대로 두들겨 팼다. 학생들은 맞으면서도 사력을 다해 학교 쪽으로 도망갔지만, 상당수 학생이 넘어지거나 쓰러지기도 하였다. 넘어지고 쓰러지면 가차 없이 끌려갔고, 끌려간 학생들은 호송차에 짐짝처럼 던져졌다.

월요일 정오 무렵까지 시위대와 전투경찰의 대치는 그런 양상으로 일진일퇴하였으나, 오후 2시 넘어서는 학생들이 현저하게 밀리는 기색이 보이더니 막판에는 학교 안에까지 빨강 모자들이 진입하기 시작했다. 결국, 장우식은 빨강 모자 두 명에게 몽둥이로 두들겨 맞은 후 끌려가게 되었다. 검은색 호송차에 짐짝처럼 실린 장우식은 어디인지는 모르지만 넓은 연병장 같은 곳에 화물처럼 부려졌는데, 곧바로 벌떼처럼 달려든 전투복 차림의 군인들이 군기를 잡기 시작하였다. 누구든 반항하거나 거역하면 바로 집단 폭행을 당했기 때문에 목숨을 부지하기 위해서는 순응할 수밖에 없었다. "자! 부대 좌로 굴러 실시!" "좌로 굴러 실시!"라고 복창한 후에 좌로 구르다가, "낮은 포복 실시!"라는 명령에 "낮은 포목 실시!"라고 복창한 후 또 낮은 포복 자세로 기다가, "저 앞 축구 골대 돌아오기 선착순 5명 실시!"라는 명령이 떨어지면 "저 앞 축구 골대 돌아오기 선착순 5명 실시!"라고 복창하고 5등 안에 들어와야 잠시 쉴 수 있었으므로 전력 질주하였다. 5등 안에 든 친구들은 잠시 쉴 수 있었지만, 나머지 인원들은 다시 뛰어서 또 5등 안에 들어와야 잠시 쉴 틈이 생기고, 계속해서 선착순 5명의 레이스는 반복되었다. 이런 식의 군기 잡기가 해 질 무렵까지 계속되었다. 결국, 해가 질 무렵에야 한 명씩 불려 나가 학교와 학번 등 인적 사항에 관해 조사받기 시작했다.

장우식은 어떻게 어떤 방식으로 여기 잡혀 온 학생들이 분류되는지는 모르겠지만, 자신은 3조로 분류되었음을 알게 되었다. 장우식은 이렇게 학생들을 짐짝처럼 다루고 짐승 취급하는 데 분노하였고, 독재자에 대한 혐오가 이제 강력한 증오심으로 변해가고 있음을 느꼈다. 또한 "아! 우리의 현실이 이렇구나! 1조나 2조로 분류된 친구들은 어떤 친구들이고 왜 나하고 다르게 분류되었나? 순수한 우리 대학생들이 이렇게 분류(classify)되어서 등급이 매겨진다는 것이, 동물들이 1등급, 2등급, 3등급으로 등급이 매겨지는 것과 무엇이 다른가?"라며 괴로워하였다. 1조의 학생들은 트럭에 올라 다른 곳으로 호송되었고, 2조는 경찰서 유치장으로 보내졌다. 장우식처럼 3조에 분류된 학생들은 다시는 시위를 안 하겠다는 각서를 쓴 후 대기하다가 호송차에 실려 다시 학교로 돌아왔다. 장우식은 왜 겨우 10명 정도만 학교로 무사히 돌아왔을까? 그리고 나머지는 어떻게 되었을까? 이 의문점을 어떻게 풀어야 하나를 고민하다가, 총학생회장을 찾아 나섰다.

학생회 사무실을 방문하여 총학생회장을 만난 장우식은, "회장! 요즘 왜 이래?"라고 말문을 열었다. "우식아! 언제 나왔냐? 너 끌려갔다는 이야기는 들었어." "응, 좀 전에 나왔어! 이거 우리 대학생들이 이런 식으로 짐승 취급당하는데 일반인들은 어떤 대접을 받을까?" "아, 아무튼, 두부나 한 모 먹으면서 차분하게 이야기하자고! 할 일도 많고 지금 현안이 너무 살벌해! 우선, 풀려난 애들과 아직 안 풀려난 애들의 명단이 중요하고, 아직 안 온 애들의 행방이 중요해!" "알았어! 두부는 아까 단체로 먹었어!" "그랬냐? 아무튼 다시는 달려 나가지 말자!" "그래! 고마워!"라고 말한 장우식은 심각한 표정으로 "우리 학생들을 화물 취급하고 도살장에 끌려가는 동물처럼 취급한 것에 관해 문교부에 전국 학생회 대표들을 보내서 강력히 항의하면 어떨까?"라고 덧붙였다. "그래! 그것도 좋은 생각이고, 강력해진 경찰과 전투경찰 조직에 군인들이 합류한 것 같으니 우리들은 좀 더 연대를 굳게 하고 독재 투쟁 대오를 조금 더 치밀하게 갖출 필요가 있어. 우리 대학 단독으로는 힘드니까 S, Y, H대 등 규모가 큰 학생회와 연대를 더욱 강화해야 할 것 같아!" "그래! 좋은 생각이야! 우리만으로는 힘들어. 마치 바위에 계란을 던지는 형세야!" "그래! '전국대학생총연합회'와 연대하자!" "그래! 모임을 소집하자!" 그렇게 학생회장과 '원어 소설 독서 토론 클럽' 회장 장우식은 굳게 악수를 한 후 헤어졌다.

4

장우식은 학생회장과 대화를 마친 후, 인문관과 도서관 그리고 학생식당 등을 돌아다니며 친구들이나 선후배들의 근황 파악에 나섰다. 도서관 앞 CNN 카페에 박삼식과 '원어 소설 독서 토론 클럽' 회원들 몇 명이 둘러앉아 차를 마시고 있는 것을 목격한 장우식은 곧바로 합류했다. "아! 회장! 고생했지?"라고 동료들이 반겼다. "뭐얼! 나야 곧 풀려났지만 아직도 안 풀려난 애들 때문에 걱정이야. 그러나저러나 세상이 어찌 되려고 이러나?"라고 장우식이 한탄하였다. "바른말 하는 우리 대학생들을 적대시하고, 동물 취급하고 있으니…. 장우식 회장은 풀려났으니 다행이지만 대다수는 최전방으로 끌어다 강제 입영시킨다는 말이 돌고 있어!"라고 박삼식이 말했다. "아무튼 끌려가면 절대 안 되니 우리 정신 바짝 차리자고!"라고 장우식은 회원들에게 말했다. 이런저런 말끝에 박삼식은, "어제 성식 후배와 그 친구들을 만났었는데, '원어 소설 독서 토론 클럽'에 성식의 친구 두 명이 가입할 의사가 있다네." "응? 그래에? 좋았어! 그런 식으로 문학 애호가들을 좀 더 모아서 세력도 조금 키우고 좋은 발표도 하고 좋은 글도 쓰면 좋겠어!" "그럼. 이번 신입생 중에 기대되는 친구들이 많아! 좋은 동아리가 될 거야!" "다음 주에 임시 모임을 해서 추가 가입자들을 환영하는 순서를 마련하자고!" "오케이!"

이렇게 친구들과 헤어진 후 집에 들어온 장우식은 어머니와 마주쳤다. "아들아! 제발 정신 좀 차려주면 안 될까? 아버지 더 이상 곤혹스럽게 하지 않았으면 좋겠어. 아버진 요즘 비상사태라 집에도 계속 못 들어오시는데, 시국이 시국이니만큼 좀 조용히 지내주면 안 되겠니?" 장우식은 "네! 알았어요! 엄마!"라고 짧게 말한 후 방 안으로 들어가 버렸다. "그냥 돼지처럼 '예! 예!' 하면서 주는 밥이나 쩝쩝거리면서 먹으라고요?"라고 대꾸하고 싶은 걸 잘 참아냈다고 생각했다. 만약 그랬다면 잔소리는 더욱더 길어졌을 게 뻔했다. 장우식은 피곤해서 자려 했지만 잠은 오지 않고 끌려갈 때의 장면 장면이 오버랩되면서 책에서 본 독재자 빅맨과 우리나라 지도자가 무엇이 다른가라는 생각에 골몰하였다. 그러다가 신입생 후배 김성식이 했던, "우리나라 지도자는 아프리카에서 십수 년 전에 기용했던 나쁜 제도를 벤치마킹해서 우리나라의 정치제도를 변경했다고 생각하는데 선배님 생각은 어떠신가요?"라는 말이 오버랩되었다. '그래! 이 사람들을 분석하고 연구해야 해!'라는 생각이 들었다. '우리 모임에서 이 독재 세력을 연구해야 하고, 투쟁 방식도 바꿔야 해! 목소리만 높여서 정문 앞에서 대치하다 끌려가고 그러다가 두들겨 맞고, 이건 아니야!'라고 생각이 정리되자 피곤이 몰려오며 스르륵 잠이 왔다.

다음 날 학교에 온 장우식은 '원어 소설 독서 토론 클럽'의 집행부를 소집하였다. 집행부 미팅에서 회원들의 추가 모집을 독려하고, 다음 주에는 새롭게 모임에 가입한 회원들을 환영하는 시간을 가지면서 다음 모임의 연구 주제를 제시하기로 하였다. 그리고 인문관 게시판에 '원어 소설 독서 토론 클럽'의 임시 모임 공고와 '문호 개방 정책(open door policy)'을 공지하였다.

5

 김성식과 박수일 그리고 손홍섭은 K 대학교 방목도서관 앞에서 만났다. '원어 소설 독서 토론 클럽'의 모임이 있는 날이었다. 김성식은 두 번째, 박수일과 손홍섭은 첫 참석이었다. 방목도서관 4층 R402호에 입장한 세 친구는 먼저 와 있던 박삼식 선배의 환영을 받으며 회장단과 인사를 나눈 후 자리에 앉았다. 총무의 개회 선언에 이어 회장이 단상에 올라 비장한 어조로 말했다.
 "회원 여러분! 그간 안녕하셨습니까? 저는 며칠 전 빨강 모자에게 끌려간 이후 말로 표현하기 어려울 정도로 힘든 시간을 견디다 가까스로 풀려났습니다. 이 정부는 삼선개헌, 유신헌법으로 개정한 이후 군사정권을 계속 연장하려 하고 있고, 정부에 쓴소리하는 모든 세력을 빨갱이로 매도하고 적대시함으로써 정권의 명맥을 유지하려 하고 있습니다. 그동안에는 우리 대학생을 적대시하지는 않았지만, 이제 그 양상이 달라져서 시위대를 마구마구 두들겨 패고, 짐짝 다루듯 실어다 뺑뺑이를 돌립니다. 우리는 이제 달려가면 안 되는 처지가 되었습니다. 예전처럼 유치장에 하루 썩다가 다음 날 훈방되는 시대는 지났습니다. 그래도 그때는 좋은 시절이었습니다. 이제 시위대는 적대시되고 있고 언제 어디서 어떻게 몽둥이찜질을 당할지 어떤 변을 당할지 아무도 모릅니다. 그래서 우리 회원들께 간곡히 부탁드립니다. 불타는 정의감과 옆에서 쓰러져가고 있는 동료 학생에 대한 동료애 등을 모두 자제하고 이제 살아남아야 할 절박한 시점이 온 것입니다. 그래서 우리 클럽의 회원들 모두 시위의 선두에 나서지 말 것을 간곡히 부탁드립니다. 시위의 선두에 서게 되면 빨강 모자에 맨 먼저 끌려갈 확률이 높아지는데 우리는 끌려가기 전에 할 일이 너무 많기 때문에 이렇게 말씀을 드리는 것을 이해해주시기 바랍니다. 그 대신 우리는 우리가 가지고 있는 문학적 지성을 십분 활용해서 이들의 체제를 분석하고 연구하여 그것을 문자화해서 민주화를 원하는 모든 이에게 배포해야 합니다. 이런 방식이 훨씬 이성적이고 지성적이라고 저는 밤새 고민한 끝에 결론을 내렸는데 여러분 생각은 어떠십니까?" 회원들은 "좋습니다!" "옳소!"라고 환호하며 회장에게 지지 의사를 표현하였다.

"네, 감사합니다. 그건 그렇게 일단락하고, 오늘 10여 명의 신입 회원이 신규로 참석했습니다. 동아리를 대표해서 진심으로 감사드립니다. 우리 동아리는 여러분의 문학적 감성을 깨우고 개발하는 데 적극적 도우미가 되고자 합니다. 우리 모두는 문학의 카테고리 안에서 영어라는 언어적 프레임을 공통으로 가지고 있습니다. 문학을 늘 공부하고 사랑하고 또 연구합니다. 다음 달 7월 초에 개최 예정인 정기 모임에서는, 제가 지난번 모임에서 운을 뗀 신식민주의 소설과 이론에 관해 무한 토론을 하겠습니다. 앞날을 예측하기 힘든 유신독재의 시대를 살고 있는 우리들은 영어영문학에 새롭게 대두되고 있는 핫토픽인 신식민주의 이론에 관한 확실하고 깊은 성찰이 꼭 필요하다고 생각하기 때문입니다. 이제 오늘 새로 오신 신입 회원을 한 분 한 분 모셔서 각자 자신을 소개하는 시간을 갖도록 하겠습니다. 오늘은 대규모로 회식하는 것은 자제하겠습니다. 그 이유는 오늘 모임 서두에 제가 시위대의 선두에 서지 말라고 드린 말씀의 연장선상으로 받아들여 주셨으면 합니다. 소규모로 움직여서 토론하시길 부탁드립니다."

이렇게 장우식 회장은 단상에서 내려오고, 신입 회원 한 명 한 명이 단상에 올라 자신을 소개하고 포부를 밝히는 순서를 진행하였다. 박수일의 차례가 되어 수일이 나서서 "김성식의 친구 신방과 박수일입니다. 좋은 동아리에 불러 주셔서 감사합니다."라고 인사하고 내려왔다. 손홍섭은 "Y대 후레쉬맨 손홍섭입니다. 제가 신이라는 촌에서 놀았더니, 이 고을에도 풍류를 즐기는 귀인이 많고 또 물이 좋아 막걸리 맛이 좋다고 들었습니다. 더구나 이곳에는 저의 절친들이 진을 치고 있네요. 앞으로 제 친구들과 더불어 열과 성을 다하겠습니다. 잘 부탁드립니다."라고 인사하였다. 이렇게 모임을 마친 회원들은 도서관에서 나와 삼삼오오 흩어졌다. 김성식과 친구들은 박삼식 선배와 동행하였는데, 박삼식 선배는 그냥 지나치려는 최윤슬에게 동행하자고 제안하였다. 그렇게 해서 다시 식당 '엄마손'에 들르게 된 5명은 선배 후배 간 혹은 친구 간의 대화로 즐거운 시간을 보냈다. 막걸리를 여러 주전자 마신 일행은 점점 목소리가 더 커지고 있었고 농담도 스스럼없이 하게 되었는데, 박삼식이 윤슬에게 말했다. "선배는 남자 보는 눈이 탁월해요!" "응? 왜?" "성식처럼 콧날 우뚝한 지성미 넘치는 남자를 한 방에 섭외 잘해서 잘 지내고 있잖아요?" "하하! 성식인 나에게 꽉 잡힌 포로야!"라고 윤슬이 화끈하게 응대하였다. 그러자, 수일이 대뜸 "형수님! 제가 성식이보다 20일 늦게 태어나서 성식이 동생인데 앞으로 형수님으로 깍듯이 모시겠습니다!"라고 너스레를 떨었다. "오케이! 시동생 콜!"이라고 윤슬이 대답하며 즐겁고 행복한 듯 하얀 이를 드러내며 웃었다. 홍섭이 나서며 "저는 성식이보다 45일 형이어서 제수씨라고 불러야 되겠어요! 그러나저러나 형수, 제수라고는 하지만 성식이 말에 의하면 윤슬이 누나한테 맞아 죽을까 봐 손목 한 번 못 잡았다고 하던데요! 제수씨께서 오늘 아량을 베푸셔서, 손이라도 한 번 잡아주시면 어떨까요?"라고 능글맞게 말했다. "와아! 이젠 시동생에 이어 시숙님까지! 좋아요! 성식아 이리 와서 내 손을 꼭 잡아!" "와! 화통하다!" "정말 멋지시다!" 막걸리에 취한 청춘들은 시간 가는 줄 모르고 즐거운 시간을 보냈다. 모임이 파할 무렵 최윤슬은 강원도 인제군 쪽으로 토론 여행을 가자고 제안하였고, 7월 정기 모임에 대비해 토론도 하고 등산도 하면서 친목을 다지는 좋은 시간을 갖자는 데 모두 동의하고 합의한 후 헤어졌다.

6

H 대학교 총학생회 정영삼 회장은 전국대학생총연합회 연합회장을 겸임하고 있었다. 오늘은 H 대학교뿐 아니라 전국의 유수 대학에서 벌어지고 있는 대학생들에게 행해지는 적대 행위에 대한 대책을 논의하고 급변하는 정세에 효과적으로 대처하기 위해 모임을 비밀리

에 소집하였다. 비밀리에 모임을 소집하였지만 이미 정보를 입수한 당국에선 학교 출입 학생들에 대한 검문검색을 강화하여 학교 안팎은 살벌하였다. 각 학교 학생회 임원들은 은밀하게 속속 미리 약속한 장소에 입장하였고, 시간이 되자 회장은 개회를 선언하였다. "지금부터 전국대학생총연합회 임시 회의를 개최합니다." "땅! 땅! 땅!" 회장의 회의봉 두들기는 소리가 은밀하였지만 결의에 찬 듯하였다.

"오늘 임시 회의를 소집한 이유와 관련하여, 간사이신 K 대학교 김진협 학생회장께서 지금 우리 대학생들이 당하고 있는 상황에 대한 간략한 보고가 있겠습니다. 김진협 회장님!" "네! 김진협입니다. 우리 학교는 요즘 날이면 날마다 학생들이 빨강 모자들한테 두들겨 맞고, 끌려가고 있는데 그 숫자를 파악하기 힘들 정도입니다. 우리 총학생회의 부회장인 장우식 군도 며칠 전 끌려가 생애 최초로 무지무지한 고생을 한 끝에 겨우 풀려났지만, 장우식 부회장처럼 풀려난 학생들의 숫자는 전체 끌려간 학생들의 20%가 될 듯 말 듯합니다. 문제는 끌려간 학생들 대부분이 말로 표현하기 힘든 특별 군기 잡기 훈련을 받은 후 거의 초주검이 되어 최전방으로 지원 입대의 형식이지만 결국 강제 입영되는 것입니다. 우리들이 민주화를 이루기 위해 주장하는 모든 행위 자체를 용공 행위로 치부하고 있으며, 민주화를 외치고 독재를 물리치자는 외침을 빨갱이들의 외침으로 전락시켜 박달나무 몽둥이의 타작 대상으로 삼고 있는 것입니다. 그런 이유로 우리 대학생 총연합회는 각 대학 간의 유대를 더욱 강화하고 단결함으로 이 모진 독재 세력에 좀 더 효과적으로 대처할 수 있도록 하기 위해 이 모임을 소집한 것입니다. 우리 모두 효과적으로 이 독재 세력에 대응할 대책을 강구합시다!"

"네! 김진협 회장님 감사합니다. 이런 상황에 효과적으로 대처할 수 있는 구상이 있으신 분은 표해주시기 바랍니다."라고 전국대학생 총연합회 회장이 말했다. S 대학교 정인범 학생회장이 손을 들었다. "네! 정 회장님 말씀하시지요!" "네! 저는 우리 회장단의 대표를 선임해 문교부장관을 방문하여 이런 시국에 대해 강력한 항의를 제기하고, 그 이후 문교부에서 현 정부의 독재 종식을 위한 무한 투쟁을 선포하는 선포식을 시행하길 동의합니다." "네, 정 회장님 동의 감사합니다. 이 안에 대해 재청하십니까?" "네! 재청합니다."라고 회중에서 화답하였다. "네! 문교부에 우리 전국대학생총연합회 대표단이 항의 방문하고, 그 이후 문교부에서 '독재 종식 무한 투쟁' 선포식을 시행하자는 동의와 재청이 있었습니다. 또 다른 안이 있으시면 말씀하시지요!"라고 말한 후 회장이 회중을 살펴보았다.

후미에 앉아 있던 E 대학교 학생회장이 손을 들었다. "네, E 대학교 박 회장님 말씀하시지요." "네! E 대학교 박순실입니다. 남학생들을 무자비하게 박달나무 진압봉으로 두들겨 패고, 끌고 가서는 모진 고문과 조금도 다를 바 없는 혹독한 뺑뺑이 훈련을 받게 한 후 전방으로 보내는 건 상상할 수 없는 인권유린 행위입니다. 그리고 더욱 심각한 문제가 또 있습니다. 제가 최근에 들은 소문에 의하면 우리 여학생들이 독재 타도를 외치다 끌려가면 성추행과 성폭행을 당한다는 이야기들이 퍼지고 있습니다." 박 회장이 잠시 말을 끊은 순간에 좌

중에서 술렁이는 소리가 확연하게 들렸다. 박 회장은 숨을 고른 후 다시 말을 이었다. "우리 여학생들이 끌려가 성추행과 성고문을 당하다니, 우리가 나치 시대에 살고 있는 겁니까? 영구집권을 획책하는 독재정권에 항의하는 학생들을 빨갱이로 치부하는 나라! 이게 나라입니까? 우리는 문교부뿐만 아니라 국회에도 학생 대표를 보내고 그리고 UN에도 서한을 보내야 합니다. 우리 학생들이 정부에 올바르게 해달라고 시위하는 행위를 용공 행위로 간주하고 빨갱이로 매도하는 행위는 일제강점기에나 있을 법한 일입니다. 그래서 좀 더 다각적이고 적극적으로 이런 독재 행위를 알리고 우리가 벌이는 독재정권에 대한 투쟁의 정당성을 알렸으면 좋겠습니다. 현 정권의 무한 집권 시도는 이 지구상의 공산국가나 아프리카의 독재국가에서나 있을 법한 일이지 감히 민주공화국의 간판을 내건 나라에서 있어서는 안 될 일입니다. 모두 궐기합시다. 우리 여학생들이 선봉에 서서 앞장서겠습니다."

"와아!" "네! 박 회장님 감사합니다! 시원시원하게 우리 남학생들에게 큰 용기와 도전을 주시는군요! 박순실 회장님의, 국회에 대표단을 보내 항의하고 UN에 우리의 실정을 알리는 서한을 보내자는 안과 여학생이 시위의 선봉에 서겠다는 동의에 재청이 있으십니까?" "…." "전 부분적으로 재청할 수 있습니다. 국회에 항의 방문하고 UN에 서한을 보내는 안에 대해서는 재청합니다. 하지만 여학생을 반정부 시위의 선봉에 내세우는 일에는 재청할 수 없습니다!"라고 K 대학교 회장이 발언했다. "네! 맞습니다! 여학생을 선봉에 내세우다니요!

안 됩니다." "네, 알겠습니다. 그럼 국회에 대표단을 보내어 항의하고, UN에 서한을 보내는 안으로 가결하겠습니다. 그럼 이러한 일을 집행부에 일임할까요? 아니면 사안별로 토론을 진행할까요?" "네! 집행부에 일임하자는 안에 동의합니다." "네! 집행부에 일임하자는 안에 재청합니다." "네! 위 두 가지 사안을 집행부에 일임해 주신 것을 감사드립니다. 집행부에서는 최대한 은밀하게 세부안을 준비하겠습니다. 아무쪼록 안전하게 귀가하시길 바랍니다. 그럼 이것으로 임시 회의를 마치겠습니다."

"땅! 땅! 땅!"

7

상봉버스터미널, 아침 6시부터 한 명 두 명 모이기 시작했다. 제일 먼저 박삼식이 도착하였고 곧이어 박수일과 김성식 그리고 손홍섭이 도착하였는데 모두들 반갑다고 악수를 나누고 있을 때, 때마침 도착한 최윤슬이 "Good morning everyone!(여러분 좋은 아침!)"이라고 경쾌한 인사를 건네며 다가왔다. 이렇게 모인 젊은 청춘들은 한 10여 분 시간 여유가 있었지만 모두 강원도에 빨리 가고 싶은 설렘으로 서둘러 버스에 올랐다. 버스에 오르자, "자! 일찍 나오느라고 피곤할 터이니 우선 자리 잡고 앉아서 잠시 눈을 붙여도 돼요! 어차피 오늘부터 3일 동안은 잠자기는 글렀어요."라고 윤슬이 말했다. 손홍섭이 특유의 능글맞은 어조로 대꾸했다. "그럼 3일 동안 잠 한

소금 안 자고 윤슬 선배는 뭐 하시려고요?" "우리 등산도 해야 하고 밤엔 술도 먹고 토론도 해야 하고… 잠잘 시간이 어디 있어요?"라며 윤슬은 홍섭을 흘겼다. "아, 그렇군요! 전 삼일 동안 잠 한소금 안 주무시고 사랑만 나누시겠다고 하실 줄 알았지요!" "에끼, 불량한 친구 같으니라고!"라며 삼식이 힐난했다. "알았어요! 성식아, 이리 와 내 옆에 앉아!"라며 윤슬은 정말 사랑하는 사람을 챙기듯이 환한 웃음을 보여주었다.

    버스는 출발하여, 양평을 거쳐 용문산 근처의 휴게소에 잠시 휴식을 위해 정차하였다. 일행은 이 휴게소에서 윤슬이 준비해 온 김밥으로 아침 식사를 마쳤다. 또다시 버스는 출발하여 철정검문소를 지나며 우회전하였고 산간 도로에 접어들었다. 고불고불 60~70도를 이리저리 회전하면서 오르막길과 내리막길을 약 1시간여 달리다가 결국 상남면에 도착하여 일행은 버스에서 내렸다. 상남우체국 앞 정육점에서 약 10kg의 삼겹살을 산 최윤슬은 "자, 여기 술안주 샀으니, 누가 저기 슈퍼에 가서 소주 두어 짝 사면 어떨까요?"라고 기염을 토했다. 박삼식이 나서서 건너편 슈퍼에 들어가더니 소주를 한 짝 사서 무겁게 들고나왔다. "자! 그럼 준비는 된 것 같으니 여기서 조금만 기다립시다."라고 윤슬이 말했다. "네! 대장님!" 일행은 윤슬 선배를 대장으로 모시겠다는 듯 '대장님'을 강조해 대꾸했다. 한 5분쯤 기다리자 지프차 한 대가 다가와 정차했다. 윤슬은 "자, 여러분 우리들의 선배이신 차일건 님이십니다! 모두 인사드리세요!"라고 말한 후, 곧바로 차에서 내린 사람과 격한 포옹을 나눴다. 모두들 윤슬 선배의 거침없는 행동에 눈이 돌아가는 듯했지만 일단 대장님으로 모신 윤슬 선배의 명령에 따라 턱수염을 20센티 정도 기르고 있는 엽기적인 모습의 선배라는 분에게 인사를 드렸다.

"박삼식입니다. 선배님 말씀 많이 들었습니다." "아! 후배님 반가워요!"라고 엽기는 말했다. 손홍섭이 "선배님! 아니 도사님 안녕하세요?"라고 인사를 건네자, "하하하! 도사님이라고 불러줘서 고마워요! 잡사로 살고 있었는데 도사로 승격시켜줘서!"라고 엽기가 말했다. 박수일과 김성식도 쭈뼛거리면서 "안녕하세요? 도사님!"이라고 인사를 드렸는데, "아! 고마워요! 지금부터 그냥 차 도사라고 불러주세요! 도사! 그거 나쁘지 않네요! 하하하!"라며 엽기는 호방하게 웃었다. "자! 짐을 넣으시고 모두들 밀착해서 타세요! 슬슬 올라가봅시다."라고 도사는 승차를 지시했는데, 흩날리는 수염에서 느껴지는 묘한 분위기에 모두 압도되었다. 지프차는 미산계곡을 휘돌아 산길로 접어들었는데 아까 철정검문소 이후의 산길보다 열 배는 더 험준하였다. 차 한 대 겨우 통과할 정도의 넓이에 돌을 이리저리 옮겨서 만든 산길은 가파른 데다가 급커브가 너무 많아서 사람들이 이리저리 밀렸지만 누구 하나 찍소리도 내지 못했고 산악 드라이브의 스릴을 만끽할 수밖에 없었다.

약 30분 후에 차 도사의 집에 도착했는데 해발 1,000미터 정도의 높이에 산세가 험준해서 바로 호랑이가 나온다고 해도 이상해할 것이 없는 곳이었다. 차 도사는 제법 넓은 터에 가건물을 지어서 살고 있었는데 여러 개의 작은 방이 있었다. 그중 두 개는 심마니들이

거주하는 방이었다. 물이 시원스럽게 쏟아져 내려오는 계곡을 바라보는 조망 좋은 곳에 드럼통을 잘라 만든 바비큐 통이 있었고 바로 옆에 넓은 평상이 있었다. 차 도사는 "자! 먼 길 오시느라 수고들 많으셨고요. 여기 머무는 짧은 기간만이라도 지금 세상에서 겪고 있는 모든 번다함을 다 내려놓으시고 편안하게 지내는 치유의 시간이 되길 응원하겠습니다. 여기서 오른쪽으로 약 2시간 오르시면 개인산 정상에 가실 수 있고요. 왼쪽으로 오르시면 약 40분 후에 개인약수 그리고 그곳에서 약 2시간 정도 올라가시면 구룡덕봉에 도착할 수 있으며 구룡덕봉에서 한 시간 정도 더 진행하시면 주억봉에 도착하실 수 있습니다. 산행하실 때 안내가 필요하면 제가 안내하겠습니다. 모쪼록 멋진 시간 누리다 가시길 소망합니다. 감사합니다!"라고 말한 후 자리에 앉았다.

"와아! 도사님 감사합니다."라고 일행이 인사했고, 윤슬이 나서서 "선배님! 그동안 술은 끊으셨나요? 좀 촐촐해 보이시는데 고기 좀 구워서 한따까리 해보실까요?"라며 화사한 웃음을 보였다. "아! 후배! 고마워! 술을 끊으면 요즘 같은 세상을 어떻게 살 수 있을까요? 오랜만에 걸판나게 한번 먹어볼까요? 우선 숯불부터 준비할게요." "네, 선배님!" "선배님께서 숯불 준비하시는 동안 우선 간단하게 이곳에 오신 소감을 말해 볼까요? 누구?" "네, 전 우선 여기까지 오는 동안의 여정이 너무 신기했어요! 고불고불한 길을 거침없이 달려오신 버스 기사님이나 차 도사님 정말 멋있어 보였고, 아까 삼겹살 10kg 사면서 누구 소주 두어 상자 사라고 오더 내리신 대장님의 포스에 깜짝 놀랐어요. 여기 와보니 이곳의 아름다움이 말로 표현하기 힘들 정도이고 어쩌면 신선들이 노는 곳이 아닐지 하는 생각이 드네요!"라고 박수일이 말했다. "저는 등산과 토론을 겸한 여행이어서 토론 준비를 좀 했어야 하는데 그걸 못해서 걱정이 태산 같았는데, 이곳에 오자마자 그런 근심 걱정은 싹 사라지네요. 이런 좋은 곳으로 안내하신 윤슬 대장님과 초대해 주신 도사님께 감사드립니다."라고 손홍섭이 여유롭게 말했다. 박삼식은 "후배님 세 분이 같이해서 좀 책임감이 앞섰는데, 이곳에 도착해서 선배님 만나는 순간 그런 걱정은 한갓 기우였네요. 초대해 주셔서 감사합니다. 선배님!"이라고 말했다. 김성식은 "모든 것이 다 좋았고 경이로웠어요! 윤슬 선배가 도사님 꽉 붙들고 포옹한 것 빼놓고요! 전 그 장면에 쇼크를 받아서 지금도 정신이 없네요!"라고 말했다. "와아! 성식이 솔직하네. 너! 질투심이 폭발했구나!"라고 수일이 놀렸다. "여러분! 우리는 명색이 문학도들 아닌가요? 문학에서 삼각관계는 기본이에요!"라고 윤슬이 깔깔대며 즐거워했다.

윤슬은 계속해서 "우리들 7월에 신식민주의에 관해 무한 토론을 하기로 했잖아요? 혹시 누가 준비하고 있는 사람 있을까요?" "네, 저는 2차대전 이후 독립을 얻은 비동맹 국가의 사례를 살펴보며, 지도자의 역량이나 역할이 얼마나 나라의 흥망성쇠에 영향을 미치는지 역사적 사례들을 살펴보며 신식민주의 이론과 어떻게 연계할 수 있을지 살펴보고 있었습니다."라고 수일이 말했다. 홍섭은 "저는 아버님이 다시 서울에 오셨기 때문에 아버님 모시느라 공부할 틈이 없었어요! 전 파파보이 성향이 좀 있어서 아버지가 시키는 일은 다 하는 성격이에요! 게을러서 복잡한 공부하는 것도 별로 좋아하지 않고요!"라고 솔직하게 말했다. "아! 만석꾼의 자제분답군요!"라고 윤슬이 가볍게 웃으며 대꾸했다. 이어 성식이 말했다. "네, 저는 그냥 시험공부하거나 교양서적 읽을 때와는 양상이 다르다고 느꼈어요. 읽은 내용에 관해 주제를 파악하며 작가의 의도가 무엇이었을까 살펴봐야 하며, 거기에 내 자신의 의견을 반영해야 한다는 생각이 들어서 쉽지는 않았지만, 이런 방식의 훈련이 좋은 공부가 되기도 하고 도전이 될 수 있다는 데 고무되었어요. 저는 우리나라 최고 권력자의 과거 행적과 지내온 발자취를 살펴본 후 신식민주의 이론을 집대성한 철학자들의 이론과 어떤 부분이 매치되는지를 살펴보고 있습니다. 좀 더 꼼꼼하게 살펴보면 곧 구체적인 진전이 있지 않을까 기대합니다." "와우, 모두들 한가락씩 하는군요. 자, 이제 숯불도 준비가 된 듯하니 허기진 배를 좀 채우고 쐬주 한 잔씩 나눕시다!"라고 윤슬이 말하며 분위기를 띄웠다. "네! 브라보!"라고 일행들이 화답하였다.

윤슬이 나서서 "여러분! 차 선배님께서 숯불을 다 피우고, 고기도 열심히 굽고 계시는데, 감사의 마음을 담아 우선 쐬주 한 잔 따라드리면 어떨까요?"라고 회식의 시작을 선포하였다. "네! 제가 올리겠습니다. 차일건 선배님, 초대해 주셔서 감사드리고 항상 행복하시길 빕니다."라며 박삼식이 나서서 소주를 큰 컵에 가득 채워 건넸다. "와, 후배님 손도 크시네요! 자, 모두 앞에 있는 술잔을 채우시지요! 제가 건배 제의를 하겠습니다. K 대학교 '원어 소설 독서 토론 클럽'

멤버들의 행복하고 멋진 여행을 위하여!" "위하여!" "쫙!" "쭈욱!" "캬아!" 등등 빈속에 소주를 털어 넣는 소리가 각양각색이었다. 특히 차 도사는 큰 글라스의 술잔을 단숨에 비우며 안주 한 점도 먹지 않고 버티었다. 술이 제일 약한 성식은 빈속에 마신 한 잔 술에 혀가 고부라지기 시작했지만 생전 처음 해보는 신선한 경험에 모든 일이 경이롭게 느껴졌다.

차 도사는 "제가 공부한 문학 이론에서 탈식민주의란 것을 들어본 적이 있는데, 탈식민주의란 신생독립국이 독립을 얻은 후 자신들의 고유문화와 역사를 계승하고 민족의 발전을 이어갈 수 있는 좋은 상태를 문학적으로 표현하는 걸로 배웠는데 신식민주의란 어떤 이론일까요?"라고 질문을 하였다. 성식이 나서서 대답했다. "네, 저는 탈식민주의나 신식민주의란 말은 최근에야 접하게 되었는데요. 신식민주의는 신생독립국이 독립은 쟁취했지만 과거에 무력으로 지배되던 피식민국의 상태가 무력이 아닌 다른 방식에 의해 지속되는 상태라 배웠습니다. 예를 들면 원조를 제공하고 그 원조를 빌미로 사사건건 간섭하는 방식부터 조금 심한 경우는 피식민국에 자신들의 하수인을 내세우고 그 하수인에게 무기와 자금을 지원하여 쿠데타를 부추기고, 그 거사에 성공한 후 본격적으로 그 나라 국정에 간섭하는 방식입니다. 따라서 예전의 제국주의 시절에는 피식민국의 치안이나 국방, 사회, 교육을 보장하고 담보하였지만, 신식민주의 상태에선 착취만 있지 책임질 일이 전혀 없으므로 오히려 더 악랄한 식민주의 형태가 된다고 들었습니다."

"와우! 그럼 식민주의 상태보다 신식민주의 상태가 더 나쁜 식민주의라고 생각할 수도 있겠군요? 그럼, 우리나라는 지금 신식민주의 상태인가요?" "그렇다고 봅니다."라고 박삼식이 응답하였다. "네, 전 복학한 후 문학쟁이 노릇 열심히 하다가 신문사에 취직해서 나름 양심적인 기사를 쓰려고 시도했었지만, 처음 시작부터 끝까지 여의찮더라고요! 그래서 절필하고, 사표 내고, 그러다가, 을지로 인쇄골목에서 인쇄업 하는 친구와 한동안 술 마시고 지내다가 이곳으로 밀려왔지요. 이곳이 저한텐 처음엔 모든 사안에서 벗어날 수 있는 도피처였고 또 안전을 도모할 수 있는 피난처이기도 했어요. 모든 것을 잊기 위해 밤낮으로 뚝딱거리고, 움푹 파인 산길 메우느라 돌 실어다 나르고 그렇게 노가다 하고 지내다 보니 심마니들이 들락거리기 시작했고 그렇게 지내다 보니 저도 모르게 적응이 되는가 싶더니, 이젠 이곳이 유토피아가 되었네요!" 이렇게 차 도사가 말을 마치자, 성식은 윤슬의 눈에 눈물이 고이는 걸 살펴볼 수 있었다.

성식이 일어서며 "제가 중학교 다닐 때 여기 있는 친구 수일과 개야소야도 산에 올라 쐬주 한 병 깐 후 고성방가 한 적이 있었는데 그때 기분이 너무 좋았어요. 지금도 알딸딸한데 제가 기분 전환을 위해 돼지 목 따는 소리 한 번 들려드릴게요. 꽃 피는 동백섬에 봄이 왔건만~."이라고 하면서 일부러 고음을 올리며 꽥 소리를 질렀다. "와하하!" 모두들 기분 좋게 웃어댔다. 윤슬의 얼굴에도 다시 웃음꽃이 핀 것을 살펴본 성식은 비로소 안도의 한숨을 푹 내쉬었다. 이렇게 시작한 파티는 토론하며 담소하는 시간이 길어져 어느덧 자정이 지났다.

윤슬이 일어서며 말했다. "내일 일찍부터 일어나 등산할 거예요. 오늘 일정은 이제 마치고 내일을 기약하면 어떨까요?" "네! 대장님!" "그럼 모두 박수~."

8

개인산 계곡의 이른 아침, 산새들의 모닝콜에 모두들 기상하여 산행에 나설 채비를 하고 있고, 덩달아 우아한 자태를 자랑하는 골든레트리버 '산이'도 이 사람 저 사람에게 꼬리를 흔들며 자신이 사회성이 있는 개임을 알리고 있었다. 차 도사는, "자! 산에서 먹을 아침과 점심입니다."라며 주먹밥을 세 덩이씩 건넸다. "와, 어느새 이렇게 준비하셨어요?" "한 30분 먼저 일어났어요. 오늘 모두들 파이팅!"이라며 차 도사는 주먹을 불끈 들어 올렸다. 일행은 "파이팅!"이라고 화답하였고 곧바로 산행을 시작하였다. 개인약수로 올라가는 산행 코스는 적당한 경사도여서 누구나 손쉽게 선두를 뒤따를 수 있었다. 약 40분 후 개인약수에 도착한 후, 모두 탄산 약수를 한 사발씩 마시며 휴식을 취하였다.

잠시 휴식을 취한 후 차 도사는 "자! 지금부터는 산이가 앞장서서 여러분을 안내할 것입니다. 산이는 등산을 좋아하고, 특히 등산 안내하는 것을 무척 좋아합니다. 그렇지? 산이야!"라고 산이를 향해 물었다. 산이는 꼬리를 살랑살랑 흔들며 주인에게 화답하였다. "옳지, 착하다. 산이!" 이어서 차 도사는 일행에게 말했다. "산이 따라 올라가시고 내려올 때도 같은 방법으로 하시면 됩니다. 저도 틈틈이 약초 캐면서 후미를 따라가겠습니다." "네! 알겠습니다!" 개인산 중턱에서 시작한 등산은 방태산 구룡덕봉까지 이어졌고 가파른 구간이 많았기 때문에 모두들 땀을 뻘뻘 흘렸고, 앞서거니 뒤서거니 서로 체력에 맞게 진행하였다. 산이는 일행이 속도가 늦는 듯하면 한참 올라갔다가 한 10분 정도 낮잠을 즐기기도 하다가 일행이 따라붙으면 다시 앞서 올라가는 방식으로 산행을 잘 유도하였고, 막판에 구룡덕봉에 도착했을 땐 차 도사가 배낭에 그득 산나물을 채취해 메고 올라왔다.

　구룡덕봉 일대는 넓은 천상의 화원이라 불릴 정도로 야생화가 지천으로 널려있었다. 최윤슬은 이번 여행의 하이라이트가 바로 이곳 야생화 화원이라며 현호색, 도깨비엉겅퀴, 둥근이질풀, 쑥부쟁이, 금강초롱 등을 감상하며 힘든 등산 후에 얻는 성취감을 만끽하였다. 최윤슬뿐 아니라 회원들 모두는 정상 일대에서 바라보는 장대한 방태산과 끝없이 이어지는 백두대간의 경치에 매료되어 땀 흘리고 올라온 후의 성취감과 상쾌함을 만끽하였다. 일행은 구룡덕봉에서 준비해 온 주먹밥으로 아침 겸 점심을 마친 후 다시 하산길에 올랐다. 하산도 역시 산이가 앞장섰는데, 김성식은 후미에서 차 도사와 개인적인 담소를 나눌 수 있는 기회를 얻게 되었다. 성식은 "선배님, 혹시 부르주아적 취향이 무엇을 의미하는지 아세요?"라고 뜬금없이 물어보았다.

　"부르주아적 취향이요? 글쎄요? 어떤 것이 부르주아적 취향일까요?" "윤슬 선배가 저에게 자신은 부르주아적 취향이라고 했거든요. 그게 구체적으로 어떤 건지 궁금했어요. 차 선배님은 윤슬 선배와 좀 오래 교제했으니 대충 아실 듯해서요. 전 그 용어의 확실한 개념도 모르거든요!"라고 성식이 말했다. "우리 모두 그렇지요. 그건 자본가들이 좀 더 용이하게 무산층을 다룰 수 있도록 하기 위한 이념적 용어라고 저는 생각해요. 임금 올려 달라고 시위하면 빨갱이로 매도하고, 독재정치 그만하라고 시위하면 그것도 빨갱이로 매도하고, 이런 행태 자체가 모두 기득권 즉 사회의 주류 세력이 비주류 세력을 좀 더 유연하게 다루기 위한 이념적 장치라고 저는 생각합니다."

"그러면 선배님! 섬마을에서 고기 잡아다 팔아야 먹고 사는 못 배운 사람들이 무더기로 간첩과 내통했다는 이유로 체포되었는데, 들리는 풍문에 의하면 해경과 경찰서 그리고 보안대의 합작품이라고 하네요. 혹시 그 이야기 들어 보셨어요?" "아! 나도 기자 생활할 때 개야소야도라고 부르는 섬에서 일어난 사건이라고 대서특필하는 것 봤어요! 그런 것도 정권 유지 차원에서 선거 때 자주 쓰는 북풍몰이라고 불러요. 개야소야도는 그 일대 해역이 어족이 풍부하고 섬 자체가 밭농사 지을 토지가 충분하기에 다른 섬에 비해서 비교적 생활이 윤택한 섬으로 알려져 있지만, 딱 그 섬을 선택한 이유도 어쩌면 지역적으로 빨갱이로 몰아도 무난할 거라고 판단했을 거고, 그 섬마을엔 일제강점기에 국민학교 분교가 하나 세워졌는데 2년제였기 때문에 겨우 한글이나 읽힐 정도의 교육밖엔 받지 못한 분들이 살고 있었기 때문에, 그 주민 전체를 만만하게 본 것이지요. 그것은 국가의 권력

기관에 의해 저질러진 만행이지요. 언젠가는 만천하에 밝혀질 거예요. 성식 후배는 그 사건과 어떤 연관이 있나요?"

"네. 제 친구 정렬이가 그 섬 출신이고, 침투했다는 간첩이 소유했던 명단에 들어있다는 이유로 그 마을 어부 대부분이 간첩 혐의를 받고 끌려가 고문을 받기 시작한 것이지요. 그 친구가 중학교 2학년 때였는데 학교를 그만뒀어요. 공부도 잘하고 정말 멋있는 친구였는데 너무 억울할 거예요. 저 자신이 이렇게 억울한데 그 친구 본인은 어땠겠어요?"라고 말하며 성식은 자신도 모르게 눈물을 흘렸다. "하아, 그랬군요!"라며 차 도사는 한숨을 쉬었다. "부르주아가 제국주의 시절 서구 주류사회의 기득권 세력인 것처럼, 지금 한국은 군사독재 세력과 그 추종자들이 주류이고, 그들이 짜 맞춘 통치 이념이 반공이에요. 반공 이데올로기를 무한 정권 유지의 방편으로 사용한다고 봐야지요!" "아, 예, 선배님! 그렇군요! 혹시 선배님과 윤슬 선배님과는 사귀는 사이인가요?" "하하하! 그냥 학교 선후배 사이예요. 저도 '원어 소설 독서 토론 클럽'의 멤버로서 문학 훈련을 좀 하다가 군대 갔는데, 복학한 후 윤슬 후배를 만났지요! 예쁘고 똑똑하고 명랑 활달해서 모두들 좋아하는 후배이지요. 나도 윤슬 후배를 좋아하긴 했지만, 어차피 이런 곳까지 밀려온 아웃사이더로서 감히…. 마음을 비워야지요." "아, 그렇군요! 윤슬 선배는 저보고, 제가 계획한 시간에 군대 잘 다녀오라고 신신당부했어요. 그렇게 잘해서 군대 가면 꼭 면회까지 와 준다고 했거든요!" "아! 그건 정말 좋은 충고이고, 윤슬이 성식 후배가 군대에 갔을 때 면회까지 와 준다고 했다면 성식 후배와의 관계를 먼 훗날까지 생각하고 있는 거예요. 여자들은 단순하지 않거든요. 요즘 군대 정상적으로 가지 않고 시위하다 붙들려가서 강제 입영당하면 인생이 힘들어져요. 윤슬이 말 잘 새겨들으시길 저도 권할게요. 그런 것만 봐도 윤슬이 부르주아적 인물이 아니지 않을까요?" "아, 그러네요. 윤슬 선배는 문학도답게 글을 써서 독재에 항쟁하고, 민중에 어필하는 방법이 효과적이라고 말씀하시는 것 같았어요!" "아! 그 방법이 참 좋은 방법이에요. 저도 그래서 반골 기사 쓰다가 결국 밀려났지만, 끌려가는 것이 개죽음처럼 느껴져요." "그래서 저도 지금의 최고 권력자에 관하여 연구해서 섬세하게 글로 표현해서 소책자로 만들어야겠다고 생각했어요." "오! 후배! 을지로 인쇄쟁이 내 친구가 언론에서 다루지 못하는 내용을 『말』이란 소책자를 만들어서 돌리는 데 참 효과적이에요." "와우! 그렇군요! 저도 장우식 선배와 상의해서 한번 잘해볼게요."

이런 대화를 나누면서 내려오는 사이에 차 도사와 김성식은 서먹한 관계에서 친밀한 관계로 발전하였다. 그렇게 등산을 무탈하게 잘 마친 일행은 산막에서 회식도 하고 틈틈이 토론도 하며 여유로운 시간을 보낼 수 있었다.

9

H 대학교 학보 《H대학신보》 기자단 일행은 문교부를 취재차 방문하였다. 《H대학신보》 일행은 '선배와의 대화'라는 기사를 쓰기 위

해 H 대학교 출신 대선배이신 문교부장관을 방문한 것이다. 다소간 취재단 일행이 많아서 문교부장관 접견실은 젊은 학생들로 빽빽하였다. 취재단에는 외국 유학생처럼 보이는 백인도 2명 있었으며, 젊은 남녀 후배들을 접견한 문교부장관은 모처럼 기분이 들뜬 듯하였다. 취재단 일행은 문교부장관실에 입실해서 일렬로 도열하였고, 학생 중에서 취재진을 대표하는 학생의 "일동 차렷! 우리 대학의 대선배이신 장관님께 경례!"라는 구령에 맞추어 "안녕하세요? 대선배님!"이라고 인사를 올렸다. "아, 후배님들 반가워요! 모두들 편안히 앉으세요."라고 장관은 반갑게 후배들을 맞이했다.

　학생 대표가 타자기로 타자를 친 질문지를 펴 들고 뭔가를 물어보기 시작하려 하자 장관이 나서며, "아, 후배들! 그 질문지를 내게 건네주시면 내가 시간 여유가 많을 때 꼼꼼하게 답변해 드릴게요. 내가 오늘은 몸도 좀 불편해서 병원에도 잠깐 들러야 하고, 국무회의에도 참석해야 합니다. 그래서 시간을 많이 할애할 수가 없어요. 비서실장에게 당부했으니 비서실장과 상의하세요. 비서실장도 여러분의 대선배예요!"라고 말한 후 인터폰을 들어 비서실장을 호출하였다. 곧바로 장관실에 들어온 비서실장에게 "장 실장! 우리 후배들이에요. 뭐 나에 관해 취재도 해야 한다고 하고, 그리고 무언가 부탁할 것도 있다고 하니까 잘 보살펴 드리고 모든 것 잘할 수 있도록 해주세요!"라고 당부하고 장관실을 떠났다.

　학생 대표는 비서실장에게 "선배님, 반갑습니다. H 대학교 총학생회장 정영삼입니다. 오늘 H 대학교 《H대학신보》의 '선배와의 대화' 취재단의 일원으로 참석하였습니다만, 제가 겸하고 있는 전대협의 핫이슈도 상의드리고 부탁드릴 사안이 있습니다. 저와 단둘이 대화를 조금 나눌 수 있을까요?"라고 물었다. 비서실장은 "아, 학생회장이고 또 전대협 회장이군요! 장관님께서도 무언가 감을 잡으시고 저에게 모든 편의를 봐드리라고 하셨으니, 저리 들어가서 의논해 볼까요?"라고 흔쾌하게 대답하며 자기 방으로 안내했다. 한편 K 대학교의 김진협 회장과 장우식 부회장 그리고 E 대학교 박순실 회장 등은 한 명 두 명씩 국회의사당 야당 총재실을 방문했는데, 이들은 조용히 움직이고 드러나지 않게 움직였다. 야당 총재 비서실에서 총재 면담 신청을 하기 위해 대기하면서 은밀한 눈길을 교환하며 약지를 위로 추켜올리며 뭔가 사인을 보내는 듯하더니 또 약지와 중지를 추켜올려 V 자를 그려 보이기도 하며 서로를 격려하는 듯하였다.

10

전국대학생협의회에서 '독재정권 타도 투쟁 선포식'을 결행하기로 계획한 날, 이른 아침부터 전투경찰 버스 10여 대가 수송한 병력 수백 명이 문교부 앞뒤를 에워싸고 있었다. 미리 정보를 입수한 경찰 당국이 대학생들의 시국선언 집회를 원천 봉쇄하려는 것처럼 보였다. 같은 시각 국회의사당 주변에도 전투경찰 버스가 10여 대 배치되었고, 의사당 주변의 검문검색이 강화되고 있었다. 예정된 시각인 10시가 가까워지자 문교부와 국회 앞 모두 긴장감이 팽팽하였다. 그러나 정작 예정된 시간이 되었지만 문교부에도 국회의사당에도 학생들의 특별한 움직임은 없었다. 10시 20분쯤 되자 전투경찰 지휘자는 손목시계를 보며 안도의 한숨을 내쉬며 담배를 꺼내 소대장들에게 건네주며 말했다. "허위 정보였나 봐!" "그런 것 같습니다." "다행이야. 또 며칠 동안 우리 대원들 뺑뺑이 칠 뻔했잖아! 대원들 잠시 쉬며 담배 한 대씩 피우도록 하라고!" "네! 알겠습니다."

이렇게 조금 여유로운 시간을 몇 분 보내고 있을 때, 무전기 너머에서 소리가 들려왔다. "에코 폭스트롯 하나, 여긴 호텔 퀘벡 하나. 영등포역, 종로3가역 긴급사태 발생! 출동하라! 이상!" "호텔 퀘벡 하나! 에코 폭스트롯 하나 감 잡았다! 이상!" 이런 교신 끝에, 문교부에 배치된 병력은 종로3가로 긴급 출동을 하였고, 국회의사당에 있던 병력도 영등포역으로 서둘러 이동하였다. 같은 시각 종로3가 파출소 인근 극장 골목에서 대기 중이던 대학생 백여 명은 종로3가 파출소 앞으로 갑자기 몰려 나와 "유신헌법 철폐! 독재 타도!"를 외치며 스크럼을 짜고 종로3가 사거리를 돌며 준비해 온 인쇄물을 시민을 향해 뿌리며 도로를 장악하였다.

그때 종로통을 움직이던 차량은 모두 정지 상태였고, 3~4분 이런 상태를 유지하던 학생들은 함성을 크게 지르더니 순식간에 지하철역으로 빨려 들어가듯 사라져버렸다. 영등포역에서도 시위대들은 이쪽저쪽 골목에서 순식간에 대로로 쏟아져 나와 "독재 타도!" "유신헌법 철폐!"를 외치며 시민들에게 인쇄물을 3~4분 전달하는가 싶더니 함성을 크게 지르고는 이 골목 저 골목으로 흡수되듯 사라져버렸고 거리엔 학생들이 뿌린 인쇄물이 굴러다니고 있었다. 마치 한여름에 잠깐 소나기가 쏟아진 것처럼 학생들은 순식간에 시위를 해치우고 골목골목으로 사라져버렸다. 그런데 학생들이 사라진 거리엔 다시 전투경찰 병력이 밀려 들어와 또 다른 혼잡을 불러일으켰다.

한편 전투경찰들이 빠져나간 문교부와 국회의사당엔 어디서 나타났는지 모를 학생들이 '독재 타도! 유신헌법 철폐 무한 투쟁 선포식'이라고 쓴 커다란 현수막을 내걸고 투쟁 선포식을 하기 시작했다. 문교부 앞에서 미리 준비한 선언문을 읽고 있는 학생 대표의 표정에는 결연함과 반드시 독재를 타도하겠다는 의지가 불타오르고 있었다. 선언문 낭독이 끝나고 곧바로 기자회견이 시작되었다. 국내 매스컴의 기자들은 눈에 띄지 않았지만, NBC, CBS 등 외국 언론의 표식을 한 백인 두 명이 눈에 띄었다. 국내 기자를 배제한 이유는 국내 언론사가 다 통제되고 있었기에 취재해 본들 아무런 도움이 안 되었기 때문이다. 외국 기자 한 명이 질문을 던졌다.

"They say, Republic of Korea is democratic country, is that right? (대한민국이 민주주의 국가라고 하는데 이 말이 맞습니까?)"
"Negative, because when we say anything against government they may treat us as enemy or communists, and arrest us to send the Army without any proper procedure. Also, it is said that there are rumors going around that female college students are being sexually harassed or sexually assaulted when they are arrested for protesting against the government. How we

can say we are living in a democratic country. (절대 아닙니다. 우리들이 정부에 반대하는 어떤 말이라도 하면 바로 우리를 적대시하거나 공산주의자 취급하고요. 우리들이 반정부 시위를 하다가 체포되면 정당한 절차 없이 그냥 군대에 보내 버리고요. 더구나 여학생들이 반정부 시위를 하다가 체포되면 성추행 혹은 성폭행을 당하고 있다는 이야기가 돌고 있는데 어떻게 민주주의 국가에 산다고 할 수 있나요?)" "Wow it is unbelievable. (믿기 어렵군요!)" "So do we! (우리도 믿을 수 없어요!)"

또 다른 백인 기자가 질문했다. "It is said that the power of students has been greatly weakened recently, and that the Korean government does not listen to the voices of students. Now, students have declared an endless struggle against the Korean government. What is the goal of this struggle? (근래에 들어 학생들의 세력이 많이 약화되었다고 하고 또 한국 정부는 학생들의 목소리에 귀를 기울이지 않는다고 하는데, 지금 학생들이 한국 정부에 대한 무한 투쟁을 선포했어요. 이 투쟁의 목표는 어떤 것이죠?)" "Oh, we want democracy to be restored, the dictatorship to be overthrown, and the Youshin Constitution to be abolished. (예, 우리는 우리들이 누리던 민주주의가 회복되길 원하고, 독재 타도와 유신헌법 철폐를 원합니다.)"

이렇게 문교부에서 외국인 기자들과 회견이 이루어지고 있을 때, 국회의사당에서도 선포식과 함께 외신 기자들의 회견이 이루어지고 있었다. CNN 로고가 박힌 마이크를 들고 있는 백인 여성이 여학생

대표에게 질문을 했다. "Even though you are under strong martial law situation and they say you students are easily arrested and detained for the violation of martial law, don't you afraid of this situation. (강력한 계엄법 아래 학생들이 쉽게 체포되고 구속된다고 하던데 이런 상황이 두렵지 않나요?)" 학생 대표는 "Yes, I am afraid of this fearful situation, because I heard that so many female students were sexually molested and sexually assaulted during investigation after being arrested for protesting against the dictatorship. (예, 이 무서운 상황이 매우 두렵습니다. 왜냐하면 많은 여학생이 독재에 항거하는 시위 도중 체포되어 조사받는 도중 성적인 학대와 성폭행을 당했다고 들었습니다.)"라고 비장하게 말했다.

CNN 기자가 다시 물었다. "Oh, that's actually horror! Crazy! Any other serious thing you want to emphasize now? (오! 정말 미쳤군요. 이럴 수가! 꼭 강조하고 싶은 또 다른 심각한 문제는 없나요?)" "Of course I have so many things to say, but right now I want to mention only one thing because I want to save the time, that is, how we can say that, most girls called them Chehongsa, Chehongsa means girls hunter for the King's night, they are roaming the campus every day. (물론 저는 하고 싶은 말이 많아요. 하지만 지금은 시간을 절약하기 위해 단 한 가지만 말할게요. 여학생들이 그들을 채홍사라고 부르는데요. 채홍사는 왕의 밤을 위해 예쁜 여자들을 사냥하는 사람을 말하고, 그 사람들이 캠퍼스를 매일 배회한다고 합니

다.)"라고 대답한 후 학생 대표는 자기도 모르게 눈물을 주르륵 흘렸다. CNN 기자가 말했다. "Crazy, what a crazy thing. You mean girls hunting for the Big Man? (미쳤군! 이런 미친 짓이 있나? 독재자를 위한 여자 사냥을 의미하는 거 맞나요?)" "Affirmative! (확실하죠!)" "Wow, Crazy! (정말 미쳤네!)"

11

K 대학교 방목도서관 402호실에 한 명 두 명씩 '원어 소설 독서 토론 클럽'의 멤버들이 모이고 있었다. 요즈음엔 캠퍼스 안이 학생 반 짭새 반이라고 할 정도로 사복 경찰관과 정보 계통에서 일하는 사람들이 들끓었다. 방목도서관은 대형 도서관이고, 402호는 도서관 안에서도 가장 깊숙한 곳에 있어서, 특별히 용무가 있는 사람 외에는 접근하는 일이 별로 없는 장소였다. 이렇게 조용한 곳에서 모이는데도 학생들이 두리번거리고 조심조심하는 이유는 학교 안과 밖의 분위기와 무관하지 않았다. 지난번 '독재정권 타도 투쟁 선포식' 이후 주요 대학의 학생회 간부들은 경찰의 수배자 명단에 올랐고, '원어 소설 독서 토론 클럽'의 장우식 회장도 수배자 명단에 들어있었다. 이제 당국의 학원에 대한 간섭과 통제는 노골적이고 모든 모임은 사찰의 대상이 되는 실정이었기 때문에 학생들은 순수한 학술적인 모임임에도 몸을 사릴 수밖에 없는 형편이었다.

오늘 모임은 박삼식 총무가 주도하고 있었다. "회원 여러분 안녕하세요? 오늘 장우식 회장님께서 바쁜 용무로 출타 중이기 때문에 모임은 제가 이끌도록 하겠습니다. 지난번 임시 모임에서 예고한 대로 요즘 문학사조의 핫이슈인 신식민주의 이론에 관한 무한 토론회를 지금부터 하겠습니다. 회원 여러분 중에 신식민주의에 관해 문헌을 통해 연구하신 분이 계시면 서슴없이 발표해 주시면 감사하겠습니다." 박수일이 손을 들었다. "네, 박수일 회원님 말씀하시지요." "안녕하세요! 박수일입니다. 저는 아프리카에서 세 번째로 잘사는 나라인 자원 부국 콩고공화국의 집권자와 우리나라 권력자의 경우를 비교하여 신식민주의 이론과 어떻게 연관되는지 살펴보았습니다."라며 수일이 잠시 뜸을 들이자, 회중에서 박수가 일어났다.

"네, 감사합니다. 콩고의 모부투라는 권력자와 우리나라의 권력자에겐 상당히 많은 부분에서 공통점이 있습니다. 이것이 우연인지 아니면 의도되거나 계획된 것인지는 좀 더 살펴보고 연구해 봐야 결판이 나겠지만 너무나 많은 부분에서 유사점이 있습니다. 첫째, 이두 권력자는 독립 이전의 강점기 시절에 제국주의 국가의 군에서 근무하며 자기 민족을 사찰하고 탄압하는 데 앞장섰다는 점입니다. 둘째, 이 두 권력자는 자신들의 군 경력을 교묘하게 세탁하였고 제국주의 패망과 함께 제국주의 군대의 패잔병 신분에서 독립한 모국의 창립 군대에 편성됩니다. 다시 말해, 사형에 처해지거나 중벌을 받아야할 죄인의 신분에서 갓 독립한 신생독립국 창설군의 신분이 되는 것입니다. 셋째, 이 두 권력자는 권력을 잡은 후, 아프리카의 권력자는 '아프리카에 의한 아프리카 건설', 우리나라의 권력자는 '한국적 민주주의'를 정치 슬로건으로 내세우며, 노조를 탄압하고, 언론을 통제하고, 집회 결사의 자유를 제한하고, 체육관 선거를 통해서 장기 집권을 획책합니다. 넷째, 이 두 권력자는 군사 쿠데타를 통해 기존하였던 민주주의적 선거에 의한 정통 정부와 국회를 폐쇄합니다. 이후 콩고에서는 기존의 지배 세력이었던 벨기에 당국의 지지를 얻어 정권을 안정시키고 정당화합니다. 우리나라의 권력자는 미국을 방문해 미국의 지지를 얻어 귀국하며 정권을 정당화합니다. 이러한 상황을 모두 종합해 보면 기존의 민주 정부는 탈식민주의를 정치 모토로 하여 민족의 자존감과 주체성을 확보하려는 정책을 실현했으며 민주화 정부였고 정통성 있는 정부였기 때문에, 보이지 않는 입김으로 계속 신식민주의를 구현하기를 원하는 과거의 제국주의 국가의 입장에서는 자기들 마음 내키는 대로 할 수 없어서 눈엣가시처럼 여기게 되고 배척하고 싶은 정권이었을 개연성이 큽니다. 그래서 쿠데타를 일으켜 정권을 잡으려 하는 세력을 얼마든지 제압할 수 있는 위치에 있으면서도 이를 편하게 용인해 주었다고 생각합니다. 그 확실한 증거는 1963년 대한민국과 콩고민주공화국이 수교했으며, 콩고의 독재자는 우리나라 독재자의 환영을 받으며 우리나라를 국빈 방문하기도 했습니다. 비슷한 시기에 우리나라 독재자는 미국을 방문하여 미국 대통령으로부터 한미동맹의 존속과 한국 정부 지지에 관한 확답을 얻어서 귀국합니다. 이러한 과정에 의해 미국은 자신들이 쉽게 컨트롤할 수 있는 한국의 지도자를 얻었고, 우리나라 독재자는 미국의 지지를 얻음으로써 정권의 정통성을 확보하게 된 것입니다. 이런 과정 모두가 은크루마가 주장한 신식민주의 이론과 일맥상통한다고 생각합니다. 특히 민주화된 정부나 정통 정부를 전복시키기 위해 쿠데타 세력에 자금과 정보 그리고 눈에 드러나지 않는 지지를 보냄으로써 거사 성공에 확신을 심어주었다고 합리적 의심을 할 수 있게 되는 것입니다. 이것으로 저의 발표를 마치겠지만, 문헌을 통해 조금 더 깊은 고찰이 진행되어 새로운 발표 상황이 생긴다면 다음 모임에서 추가 발표를 하겠습니다. 대단히 감사합니다."라고 발표를 마친 후 수일은 자리에 앉았다.

"와아! 박수!" 장내에 환호성과 함께 큰 박수가 일어났다. "네, 박수일 회원님 발표 잘 들었습니다. 또 다른 발표자가 있으신가요?"라며 박삼식 총무는 회중을 둘러보았다. 최윤슬이 손을 들었다. "네, 최윤슬 선배님!" "안녕하세요? 최윤슬입니다. 얼마 전에 우리 전국대학생총연합회에서 이끈 '독재정권 타도 투쟁 선포식' 이후 우리나라 정국은 더욱 불안정하여 안타깝고 마음이 울적합니다. 지금 우리 캠퍼스는 '물 반 짭새 반이야!'라는 말이 딱 잘 어울립니다. 과거에는 짭새라는 새들이 캠퍼스 밖에서 놀았는데 지금은 캠퍼스 안에서 놀고 있다는 현실이 너무 슬프고 안타깝습니다. 국내 매스컴에서 다루지 못했지만, 지난주 미국의 주요 매체에서 한국 전국대학생협의회 간부들의 기자회견을 크게 다루었습니다. 특히 여학생 간부의 회견 내용이 크게 부각되었는데요. 여학생들이 독재 타도를 외치며 시위하다 붙들리면 성추행과 성폭행을 당하기도 하고, 여자 대학교 캠퍼스에 고려 무신정권 때나 있을 법한 채홍사가 활동한다는 내용인데요. 그 기사 내용을 살펴본 이후 저는 불면증에 시달리고 있습니다. 우리나라의 간판이 민주공화국이 맞나요? 어찌 민주공화국에서 이런 일이 일어날 수가 있지요? 이런 일이 일어날 수 있는 이유는 나라가 정통성이 없는 주체에 의해 운영되고 있기 때문입니다. 즉, 신식민주의 상황하에 있고, 상국에 이익을 주고, 상국을 편안하게 해주는 지도자는, 적당히 독재를 해도, 적당히 부정을 저질러도, 적당히 계집질을 해도, 사카린 밀수를 해도, 강변도로에서 미모의 젊은 여성이 피랍되어 교통사고로 위장 사망하여도, 다 묵인되는 것입니다. 제가 말씀드린 내용이 다 헛소문이길 저는 바랄 뿐입니다."라고 말한 최윤슬은 눈물을 흘리며 자리에 앉았다.

"아휴!" 모두들 큰 한숨을 내쉬었다. 7~8초 동안 이렇게 한숨의 침묵이 이어지다, 김성식이 박수를 "짝!" 치자 모두들 한숨을 내쉬며 박수를 치기 시작했다. "네, 최윤슬 선배님 발표 감사드립니다! 저도 선배님의 발표 내용이 모두 헛소문이길 바랄 뿐입니다. 다음 또 누구? 네! 김성식 후배님 손을 들고 계시군요. 환영합니다." 김성식이 일어나며 말했다. "안녕하세요! 김성식입니다. 저는 신식민주의 이론을 살펴보며, 종주국의 하수인이 될 자질이 혹시 있을까 해서 우리나라 독재자의 캐릭터를 살펴보게 되었습니다. 우선, 저는 중고등학교 다닐 때 귀에 못이 박히도록 들은 말이 '사나이는 초지일관(初志一貫)해야 한다.'라는 것이었습니다. 즉 초지일관해야 군자이고, 초지일관해야 나라의 지도자가 될 수 있다는 말이 아닐까요? 그래서 혹시 우리나라 지도자도 초지일관하는 성품인지 살펴보게 되었습니다.

그런데, 우리나라 지도자는 초지일관하고는 전혀 어울리지 않음을 발견하게 되었는데요. 첫째, 그의 초창기는 변화와 변덕이 죽 끓듯 했습니다. 창씨개명으로 일본식으로 이름이 바뀌었고, 첫 번째 부인과는 이혼을 하게 되고, 사범학교 졸업 이후 잡았던 교직생활을 집어치우고, 일본 군관학교에 입학합니다. 둘째, 그는 일본군 장교가 되어 우리나라 독립군을 소탕하는 일에 열의를 다해서 승승장구하는가 싶었는데, 제국주의 일본이 패망하여 졸지에 패잔병 신세가 됩니다. 그런데, 미군 군정 당국은 그를 우리나라 창설 국군에 편입시킵니다. 패잔병에서 국군 창설군으로 신분 세탁이 일어난 것입니다. 셋째, 그는 우리나라 국군의 장교 시절 남로당 일원으로 활약하다 그의 친형님과 함께 체포되어 교수형 당할 위기에 처합니다. 그러나 그의 형님은 처형되었지만 그는 남로당 전 조직을 내부 고발하는 조건으로 구명됩니다. 넷째, 군에 복귀한 그는 쿠데타를 일으킨 후, '나라를 안정시킨 후 일 년 안에 민간에 정권을 이양하겠다.'라고 공언합니다. 그런데, 그의 공언은 지켜지지 않았고 지금 유신헌법에 이은 종신 집권을 획책하고 있습니다. 이렇게 종횡무진 카멜레온처럼 변신과 배반과 변덕을 일삼은 기회주의자임이 그의 행보 하나하나를 살펴보면 알 수 있고, 이런 기회주의적 성품이 딱 신식민주의 종주국의 하수인 역할에는 최적의 성품이어서, 종주국이 쿠데타를 사주했을 수도 있다는 합리적 의심을 할 수 있는 것입니다. 저는 이렇게 간단하게 오늘 발표를 마치지만 좀 더 문헌을 살펴보고 연구가 더 진전되면 논문을 써서 공지하겠습니다. 이상입니다." "와! 박수!" 이렇게 조용히 시작했던 토론회는 회원들을 박수와 환호성의 열기 속으로 몰아넣고 있었다.

12

전국대학생협의회의 '독재정권 타도 투쟁 선포식' 이후 정국은 더욱 경색되고 있었다. 서울의 주요 대학이 주도했던 반독재 투쟁이 이제는 전국으로 확산되고 있었다. 특히 부산과 마산 지역의 시위는 서울 못지않게 격렬해져서 시위 도중 부상당하는 학생들과 전투경찰이 매일 수십 명씩 나온다는 소문이 자자하였다. 서울의 주요 대학 학생회 지휘부는 대부분 당국에 의해 수배 중이었지만, 오히려 시위는 더욱더 과격해지고 있었다. K 대학교에서도 학생회장과 부회장 등 회장단 대부분이 수배령을 피해 어딘가에 잠적해 있는 상태지만, 오히려 투쟁은 더욱 격렬해지고 있었다. 오늘은 K 대학교 지휘부의 통문에 의해 전교생이 투쟁 대열에 합류해 가두 진출을 하기로 한 디데이(D-Day)이다. 그런데 이런 낌새를 눈치챘는지 혹은 우연인지도 모르지만 어젯밤에 긴급조치 7호가 선포되었는데, 각 대학교 내에 군대가 주둔하고 특히 K 대학교는 학교 자체를 휴교하라는 내용이었다. K 대학교는 개교한 지 수십 년 만에 학교가 문을 닫은 것이다.

김성식은 자취방 동료들로부터 학교의 휴교 소식을 듣고, 그래도 도서관에는 갈 수 있으리라는 희망을 품고 학교 쪽으로 향하고 있었다. 학교 앞 먹자골목으로 진행하였는데 군데군데 군인들이 무장한 채 도열해 있었고, 접근하려는 학생들을 일일이 불러 세워 검문 검색을 실시하였다. 김성식이 '조약돌'을 지나 길을 건너려 하자, 하사 계급을 붙인 공수부대원이 "잠시 실례합니다!"라며 김성식을 불러 세웠다. "네?" "어디 가십니까?" "네, 길 건너 학교 도서관에 가려고요!" "안 됩니다. 학교는 휴교입니다. 돌아가십시오!" "아니? 내 학교를 내 마음대로 못 들어간다고요?"라고 성식이 항의하자, "야! 이 새끼 실어!"라고 하사가 병들에게 명령했다. "넷!" 하면서 병들이 우르르 달려들어 성식을 붙들었다. 성식은, "왜들 이러시는데요?"라고 항변하였는데, 곧바로 진압봉을 머리 위로 올려 내려치려던 하사가 멈칫하면서, "야! 김성식 아녀?"라며 얼굴에 반가움을 나타냈다.

"응? 아! 너! 걸레 북서중학교 다니던 쌍코피, 이대섭 아녀?" "그려, 인마!" "야! 반갑다!" "야! 너 이 학교 학생이냐?" "응! 그래!" "야! 좋은 학교 다니는구나! 난 예비고사 떨어지고 곧바로 입대했어! 그러나저러나 여기서 이러지 말고 저리 가자!"라며 하사가 성식을 건물 안쪽으로 이끌었다. "야, 너 정말 반갑다! 그런데 지금 학교 들어가려고 개기거나 반항하면 무조건 끌려가니까 빨리 이곳에서 벗어나라! 너희 학교 애들 반절 이상 끌어다가 모두 전방으로 보내라는 특명이 떨어졌어! 너희 학교는 시범 케이스에 걸려들었어! 어디 당분간 잠적해 있어라, 성식아!" "응! 고마워 쌍코피!" "야! 짜샤! 쌍코피가 뭐냐? 위대한 특전사 하사관님한테?" "야! 그려, 그려, 미안! 어렸을 때 까불고 놀던 때 생각이 나서 그랬어!" "아무튼 끌려가지 말고 빨리 집에 들어가! 당분간 학교 근처에는 얼씬도 하지 마라! 알았지?"

"그래! 한가해지면 영문과로 놀러 와!" "알았어!" 이렇게 학교에서 아차 했으면 끌려갈 뻔했던 성식은 놀란 가슴을 쓰다듬으며 자췻집 근처에 있는 공중전화 박스에 들어가 우선 박수일의 하숙집에 전화해서 당분간 학교에 가지 말라고 당부했고, 자기와 연락할 수 있는 모든 동료 학생들에게 전화를 하였다. 그렇게 이쪽저쪽 전화를 하다가 최윤슬의 집에도 전화를 하게 되었다.

윤슬의 집에서는 전화벨이 십여 번 울렸는데도 아무 응답이 없어서 끊은 후 다시 전화했는데, "여보세유~."라고 누군지 모르지만 느린 말투의 여자분이 전화를 받았다. "아! K 대학교 후배인데요. 윤슬 선배님 좀 부탁합니다!" "아, 윤슬 아가씨요. 잠시 기다려 보세유~." 곧이어 "아가씨! 아가씨!"라고 크게 부르는 소리가 들렸다. 한 1분 기다렸을까, "여보세요!"라며 명랑하고 활달한 윤슬의 목소리가 들렸다. "아, 선배님! 성식이에요!" "앗! 성식이! 반가워!" "학교에 접근하면 안 돼서 전화했어요." "왜? 트럭에다 무조건 실어서 넣는데?" "어? 어떻게 알았어요?" "성식이! 끌려갈 뻔했구나? 목소리가 놀란 토끼 같은데!" "그래요! 하마터면 짐짝처럼 트럭에 실려서 전방으로 갈 뻔했어요! 운 좋게 동창생 놈을 만나서 살아났어요!" "그래! 조심하고 학교 근처엔 얼씬하지 말고 오늘 저녁 6시에 명동 쎄시봉으로 나와! 법과대학 내 친구와 만나기로 했으니까 거기서 머리도 좀 식히며 놀자구!" "알았어요! 선배님 6시에 뵈어요!"

13

 명동의 쎄시봉 입구는 젊은이들로 문전성시를 이루고 있었다. 클럽 입구에는 대학생 또래의 통기타 가수들이 활짝 웃는 모습으로 연주하며 노래하는 사진들이 큼직하게 붙어있었는데, 이들이 갈 곳 없이 방황하고 이리저리 치이고 짓밟히는 젊은이들의 우상이 되고 있으며 그리고 위안이 되고 있음이 분명하였다. 이런 곳에 처음 와보는 김성식은 입구에서 엉거주춤하며 서성대고 있었는데, 윤슬이 슬그머니 다가와 팔짱을 끼었다.
 "어디? 우리 성식이 잘생긴 얼굴 좀 살펴볼까? 오늘 바짝 겁먹었다면서?" "아! 선배! 그 공수부대 군바리가 '이 새끼 실어!'라고 명령했을 때 간이 콩알만 해졌었어요. 근데 자세히 살펴보니 그 군바리가 우리 중학교 때 친구 쌍코피였지 뭐예요. 하하!" "뭐? 쌍코피?" "네, 우리들은 별명도 대충 지저분했었는데, 쌍코피, 콕시듐 걸린 병아리, 쪽바리, 고등계 짭새, 비실이, 병든 기생충 등등 서로 친한 놈들끼리 그런 식으로 별명을 붙이곤 했었지요. 중학교 때 한번은 두 놈이 치고받고 싸우다가 한 놈이 주먹을 얼굴에 맞아서 쌍코피가 터진 적이 있어요. 그 쌍코피 터진 놈이 울었으면 싸움에서 바로 지는 것이지요. 그런데 그놈은 울지도 않았을 뿐 아니라, 기존에 조금 흘리던 콧물과 새로 터져서 흐르고 있는 코피를 두 손으로 '팽' 풀더니, 그걸 상대방 낯바닥에 싸대기 날리듯 뿌려 버렸어요! 그래서 결국 쌍코피 터트린 놈이 얼굴에 코 범벅 피범벅이 된 나머지 울어버렸어요! 그래서 한 놈은 별명이 쌍코피가 되고 얼굴에 코피 싸대기 맞은 놈은 짬뽕 국물이 되었지요!" "뭐어? 크하하하! 아이고 배꼽이야!" 이렇게 깔깔대고 있을 때, 단아하게 차려입고 안경까지 쓴 지성미 넘쳐 보이는 윤슬의 친구가 다가왔다.

    윤슬이 말했다. "서로 인사하세요! 내 친구이고 법학과 4학년이에요!" "아, 네, 김성식입니다. 잘 부탁합니다." "똑똑하고 멋있는 후배라고 들었어요! 법학과 박희수예요!" "네, 뵙게 되어 영광입니다." "자, 들어가서 자리 잡자!"라는 윤슬의 말과 함께 세 명은 클럽에 들어가 웨이터의 안내에 따라 앞쪽에 자리 잡았다. 윤슬은 "생맥주 1,000cc짜리 세 잔 주시고, 마른안주와 과일 차려주세요!"라고 시원스럽게 주문까지 마쳤다. 이때 "좋은 걸 어떡해! 그녀가 좋은걸!"이라고 곱상하게 생긴 남자가수가 부드럽고 감미로운 목소리로 노래했다. 성식은 자기도 모르게 그 노래를 따라 부르며 윤슬을 향해 양손을 들어 경배하는 시늉을 해보였다. "어머! 성식아, 내가 그렇게 좋아?" "거럼요!"라고 성식이 대꾸하자, 윤슬은 "와아! 집에서 아버지에게 깨지고 우울했는데, 성식이 잘 불러냈네. 고마워!"라고 호응하였고, 옆에 있던 박희수도 "어쩌면! 이렇게 잘생긴 남자가 '좋은 걸 어떡해!'라고 노래 불러주니 넌 정말 행복하겠다! 난 부럽기도 하고 질투도 나네. 둘은 사귀는 사이?"라며 윤슬을 쳐다보았다.

    윤슬은 "뭐어? 사귀는 사이? 우린 학교 동아리 동료이고 문학쟁이 친구일 뿐이야!"라고 일축하였다. 성식은 "네, 우린 좀 애매한 사이인데 영어로 ambiguity(모호함)라는 표현이 더 적합한 사이예요!

전 윤슬 선배를 처음 본 날 잠을 못 이루었었어요. 그래서 잠 못 이루게 만들기도 하고 또 보지 않으면 죽을 것 같아서 팜므파탈이라고 생각하기도 했었지만, 점차 대화를 나누며 지내는 사이에 모성애가 풍부한 따뜻한 선배라고 느껴지더라고요! 윤슬 선배는 서울의 명문가 규수이고, 전 시골에서 소 팔아서 겨우 대학에 온 사람이라, 감히 올려다볼 수 있는 처지가 아니라고 생각해요. 여기 오기 전에 청계천 변을 슬슬 걸어봤는데, 약간 시궁창 냄새가 나는 청계천 양옆으로 다닥다닥 붙어있는 하꼬방 지역을 벗어나자 바로 명동이었어요. 하꼬방 지역과 명동의 네온사인 지대는 극과 극의 대조를 이루는데, 저와 윤슬 선배와의 극과 극의 대조가 좋은 비교가 되지 않을까요? 그래서 윤슬 선배를 그냥 문학 동아리의 대선배로 극진히 모시기로 마음을 굳혔어요!"라고 평소 생각을 뱉어내듯 말해버렸다. 성식의 이런 선언에 윤슬도 박희수도 머쓱해했는데, 윤슬은 씁쓸해하는 표정이 뚜렷하였다.

박희수는 "아! 그렇군요! 제가 속없는 질문을 했군요! 하! 하!"라며 겸연쩍은 모습을 보였다. 윤슬은 표정을 정리하고, "아이고! 귀여운 녀석! 이래서 내가 이 녀석을 귀여워하지 않을 수가 없다니까! 자! 분위기 전환하고, 목도 좀 축이고, 몸도 좀 풀고 기분 좋게 놀다 가자!"라며 맥주잔을 들어 건배를 청했다. "자! 오늘부로 실업자가 된 것을 축하하며, 브라보!" "건배!" "브라보!" 이렇게 시작한 명동에서의 파티는 모두 얼굴이 벌게지고 몸에 땀이 후끈할 때까지 계속되었다. 그동안 가수도 여러 명 바뀌었는데, 지금은 콧수염을 기른 가

수가 나와서 "모두들 잠든 고요한 이 밤에 어이해 나 홀로 잠 못 이루나? 그건 너어~ 그건 너어~!"를 외치고 있었다. 윤슬과 희수는 성식을 손가락으로 겨냥하며 "그건 너어~!"라고 외쳤고, 성식은 윤슬을 향해 "그건 너어~!"라고 외쳤다. '그건 너!'는 여러 차례 반복이 되었는데 그때마다 서로를 향해 '그건 너!'를 연호하였다. 이렇게 즐거운 술자리를 파하고 클럽에서 나온 세 명은 두세 시간 전에 성식이 언급한 바 있는 청계천변을 걷게 되었다.

세 명이 1~2분 묵묵히 걷고 있는데, "전 방금 환상의 세계에서 현실의 세계로 복귀했어요. 우린 학교가 문을 닫았으니 실업자가 되었는데, 전 시골로 내려가 제 친구 정렬이가 있는 개야소야도에 가봐야 할 것 같아요!"라고 성식이 의기소침하게 말했다. "뭐? 개야소야도는 쌍코피가 사는 동네야?"라고 윤슬이 간족댔다. "응! 비슷한 개념이에요! 정말 멋진 내 친구 김정렬을 중학교 2학년 때 중퇴하게 만든 비극의 섬이에요." "와아! 개야소야도와 비극이라! 정말 궁금한데 우리 모두 실업자가 된 기념으로 성식이 따라 그곳으로 여행이나 갈까?"라고 윤슬이 희수를 바라보며 동의를 구했다. "와아! 이름만 들어도 구미가 당기네. 개야소야도! 그래, 그곳이야! 우리가 돌파구를 찾을 수 있는 곳! 가자!"라는 희수의 말에 성식은 "와아! 어떻게 선배들이 한 번에 이런 결정을?"이라고 답했다. 윤슬은 "얌마, 우린 몇 달 있으면 졸업이고, 곧 시집가야 해! 지금 아니면 갈 수가 없어! 우리 좀 데리고 가 주라! 으응~!" 이렇게 애교까지 부리면서 성식의 팔짱을 끼었다. "오케이 독! My Ambiguity(나의 모호함)!"라고 성식은 시원하고 흔쾌하게 대꾸함으로 여학생들을 깔깔 웃게 만들었다.

14

아침 일찍 출발한 장항선 무궁화열차는 서울 서부역을 출발한 지 4시간 만에 장항에 도착하였다. 장항역에서 군산으로 건너가는 배를 탈 수 있는 선착장은 도보로 약 10분 거리에 있었다. 김성식은 몇 달 만에 고향에 가는 길이라 너무 행복하였고, 최윤슬과 박희수는 태어난 이후 처음으로 충청도를 지나서 전라북도로 넘어가는 바닷가에 서있는 자체가 너무 신기하고 신선하였다. 장항에서 군산으로 건너가는 금강 하구는 바다와 민물이 만나는 넓은 강이고 바다였다. 부둣가에는 어부들이 잡아 온 생선을 햇볕에 건조하기 위해 빨랫줄에 빨래가 걸려있는 것처럼 이쪽저쪽에 생선이 즐비하게 널려있었다. 생애 처음 맡아보는 부둣가의 비린내와 무리 지어 키득대는 갈매기 소리에 윤슬과 희수는 전혀 다른 세상에 와있는 경이로움을 느꼈다.

배를 타고 군산으로 향하는 20여 분 동안 세 명의 학생은 파도와 바람과 주변의 아름다운 경치에 압도된 듯 말이 없었는데, 성식이 서해 바다 쪽을 손가락으로 가리키며 말했다. "선배님들! 저쪽 방향에 개야소야도가 있어요. 군산으로 건너가서 다시 배를 타고 한 30분쯤 더 가야 해요!" "아, 그래요! 모든 게 너무 좋아요! 이 갈매기들은 내가 그렇게 좋은가? 왜 이렇게 나를 따라다니지?"라고 윤슬이 깔깔댔다. 희수는 "서울에서 오신 공주님을 갈매기인들 못 알아볼까?"라며 친구에게 맞장구치며 호응하였다. 성식은, "내가 갈매기라도 선배님 주변을 날아다니겠네요!"라고 윤슬의 푼수놀이에 동참하였다. 그렇게 일행은 키득대고 깔깔대며 군산항을 경유해 개야소야도에 도착했다. 개야소야도에 도착한 일행은 우선 김정렬의 소식을 알아보기 위해 김정렬의 집을 방문하였다. 군산항에서 준비한 음료수 선물 박스를 들고 김정렬의 집에 도착한 일행은 말끔하게 정리된 정렬의 집 마당에 들어갔다.

김성식은, "정렬아! 김정렬!"이라고 불러보았다. 아무 대꾸도 없어서 성식은 조금 큰 목소리로 "정렬아! 김정렬!"이라고 불러보았다. "누구요?" 텃밭에서 일하고 계시던 정렬이 어머니께서 응답하시며 집 안으로 들어오셨다. "앗! 어머니! 안녕하세요? 정렬이 친구 성식이에요." "응? 정렬이 친구 성식이? 아! 중학교 때 왔던 정렬이 친구 성식이!" "네! 정렬이는요?" "정렬이 배 타고 고기 잡으러 나갔어! 곧 돌아올 거야!" "아, 네!" "그러나저러나 저 아가씨들은 누구야?" "아! 제 대학교 선배들이에요. 학교가 휴업 중이라 정렬이도 볼 겸 같이 놀러 왔어요." "아! 그랬어. 어서 방 안으로 들어가자. 시장할 텐데 금세 밥 차려줄게! 어서 들어가!"라고 말하며 어머니는 환한 미소로 일행을 반겨주었다.

방에 들어가니 5~6년 전의 그 방 모습 그대로인데, 그때 보았던 정렬이 아버지가 창호지에 써서 붙여놓았던 "김정한의 결심"이란 A3 크기의 서예 작품이 맨 먼저 눈에 들어왔다. "술, 담배, 노름 끊고, 돈

모아서, 잘생긴 우리 아들 대학교 보내자! 김정한"이라고 힘 있는 붓글씨로 써서 붙여놓은 작품이 누렇게 변해있었는데, 마치 그 작품의 주인공이 겪은 모진 세월을 연상시켜 주는 듯했다. 성식은 빛바랜 창호지 작품을 보면서 가슴이 찡해지며 정렬을 만나면 무슨 말부터 꺼내야 할지 걱정이 앞섰다. 그동안 한 번도 찾아보지 못했고 친구의 어려움을 외면했던 자신이 부끄러웠기 때문이다. 성식은 같이 온 선배들에게 정렬과 정렬의 집안에 관해 짤막하게 이야기해 주었고, 특히 서해 바다가 내려다보이는 전망 좋은 언덕에 묻힌 할아버지에 관해 간략하게 이야기해 주고 있었는데, 마당에서는 동네 어머니들이 두 분 더 오셔서 음식을 장만하며 이것저것 챙기는 소리와 수다 소리가 어울려 잔칫집을 연상케 하였다.

　이웃 어머니들의 합세로 금세 평상 위에 차려진 밥상은 서울에서는 상상할 수도 없는 것이었다. 서해 바다 특산물인 조기와 아나고 그리고 낙지와 조개 등등 풍성한 해산물 요리가 그득하였다. 특히 뻐득하게 말린 아나고를 탕탕 잘라 넣고 끓인 아나고탕은 정말 시원하고 담백하였다. "와아, 어머니! 정말 맛있어요!" 어머니는 "응! 우리 어촌에서 쉽게 구할 수 있는 흔해 빠진 것들이야. 우린 그때그때 많이 나는 것들을 잡아다 먹고 살아!"라고 말씀하시다가 희수를 가리켰다. "이 학상은 좀 많이 먹어야 쓰것네. 너무 말랐어! 똑똑하고 이쁜 학상이 너무 공부를 많이 하시나? 살이 통 없네. 우리 정렬이 또래 같은디! 성식아! 너도 좀 많이 먹어라! 왜 이리 삐쩍 말랐어?" "하하! 어머니 우리들 요즘 공부하랴, 데모하랴, 도망 다니느라 바빠서 그래요!" "썩을! 우린, 데모는커녕 날마다 새마을운동 쫓아다니고 나라에서 시키는 건 무조건 순종했는디도, 그 무신 놈의 간첩질을 혔다고 끌어다가 모질게 두들겨 패서 멀쩡한 사람을 간첩 만들고 미친 사람 만들어서 내보내는 사람들이 어디 있디야? 정렬이 할아버지는 왜놈들한테 맞서 돌아가셨고, 정렬이 아부진 친일파 독재자들에게 매 맞아 정신병자 돼 부렸고, 공부 잘혀서 대핵교 간다고 군산까지 애타게 왔다 갔다 한 아들놈은 중핵교 중퇴하고 결국은 뱃놈이 되었네. 아이고! 내 팔자야!"라고 어머니는 쏜살같이 얘기했다.

눈물을 글썽이며 푸넘하던 어머니는 다시 정신이 들었는지 "어메! 내가 왜 이랬디야? 학상 손님들 앞에서! 아이고!"라며 금세 원래의 모습으로 되돌아갔다. 이런 어머니의 넋두리를 듣던 성식도, 윤슬도, 희수도 금세 눈물이 글썽거렸는데, 성식이 "어머니, 죄송해요! 독재자에 의해 나라가 통치돼서 그래요. 우리 대학생들 지금 독재정치 그만하라고 매일 시위하고 있는데, 결국 학교도 문을 닫았어요. 하지만 이런 세상이 오래가진 않을 거예요. 어머니 힘내세요!"라며 어머니를 위로했다. "오메! 그런 소리 하지 말어! 큰일 나! 또 붙잡혀 가서 보안댄가 뭔가에 끌려가면 거의 죽은 목숨이여. 갸들이 시키는 대로 불지 않으면 불 때까지 몽둥이찜질에 물고문에 전기고문에… 정렬이 아버지 꼴 좀 봐라! 야들아! 어디 가서 그런 얘기 절대 하지 마라! 무조건 끌려가면 죽어!"라고 어머니는 질색했다. "네! 어머니 잘 알았어요."라고 학생들은 짧게 대답하였다.

이때 "엄니 다녀왔어요!"라고 굵직한 목소리와 함께 정렬이가 어구를 어깨에 둘러멘 채 들어왔다. "앗! 정렬아!"라며 성식이 일어섰고, 여학생들도 모두 일어섰다. "누구세요?"라고 정렬이 눈을 크게 뜨며 물었는데, 금세 성식을 알아본 후 "너! 짜아식! 컴퓨터 아녀?"라고 말했다. "그램마! 컴퓨터야! 쪼그만 놈이 이렇게 커 가지고 이젠 어른일세!" 정렬은 "쥑일 놈!"이라며 성식의 어깨를 툭 친 후 굳은 악수를 나눴다. "그나저나 웬일이냐? 이 아가씨들은 누구신가?" "아! 우리 학교 선배들이시고, 우리 학교는 휴교령이 떨어져서 우리들 모두 실업자 됐어!" "오! 그렇구나!" "정렬아 미안하다! 난 너 만나면 무슨 말을 어떻게 시작할지 걱정이 태산 같았어. 항상 너한테 마음은 있었지만, 혹시나 나한테 불이익이 올까 봐 너한테 아는 체도 못 했어. 수일이도 같은 심정이라고 고백했었어. 이제 세상이 어떻게 돌아가는지 조금은 알게 되어서, 네가 얼마나 억울하게 지내게 되었는지 알게 되었어. 그간 고생 많았지?" "짜~ 아~ 식! 너답지 않게 왜 이러냐? 내가 너희들 마음 모르겠냐? 나도 너희들 찾아가고 싶었지만 꾹 참았어! 학교 문 닫았다니 잘 풀릴 때까지 여기서 모든 것 내려놓고 푹 쉬었다 가라!" "그래! 정렬아! 이 선배들 서울 간다고 할 때까지 너하고 같이 있을 거야!" "알았어! 우리 서로 인사나 해요! 전 김정렬입니다." "네, 최윤슬예요!" "전! 박희수예요! 잘 부탁합니다!"라고 두 여학생이 자신들을 소개했다. "네! 여긴 누추하지만 마음 편안하게 쉬실 수 있을 거예요. 계시는 동안 잘 모시겠습니다."라고 정렬이가 조심스럽게 말했다. "쬐고만 놈이 많이 커 가지고 이젠 의젓하기까지 하네. 야! 너 장가가도 되겠다! 크크!"라는 성식의 말을 정렬은 "너는 조금 있다 나한테 몇 대 터져야 정신 차릴 거지?"라며 농담으로 받아넘겼다. "아~ 밥 먹다 말고 우리 이야기가 길어졌네. 어서 밥 먹자! 밥 다 먹고 뱃놀이 시켜줄게! 나 이제 선장 됐어!" "Yes! 캡틴!"이라며 성식이 거수경례까지 하자 밥상에 와자지껄 웃음꽃이 피었다.

성식은 늘 걱정했고 마음속의 빚으로 남아있던 정렬이가 아무 내색도 하지 않고 자신과 일행을 흔쾌히 받아들여 준 데 너무 고마운 마음이 들었다. 더구나 공부해야 할 나이에 직업전선에 뛰어든 친구가 고맙고 대견하기도 하고 부럽기까지 했지만, 한편으로는 미안하기도 하였다. 식사를 다 마친 후 정렬은 "자! 우리 모두 일어나서 이 좁은 집에서 벗어나 나의 넓은 뜰로 갑시다!"라고 말했다. "뭐어? 너의 넓은 뜰?" "그래! 따라와 봐!" 이렇게 성큼성큼 앞장서며 바닷가로 나서는 정렬의 뒷모습은 훤칠한 키의 건장한 청년이었으며 얼굴은 구릿빛으로 야성미가 넘쳐 보였다. 두 여학생은 정렬의 강인해 보이는 모습과 굵직한 목소리에서 풍기는 카리스마에 압도된 듯 조심스럽게 그를 따라다녔다.

'소야(小野)호'는 선착장에 즐비하게 정박해 있는 어선 중 하나였는데, 다른 배보다 조금 크기도 했고 어선들 대부분이 돛단배였지만 소야호는 기관이 있는 멋진 배였다. 먼저 배에 오른 정렬은 한 명씩 손을 잡아 이끌어 주었다. 처음엔 성식이, 다음은 윤슬을 잡아끌어 올렸고, 마지막으로 희수를 잡아끌어 올렸다. 배에 오른 희수는 "어머! 정렬 씨 손이 너무 크고 따뜻해요!"라고 수줍은 듯 정렬에게 감사를 표했는데, 얼굴이 살짝 붉어지는 것이 확연하게 드러났다. "아,

네!"라고 정렬은 무뚝뚝하게 대답했다. 윤슬은 "선장님! 너무 멋져요! 배도 좋아 보이고요!"라고 정렬에게 고마움을 표하였고, 성식은 "모든 것이 경이롭기만 하고나! 이런 배를 운영하는 선장님이 된 우리 친구 정말 멋지다!"라며 감탄했다.

"그려! 고마워! 아버지가 쓰던 낡은 배 팔고, 우리 집 앞에 있던 밭 세 마지기 판 돈 보태서 샀어! 동네 형들과 같이 조업 나가기도 하고, 낚시꾼들 모시고 저 앞 바다로 낚시 뱃놀이도 가고, 아주 먼 바다까진 나갈 실력이 아직 안 돼서 주로 이곳 연안에서 활동하지! 자 이제 나가볼까?"라고 말한 후 정렬은 배에 시동을 걸었다. 선착장에서 출발한 지 십여 분 만에 서해 바다 쪽으로 진출했고 둥근 스티로폼이 둥둥 떠있고 노랑 깃발이 달린 표식 3개가 박혀있는 해역에 도착하였다. "자! 이곳이 나의 넓은 뜰이야. 우리 집 앞의 밭이 '작은 뜰(小野)'이었다면 이곳이야말로 나의 '넓은 뜰(開野)'이야! 나 이번에 고졸 검정고시 봤고, 합격하면 수산대학에 가서 가두리어업에 관해 공부해 볼 예정이야! 여기 그물 좀 쳐놓고 고기들이 어떻게 들랑거리는지 관찰해 보고 있어! 나의 실험장이야."라고 정렬은 담담하게 말했다. "와아! 정렬아!" "어머! 정렬 씨!" 세 명 모두 감탄하였다. 특히 희수는 "정말 멋진 계획이에요. 정렬 씨! 꼭 성공하시길 응원합니다."라며 손뼉까지 쳤다.

정렬은 "네, 모두들 응원해 주셔서 감사합니다. 열심히 하고 싶어요!"라고 담담히 말한 후, 낚시 장비를 챙기기 시작했다. "자아! 우리 밥벌이는 해야죠? 저녁에 먹을 양식 조금만 건져 볼까요?"라고 말한 후 희수에게 먼저 낚싯대를 건네주며 미끼를 끼워주고 바다에 던지는 방법까지 가르쳐주었다. 옆에서 지켜보던 윤슬과 성식도 낚싯대를 하나씩 챙기고 갯지렁이를 낚싯바늘에 끼워야 하는데 윤슬은 도저히 못 끼겠는지 머뭇거리고 있었다. 정렬이가 다가와 윤슬의 낚시에 갯지렁이를 야무지게 끼워주고 바다에 낚시를 던진 후 윤슬에게 낚시추가 바닥에 닿았을 때의 느낌을 감 잡게 해주고, 낚시를 바닥에서 들어 올렸다 느슨하게 풀기를 반복하다가 고기가 미끼를 무는 짜릿한 감이 오면 낚아채라고 알려주었다. 성식이 역시 갯지렁이를 도저히 만지지 못하고 쩔쩔매고 있었는데, 자신마저 정렬에게 의존하는 것이 좀 미안해 스스로 해결하였다. 그렇게 낚시꾼 네 명의 낚시 경연이 벌어졌는데 정렬이가 가꿔놓은 넓은 뜰이라 그런지 고기는 줄줄이 올라왔다. 특히 희수가 고기를 계속 걷어 올리고 있었는데 그때마다 정렬이가 옆에서 뜰채로 고기를 잡아 올려주고 미끼도 새로 끼워주고 하는 모양새가 오래 사귄 커플처럼 보였다.

    조업을 시작하고 30분쯤 뒤에는 잡은 고기가 제법 많아졌고, 정렬은 칼과 도마를 꺼내어 잡은 고기 중에서 큰 고기만을 골라 툭툭 자르고 껍질을 벗기더니 회를 쳤다. 회를 접시에 담은 정렬은 초장과 함께 내놓으며, "자! 어부님들 싱싱한 회 맛 좀 보세요!"라며 일행에게 회를 권했다. 희수는 "어머머! 정렬 씨 일식집 주방장 포스예요. 어쩌면 이렇게 못하는 것 없이 다 잘하세요?"라며 경이로운 눈빛으로 바라보았다. 윤슬도 "정말 그러네요! 지금 구상하고 계신 넓은 뜰 계획도 그렇고, 모든 것이 너무 멋있으세요!"라며 정렬을 극찬하였다.

성식은 "야! 나 학교고 뭐고 다 때려치우고 여기 와서 선장님 조수로 취직할까?"라고 정렬을 칭찬하였다. "자아! 말씀만 하시지 말고 이제 시식을 좀 해보시지요! 회를 좋아하지 않으시면 모두 가져가서 매운탕 끓여 드릴게요!"라며 정렬은 다시 회를 권했다. 희수가 맨 먼저 회를 집어 초장을 듬뿍 찍어 한입 하더니, "와아! 이 싱싱한 감칠맛! 정렬 씨! 정말 맛있어요!"라고 감탄하였다. 희수를 시작으로 모두들 싱싱한 즉석 회를 즐기며 서해 바다의 오후 한때를 만끽하였다.

"자! 낚시 손맛도 보셨고 즉석 회도 맛보셨으니 나의 아지트로 가셔서 쐬주도 한 따까리씩 하실까요?"라고 정렬이 제안했다. "아지트요? 어머, 아지트도 있으세요?"라고 희수가 놀란 모습으로 눈을 크게 뜨고 호응하자, "거럼요! 그리 가서 쐬주 한 잔씩 해요!"라며 정렬도 신바람이 나는 듯 즐거워했다. 뱃머리를 선착장으로 돌려 집으로 돌아온 정렬은 잡아 온 고기를 어머니께 드리며 말했다. "엄니! 이 아가씨들이 잡은 고기예요! 저녁에 매운탕 끓여주세요! 우린 산에서 좀 놀다 올게요!" "응! 그려라! 재밌게 놀고 아가씨들한테 거시기하게 잘혀라! 알았지?" "네! 엄니!" 정렬은 이렇게 말한 후 주섬주섬 짐을 챙겨 성큼성큼 앞장서 나갔다.

15

김정렬과 학생 일행은 집에서 나와 온갖 채소와 열매채소를 심은 밭을 지난 후 국민학교 앞을 지나게 되었는데, "여기가 제가 다니던 국민학교인데요. 2년제 분교에서 6년제 정식 국민학교로 승급한 지가 오래되진 않았어요. 일제강점기 때 어찌 된 영문인지 이 학교만 2년제로 되어있었기 때문인데, 인구가 1,000명 정도로 비교적 여유롭게 살면서도 이 섬 주민들은 거의 교육받을 기회가 박탈되었다고 볼 수 있겠지요?"라고 정렬이가 학교를 지나치며 말했다. "네에? 2년제 국민학교라고요? 그럴 수가?"라고 희수와 윤슬은 깜짝 놀라며 믿기지 않는다는 표정을 지었다. 성식도 한마디 했다. "그러게요. 이 섬 주민들이 만만하고 다루기 쉽다고 생각되었을 큰 이유인 것 같기도 해요." 이런저런 담소를 나누며 일행은 학교를 지나 연한 분홍빛 모래와 몽돌들이 깔려있는 해수욕장을 지나 산의 초입에 이르렀다.

"여기서 조금 오르면, 제가 가장 좋아하는 전망 좋은 곳이 나오는데 그곳이 제 아지트예요. 저의 할아버지 집이기도 하고요. 저는 기쁜 일이나 슬픈 일이나 혹은 어떤 일이 있을 때는 그곳에서 즐기기도 하고 혹은 술 한잔 먹고 쓰러져 자기도 하고, 그러면서 위로를 받는 곳이 우리 할아버지 집이에요."라고 정렬이 말했다. 희수는 "어머, 정렬 씨 너무 멋져요! 기쁠 때나 슬플 때나 할아버지 찾아뵙고 같이 기뻐하거나 위로받으시는 거네요!"라고 말하며 정렬을 부드럽게 바라보았다. "네, 그런 셈이지요. 가끔 우리 아버지도 산소에서 뵐 때가 있는데, 어쩌면 오늘도 거기서 주무시고 계실지 모르겠어요." "아, 그렇군요!" 일행은 이렇게 담소하며 서해 바다가 내려다보이는 산소에 도착했는데, 정렬의 말대로 아버지가 잔디밭에 누워서 자고 있었다.

"자아! 이곳이 저의 아지트예요. 조금 있으면 서해 바다의 가장 아름다운 해넘이를 감상하실 수 있고요. 이곳은 시원하고 쾌적하기 때문에 담소하며 쐬주 한잔하기에도 최고의 장소이지요!"라고 정렬이 말하며 챙겨온 짐을 펼치기 시작했다. 그때 잠에서 깨어난 아버지가 "누구요?"라고 퉁명스럽게 물었다. "아부지! 저와 제 친구들이에요!" "응! 우리 잘생긴 아들이구나! 그리고 친구들?" 성식이 말했다. "아버지! 접니다! 중학교 다닐 때 뵈었던 성식이!" "아! 성식이!" 그리고 여학생들이 "안녕하세요? 정렬 씨 친구입니다."라고 인사하자 눈이 부신 듯, "어라! 정렬에게 이렇게 예쁜 여자 친구들도 있었나?"라고 물었다. "크크, 아부지! 성식이가 데리고 놀러 온 서울에서 온 대학생들이에요." "아! 그렇구나! 알았어! 잘들 놀다 와! 난 내려간다." "네, 조심히 내려가세요!" 이렇게 정렬이 아버지는 산소에서 일어나 절뚝거리며 밑으로 내려갔다.

　이런 모습을 본 성식이 놀란 표정으로 "세상에⋯ 몇 년 사이에 그렇게 건강하시던 분이 왜 저렇게 변하셨지?"라고 말하자, 정렬은 "그러게 말이다! 위대한 대한민국 경찰과 보안대 양반들 솜씨랄까? 기가 막힐 일이지! 지금은 그래도 좋은 상태이고 비가 오는 날이면, '대한민국 만세! 보안대 만세! 저승사자님 만세!'를 외치며 비 주룩주룩 맞으며 바닷가를 쏘다니시는데, 그러고 계신 것 쳐다보면 환장할 것 같고 피눈물이 쏟아지지!"라고 담담히 대답했다. 정렬이 아버지는 건강하고 성실한 어부였고 조그만 배를 운영하는 선장이었다. 하나밖에 없는 아들을 대학교에 보내야 한다는 굳은 결심으로 술, 담배, 노름을 모두 끊고 그저 뱃일 아니면 집안일 그리고 밭일을 두루두루

해내는 일꾼 중의 일꾼이었다. 그런데 조그마한 목선을 타고 군산으로 침투하려 했다는 간첩이 명단을 보유하고 있었는데, 그 명단에 개야소야도의 주민 수십 명이 들어있었다는 것이다. 수십 명이 모두 경찰서와 보안대에 체포되어 끌려갔고, 끌려간 당일 '서해 어촌마을 대규모 간첩단 조직 체포'라는 뉴스가 발표되었다. 정렬이 아버지도 다른 개야소야도 주민처럼 아무 영문도 모른 채 끌려가게 되었다. 끌려간 개야소야도 주민 대부분 모진 고문을 견디지 못하고 간첩과 내통했다고 자백하였고, 개야소야도 주민들은 자신이 빠져나오기 위해 이웃을 고발하는 사태로까지 번지게 되었다. 결국 모든 개야소야도 주민이 이웃과 이웃이 서로 불신하고 고발하는 등 큰 불행을 겪게 된 것이다.

"이 섬이 살기도 좋고 경치도 좋고 다 좋지만, 운명적 요소가 많은 섬이라고 봐야 할 것 같아요! 다시 말해 자연주의적 요소에 의해 주민들이 큰 불행에 빠졌다고 말해야 하지 않을까요?"라는 윤슬의 말에 "자연주의?"라며 희수가 눈을 크게 뜨고 되물었다. "웅! 인구 1,000명 정도 되며 안정적 삶을 유지하는 섬에 고작 국민학교 분교가 하나 있는데, 그것도 2년제라니 2년 동안 무엇을 배울 수 있다고 생각해요? 일제강점기 시절부터 이 섬을 만만한 섬으로 치부하여 방치해도 문제가 없는 섬으로 자리매김 당한 것처럼 느껴지는데 어떻게 생각해요? 니혼진들이 임진왜란 때 우선으로 점령코자 한 곳이 비옥한 곡창지대 전라도 지역이었지만 유난히 전라도에서 고전하였고, 동학 혁명군과 대치한 곳도 전라도와 충청도 지역이었고, 또 광주학생의거에 의해 일본제국주의를 힘들게 하였던 땅, 전라도 땅! 개야소야도 건너편 군산은 호남평야의 쌀을 일본으로 실어 나르는 착취의 지역으로, 이곳 개야소야도는 박해의 지역으로 자리매김한 운명적 요소가 강하다는 것이지요. 나라가 해방되어 새로운 정부가 들어섰지만, 새로운 정부도 제국주의 일본에 부역한 앞잡이들이 다시 주류 세력이 되는 운명! 또 군사정권이 들어서 반공 이데올로기를 내세우며 통치하는데, 그 세력들의 북풍 조작에 의해 희생이 되는 운명! 이런 운명적 현상들은 이 섬 주민들 한 명 한 명이 대처하기엔 불가항력적이고 절대적이란 것이지요!" "와아! 맞네! 자연주의!"라며 희수가 고개를 끄덕였고, 성식은 "전적으로 선배 의견에 동의해요!"라며 윤슬을 바라보았다. 정렬은 "이곳은 밀정이 많은 섬이라고 해요! 전 누가 밀정인지, 어떻게 해서 밀정에 의해 주민들이 해를 입는지 잘 몰랐지만, 최근에 와서야 비로소 조금씩 윤곽이 보이는 것 같아요. 맞아요! 우리 섬은 우리들이 거역할 수 없는 운명적 요소가 많아요…. 우리 쐬주나 한 잔씩 해요!"라며 씁쓸함을 감추려는 듯 삼학소주를 꺼냈다.

"자! 우리들의 우정을 위하여!"라며 윤슬이 건배를 청했고, 모두들 "커!" 소리를 내며 소주를 비운 후 마른오징어를 입에 넣었다. 박희수는 "쐬주 한 잔이 왜 이리 달짝지근하지요? 넓은 서해 바다 아니 정렬 씨의 넓은 들을 바라보며 마시는 술이라서 그런가요?"라며 얼굴을 붉혔다. 윤슬은 "와, 희수! 정렬 씨한테 홀딱한 것 같은데?"라며 눈을 흘겼다. "뭐? 내가 정렬 씨한테 홀딱? 하하하! 쐬주 한 잔 마셨으니 용기가 나서 말씀드리고 싶어졌는데요! 물론 이 섬이 운명적 요소가 많았지만 정렬 씨처럼 배우려 하고 밀려오는 재난에 좌절하지 않고 도전하려 하신다면 모든 걸 극복할 수 있다고 생각해요! 정렬 씨 아버지께서 당한 고난도 이 계엄령의 나쁜 시국이 끝나면 곧바로 재심을 청구할 수 있어요! 이 섬의 수많은 사람이 모진 고문 끝에 자백한 것은 결국은 죄가 성립되지 않기 때문에, 재심 청구하면 바로 이길 수 있어요. 제가 서울 올라가면 바로 팀 짜서 재심 청구하도록 도와드리고 싶어요!"라고 희수는 결연하게 말했다. "와아! 박수!" 성식이 크게 기뻐하며 손뼉을 쳤다. "와아! 법대생이라 다르네!"라며 윤슬도 좋아했다. 정렬도 크게 놀라고 기뻤지만 차마 드러내 내색하는 것을 자제하는 눈치가 보였다.

이렇게 친구 4명은 소주 세 병을 마시며 이런저런 이야기꽃을 피우고 있었는데 갑자기 하늘에 먹구름이 끼더니 비가 내리기 시작했다. 일행은 재빨리 짐을 챙겨 집을 향해 발걸음을 재촉했는데, 바닷가에서 "대한민국 만세! 보안대 만세! 남영동 장의사 만세!"라고 처절한 목소리로 만세를 외치며 쩔뚝거리며 배회하는 아버지 모습이 눈에 들어왔다. 학생들 모두는 걱정스러워서 안절부절못하고 있었는데, 정렬은 "괜찮아요! 저렇게 한 이십 분 소리를 지르고 나시면 조금씩 안정되셔요! 너무 걱정 마세요!"라며 동료들을 안심시켰다. 그런데, 정렬이 학생들을 안심시키기 위한 말을 마친 바로 그 순간 약 200미터 떨어져 있지만 정렬이 아버지가 무릎을 꿇고 크게 절규하는 모습이 눈에 들어왔다. 일행 4명은 반사적으로 아버지가 무릎 꿇고 있는 갯바위 쪽으로 달려갔다. 아버지는 "아이고! 남영동 저승사자님! 아이고! 남영동 저승사자님! 아이고! 남영동 저승사자님!"을 계속 절규하며 바윗덩어리를 주먹으로 치고 있었다.

16

또 다른 긴급조치와 함께 K 대학교의 휴교령이 해제되었다. K 대학교 캠퍼스 안에는 군인들이 주둔하였던 흔적이 군데군데 남아있었고, 뭐라고 딱 집어서 말하기 쉽지 않은 신성함이 유린된 것 같은 묘한 분위기가 캠퍼스에 흘렀다. 모처럼 학교에 나온 학생들이나 교수들이 다 서먹서먹하긴 마찬가지였고 모두들 기가 빠진 기세가 역력하였다. 개야소야도 여행에서 갓 돌아온 학생들도 학교에 나왔는데 왠지 캠퍼스가 먼지가 푹 쌓여있어 뿌옇게 보이는 느낌이 들어 서먹서먹함을 느꼈다.

이제 머지않아 기말시험이고 기말시험을 마치면 곧 여름방학이었다. 최윤슬은 취직에 관심이 없어 보였고, 박희수도 굳이 취직하려 하거나 다른 법과대 학생처럼 고등고시를 준비하는 것처럼 보이지도 않았다. 오히려 박희수는 여름방학이 되면 개야소야도를 다시 방문해서 모든 진상을 파헤치겠다는 의욕으로 조사팀을 편성하기에 열심이었다. 장우식, 박삼식, 박수일, 최윤슬 그리고 김성식 등은 자신들이 나름대로 고찰한 우리나라의 신식민주의 상황과 독재정권에 관한 탐구 내용을 문자화하고 소책자를 만드는 일에 정성을 쏟았다.

한편 총학생회는 휴교령 이전에 기획하였던 '유신독재 타도 총궐기 대회'를 재추진하기로 하고 이번에는 기필코 갈수록 극렬해지는 독재와의 한판 승부를 하겠다는 결연한 의지로, 부산과 마산 등 영남 지역 학생회와 연대를 모색하기도 하였다. 학생회 간부들 대부분이 당국의 수배령으로 잠수를 타고 있는 중이라 모든 지휘는 통문에 의해 은밀하게 전달되었다. 학생들은 항상 구속이나 강제징집의 위험에 직면해 있음에도 희생을 감수하고 두려워하지 않으며 항상 씩씩해 보이는 지휘부를 신뢰하였다.

공안당국은 학생들에게 지속해서 압력과 핍박을 가했고 구속의 위험을 강조했지만, 학생들은 전혀 위축되는 일이 없었기 때문에 점점 더 곤란한 처지가 되었다. 위에서는 계속 때려잡으라는 명령이 하달됐지만 무엇 하나 시원스럽게 처리할 수는 없었다. 지성과 젊음이란 막강한 무기를 지닌 나라의 기둥들을 마냥 박해하고 두들겨 패거나 빨갱이로 치부할 수는 없었기 때문이다. 다시 K 대학교에는 전운이 감돌았다. 휴교령 이전의 '전교생 가두 진출 총궐기 대회'가 다시 추진되었기 때문이다. 이번 총궐기 대회에는 그동안 시위에 소극적이었던 법과대 학생들도 참여하였는데, 특별히 '개야소야도 어민들 간첩 사건 진상 파악 위원회(약칭 개소위)'라는 새로운 모임에서 적극적으로 시위에 참여하였다. 이 모임은 졸업반 박희수가 주도하여 결성하였다. '개소위'는 여름방학 시작과 함께 본격적인 활동을 하기로 의견을 모았고, 개야소야도를 방문하여 그곳에서 어떤 일이 벌어졌는지 면밀히 살펴보기로 결정한 상태였다.

드디어 유신독재 타도 총궐기의 날이 밝아왔다. K 대학교 정문 앞엔 페퍼포그 차량과 수십 대의 전투경찰 차량이 도로를 거의 메운 상태였다. 학교 안쪽에서부터 학과별로 대오를 갖춘 학생들이 현수막을 앞세우고 "독재 타도! 유신헌법 철폐! 학원 프락치 추방! 가짜 학생 추방!" 등을 외치며 학교 앞으로 진출하려 했지만 매번 실패하였다. 학교 앞은 마치 전쟁터같이 페퍼포그 차량에서 발사한 최루가스에 의해 한 치 앞을 제대로 볼 수 없는 상황이었다. 그 일대 어느 누구도 최루가스를 뒤집어쓰지 않을 수 없었는데, 특히 학생들이 전투경찰에 쫓겨 캠퍼스로 도망치면 도망치는 발걸음 바로 앞에 사과탄을 터트렸기 때문에 사과탄의 하얀 최루 분말을 송두리째 호흡하여 발작하는 기침으로 쓰러지는 학생이 수십 명에 이르렀다.

　이날은 김성식, 박수일, 최윤슬, 박희수 그리고 '개소위' 멤버들도 적극적으로 시위에 가담하였다. 윤슬, 성식, 수일 모두 최루가스를 뒤집어쓴 채 콜록대며 도서관 뒤쪽으로 대피해 한숨 돌리고 있었고, '개소위' 멤버들도 법과대학 로비 쪽으로 후퇴해 발작하는 기침을 진정하기에 급급하였다. 박희수는 난생처음으로 독재 타도 시위에 참여했지만 시위를 해야 하는 이유도, 학생들이 분개하여 더 강력한 시위로 이어지게 되는 이유도 알 듯하였다. 박희수가 느끼고 있는 반항과 오기의 속내를 '개소위' 멤버들 모두 같이 느끼고 있는지 얼핏 보기에도 분개하며 씩씩대는 모습이 뚜렷하였다. 자신들이 준비해 시위할 때 점잖이 들고 다니던 현수막이 길바닥 어딘가에 처박혀 무수한 군홧발에 짓밟히고 있다는 생각에 더욱 분기가 올라오는 듯했다.

방목도서관 옥상에 학생회에서 준비한 대형 현수막이 드리워졌는데, "캠퍼스에 상주하고 있는 프락치를 쫓아내자! 가짜 편입생으로 위장한 군인을 쫓아내자!"라는 내용이었다. 시위는 보통 때보다 3~4곱절 인원이 늘었지만 대규모 시위에 맞추어 진압 병력도 증가했기 때문에 시위대가 계속 밀리는 양상이었고, 이제 학생들은 맨몸의 평화 시위에서 벗어나 돌과 화염병으로 무장하였다. 일진이 함성과 함께 수백 발의 돌을 던지면 전투경찰들이 주춤하는데 그때 화염병조가 전진하여 화염병을 던져댔다. 그렇게 되면 전투경찰들이 일보 후퇴하는데 그렇게 해서 생긴 진압 병력과 시위 학생들 틈으로 수백 명의 학생들이 뛰어나와 "독재 타도! 유신독재 타도! 가짜 학생들 물러가라!"라고 외치며 유인물을 뿌려댔다.

이렇게 전투경찰이 밀리는 기세가 보이면 다시 페퍼포그 차량에서 대규모 최루가스를 발사하고, 잠시 전열을 가다듬은 전투경찰들이 사과탄을 앞세워 전진하면 또 학생들이 밀리기 시작하였다. 이런 시위가 하루 종일 벌어지며 양측의 부상자는 계속 늘어났다. 같은 시각 부산에서도 마산에서도 전투경찰과 학생들 간에 치열한 공방이 벌어졌는데 마산에서는 학생 한 명이 최루탄을 머리에 직접 맞고 쓰러져 병원으로 실려 갔다는 소식이 전해졌다. 이런 공방이 밤늦은 시간까지 진행되었고 시위에 참여했던 성식, 수일, 윤슬, 희수 등등도 부상자 그룹에 끼어 치료받게 되었다. 많은 부상자 중에서 성식, 수일, 윤슬, 희수는 비교적 경상이었기 때문에 곧 기침도 진정되었고 타박상을 치료받은 후 귀가하였다.

17

'개소위'는 방학 시작과 함께 예정하였던 개야소야도 탐사 계획을 실행하기 위해 모임 발대식과 출정식을 법과대학 로우저스티스홀에서 실시하였다. 간단한 발대식과 출정식을 마치고 "개야소야도 어민들 간첩 사건 진상 파악 위원회(약칭 '개소위') 출정식"이라고 쓴 현수막을 배경으로 기념 촬영을 마치고 출정의 길에 올랐다. 법과대학 안에서 간단한 출정식을 마친 대원들은 미지의 섬으로 조사 여행을 떠나는 기대감으로 약간 흥분되기도 했지만 앞으로 어떤 일이 닥칠지 모른다는 일말의 불안감으로 다소간 위축되어 보였다. 그러나 모임의 리더인 박희수는 위원회의 활약으로 좋은 결과가 나올 것이라는 기대감으로 부풀어있었다. 그리고 이번 탐사 여행이 진행이 잘되어 좋은 결과를 얻고 김정렬 씨에게도 조그마한 도움이 되었으면 하는 바람으로 약간은 들떠있었다.

개소위는 얼마 전 희수가 최윤슬 그리고 김성식과 함께하였던 여행 코스를 그대로 따라 장항선 열차를 탔고, 종점인 장항역에 도착한 이후 금강 하구를 건너기 위해 장항 도선장에 도착하였다. 희수는 군산으로 건너가기 위해 배를 기다리는데 긴장감이 팽팽하게 밀려오고 있음을 느꼈다. 얼마 전에 윤슬과 성식이 함께 여행했을 때는 그냥 마음 편하게 놀러 가는 여행이어서 편안하고 즐거웠지만, 지금은 그 상황이 전혀 달라서인지 압박감과 함께 점차 심장의 고동이 빨라지고 있음이 느껴졌다. 장항 도선장에서 출발한 배가 군산 도선장에 도착하였고, '개소위' 멤버 일행들도 가방을 챙겨 멘 채 질서 있게 다른 승객들과 함께 배에서 내렸다.

박희수는 일행을 한군데 모은 후 개야소야도행 배표를 구하기 위해 매표소에 줄을 서서 대기하고 있었다. 그때 경찰버스 한 대가 도선장에 도착하였다. 그 버스에서는 수십 명의 청년이 내리고 있었다. 박희수는 자신의 차례가 되어 회원들의 인적 사항을 다 기록한 후 배표를 받아서 일행에게 돌아오기 위해 매표소를 나서는 순간, 수십 명의 청년이 3열 횡대로 집합하여 외치는 소리에 깜짝 놀라 기절할 뻔하였다. 청년들은 3열 횡대로 도열하여, "개야소야도 어민들 간첩 사건 진상위원회는 빨갱이들이다!" "빨갱이들은 물러가라!" "빨갱이들을 입항시키지 말라!"라고 외치고 있었다. 이런 식의 구호를 지휘자 한 명이 3열 횡대 앞에서 "빨갱이는 물러가라!"라고 선창하면, 3열 횡대의 청년들은 "물러가라! 물러가라! 빨갱이들 물러가라!"라고 연호하였다. 거의 기절할 정도로 놀란 박희수는 일행이 있는 곳으로 비틀거리며 합류하였는데, '개소위' 회원 일행들도 모두 놀라고 당황해하며 안절부절못하고 있었다.

박희수는 잠시 호흡을 가다듬은 후 빨갱이들 물러가라고 외치고 있는 시위대를 살펴보게 되었다. 시위대 일행들은 '반공청년연합회 군산지부'라는 현수막을 앞세우고 도열해서 "빨갱이는 물러가라!"를 외치고 있었는데 맨 앞에서 모임을 리드하는 자는 얼굴이 보이지 않았지만, 대열에 서서 구호를 외치는 사람들의 얼굴들이 눈에 들어왔다. 박희수는 그 시위대 군중의 모습과 얼굴 표정을 살펴보다가 김정렬 씨가 시위대 안에 있는 것을 보고는 가슴이 철렁하였다. 박희수는 믿어지지 않아서 눈을 한 번 비비고 나서 안경을 고쳐 쓰고 난 후 시위대 일행에 조금 더 다가서서 노려보듯 시위대를 다시 스캔하였는데, 모자를 눌러쓴 김정렬 씨가 동료들과 보조를 맞추어 구호를 외치고 있는 모습이 박희수의 눈에 분명하고 확실하게 들어왔다.

이런 예상치 못한 정황에 박희수는 다리가 스르륵 풀리며 약간 비틀거렸는데 과 동기생이 그녀를 부축하여 겨우 넘어지는 것을 막을 수 있었다. 일단 박희수는 지금의 상황을 내색하지는 않고, 일행을 시위대와 조금 멀리 떨어진 곳으로 이끈 후 한숨을 돌렸다. 박희수는 "야아! 멀리서 온 손님을 알아보시고 환영 행사를 열어주시네요! 아직 배 시간이 조금 여유가 있으니 조금 멀리 떨어져서 관망하다가 시간 되면 배에 오르겠습니다."라고 말하며 침착하게 보이려 애썼다. 총무를 맡은 박진수가 나서서 "자! 친구들! 우리 모두 졸지에 빨갱이들이 되었는데 이렇게 빨갱이라고 밀어붙이면 우리들이 빨갱이로 변하나요? 아마도 당국자들은 이런 식으로 멀쩡한 사람들을 빨갱이로 만들 것이고, 무지몽매한 사람들 끌어다 이처럼 매도하며 모진 고문을 들이대면 빨갱이도 되고 간첩도 되는 것입니다. 우리가 내려온다는 정보를 입수한 당국의 방해 공작이고, 관제 데모가 벌어지고 있는 현장에 여러분이 서있습니다. 이 사람들이 우리들을 섬에 못 들어가게 방해하는 행위 한 가지만 살펴보더라도 우리가 이 섬에 조사를 오게 된 이유가 충분함이 입증되었네요! 우리 '개소위'는 물러서지 않습니다!"라며 '물러서지 않습니다.'를 강조하였다. '개소위' 멤버 모두도 "물러서지 않습니다!"라고 화답하며 주먹을 불끈 들어 보였다.

팀 리더인 박희수도 앞에 나서서 말했다. "자! 여러분! 이제 10분 후면 배가 출발합니다. 관제 데모 때문에 기가 죽는다면 우리가 대(大) K 대학교 법과대 학생이라고 할 수 있을까요? 우리는 어떤 압력에도 굴하지 않을 겁니다! 자! '개소위'는 이동하면서 '가즈아!'를 외칩니다!" 회원들은 "가즈아!"라고 화답하며 기세를 올린 후 배에 승선하기 위해 길게 늘어진 줄의 꽁무니에 서게 되었다. 이들 '개소위' 회원 여섯 명이 승선하려 하자 관제 데모대는 더욱 큰 목소리로 "빨갱이들은 승선하지 말고 물러가라!"라고 악을 쓰듯 구호를 외치고 있었는데, 그 수많은 군중 속에서도 김정렬의 굵직한 목소리가 선명하고 또렷하게 들렸다. 박희수는 잠시 멈칫했지만 점차 짧아지는 승선 라인에 휩쓸려 배 안으로 빨려 들어가게 되었는데, 그 짧은 순간 여러 가지 생각이 머릿속을 스쳤다.

'정렬 씨가 왜 저 대열에 있을까?'라는 원망스러운 생각이 잠깐 들었지만 곧바로 "아이고! 남영동 저승사자님!"을 외치며 뼈에 사무치는 비통한 모습으로 바윗돌을 주먹으로 치던 정렬 씨 아버지가 머릿속에 떠올랐다. "아!" 하며 박희수는 한숨을 쉬었다. '우리들 탐사여행 때문에 또 이 섬사람들이 힘들어질 수도 있지 않을까?'라는 생각이 들더니, '정렬 씨는 개야소야도 어민 간첩 사건 이후에도 끊임없이 감시의 대상이 되고 있었지 않았을까?'라는 생각이 들게 되었고, 생각이 그렇게까지 정리되자 어두운 방에 갑자기 전깃불이 들어온 것처럼, '앗! 정렬 씨가 이 사건과 무관함을 보이기 위함이구나!'라는 생각이 들었다. 정렬 씨가 "이 섬에는 밀정이 많아요!"라고 했던 말이 다시 생각나면서 이젠 확실한 결론을 내릴 수 있었다. '그렇다! 이 사건은 김정렬 씨와는 아무런 연관이 없는 일이다.'라고 박희수는 스스로 다짐하며 이를 악물고 한 걸음 한 걸음 밀리듯 배 안으로 들어갔다. 이들이 다 승선하자 곧 뱃고동이 부웅부웅 울리며 배가 조금씩 움직이기 시작하였다.

배 안에는 백여 명의 승객들이 있었는데 대부분 섬 주민으로 보였고, 대다수 섬 주민은 "빨갱이는 물러가라!"라는 구호 소리에 잔뜩 불안해하고 초조해하며 주눅 들어 보였다. 배가 움직이기 시작하자 대부분 섬 주민은 선실로 들어갔지만 마치 물과 기름처럼 확연하게 구분되는 자신들의 처지를 실감하게 된 '개소위' 회원들은 갑판에 옹기종기 모여 앉아있었다. '개소위' 회원들은 섬 주민이 아닌 듯한 몇 명의 매서운 눈초리가 자신들을 주시하고 있음을 느끼며 앞으로 자신들의 행동반경이 제한될 수밖에 없음을 실감하였다.

박희수는 회원들에게 조용한 목소리로 "당초에 섬 주민들을 접촉하여 과거에 이 섬에서 일어났던 일들을 조사하려 했던 계획을 유보해야 할 것 같아요! 우리들이 섬 주민들과 접촉하면 섬 주민들에게 피해가 갈 듯하기 때문이에요! 우선 섬에 도착하면 파출소에 먼저 들러서 섬의 경치 좋은 장소를 안내받도록 하겠어요. 다시 말해 그 사람들이 관리할 수 있는 관할 내에서 조용히 놀다가 철수할 거예요! 우리들의 일거수일투족이 노출되었기 때문에 아무 일도 할 수 없고,

또 해서도 안 될 것 같아서입니다."라고 조심스럽지만 단호하게 말했다. 회원들 모두 고개를 끄덕였다. "그럼 우리들 해수욕하다가 돌아가나요?" "그런 셈이에요. 우선 섬 주민들을 다치게 해서는 안 되기 때문이고, 우리들을 연행할 빌미를 제공하지 않기 위해서입니다. 법과대학 동기들에게 내일 12시까지 제가 연락하지 않으면 우리들이 납치된 걸로 알고 그렇게 대처하기로 약조가 되어있는데, 그런 일은 발생하지 않을 것으로 기대하고 또 그런 일이 일어나면 안 되겠지요?"라고 희수는 더욱더 조용하게 말했다. 회원들은 표정이 더 굳어지며, "그런 약조까지 하고 이곳으로 왔군요!"라고 말하며, "요즘 시대가 시대인지라!"라며 한숨을 쉬었다.

배는 충청남도의 끝자락 랜드마크인 장항 제련소를 지나쳤고 이제 제법 큰 바다로 들어선 것처럼 보였다. 저 멀리 야산을 주변으로 자리 잡은 구릉지처럼 보이는 섬, 개야소야도가 눈에 들어왔다. 박희수는 "저 섬이 우리의 목적지예요. 겉으론 정겹고 평온해 보이지만 운명처럼 재앙이 닥쳐서 일개 섬 주민들이 대처해 나가기엔 힘겨운 자연주의적 요소가 강한 비극의 섬이에요!"라며 비장하게 개야소야도를 바라보았다. 섬이 가까워져 오자 수십 마리의 갈매기가 뱃머리에 부딪힐 듯 가까이 다가오며 끼룩끼룩 울어대었고, 입항을 알리는 뱃고동이 부웅부웅 울려댔다.

그때 미리 개야소야도에 정박하고 있던 해경선이 갑자기 경고음을 울리며, "개야소야호는 정지하시오!"라는 명령과 함께 서서히 움직였다. 기관을 끄고 닻을 내리고 있는 개야소야호에 접근한 해경선에서 3명의 해양경찰관이 개야소야호에 올라오며, "잠시 검문검색을 실시하겠습니다!"라며 사무적으로 짧게 말한 후, 배에 있었던 사복을 입은 요원들과 목례를 나눈 후 잠시 아주 작은 목소리로 이야기를 나누는 것처럼 보였다. 잠시 후 해양경찰관 세 명과 사복 요원이 합세하여 '개소위' 회원들에게 접근하더니 거수경례를 부치며, "잠시 검문이 있겠습니다. 신분증을 제시하시오!"라고 '개소위' 회원들에게 명령하였다.

　'개소위' 회원들은 모두 순순하게 신분증을 꺼내 해양경찰관에게 제시하였다. 신분증을 모두 수거한 해양경찰관은 "모두 서울에서 왔군요. 잠시 조사할 것이 있으니 해경선으로 옮겨 타세요!"라고 냉정한 목소리로 명령했다. '개소위' 회원 K 대학교 법과대학 4학년 박성철이 나서서 "우리는 K 대학교에 재학 중인 대학생들이고 개야소야도에 휴가를 즐기기 위해 가는 중인데 무슨 이유로 해경선을 타야 합니까?"라고 항변하였다. 박성철의 말이 끝나자마자 사복 요원 한 명이 박성철의 등을 곤봉으로 후려치자, "윽!" 소리를 내며 박성철이 쓰러졌다. 학생들 모두 벌떼처럼 "이게 무슨 짓입니까?"라고 항의하자, 대기하고 있던 사복요원들이 모두 달려들어 학생들을 꼼짝달싹하지 못하게 제압하였다. 그중에서 지휘자처럼 보이는 자가 들고 온 사진과 학생들을 번갈아 살펴보더니, "자! 모두 끌고 가!"라고 명령하였다. "네!"라는 요원들의 복창과 함께 학생들은 해경선으로 끌려 들어갔다. 이렇게 '개소위' 회원 모두는 개야소야도에 발을 들여놓기 직전에 정체를 확인할 수 없는 일행에 의해 연행되고 말았다.

18

 최윤슬과 박희수 그리고 김성식은 K 대학교의 휴교령이 해제되었다는 소식에 개야소야도의 여행을 마치고 서울로 향하는 장항선 열차에 올랐다. 서울에서 장항으로 내려갈 때는 3명이 서로를 약간씩 조심스러워했고 특히 성식과 희수는 서먹서먹한 관계였다. 6일 동안의 개야소야도 체류 동안 서로서로 많이 친해지게 되어서 이젠 허물없는 사이가 된 것 같았다. 특히 개야소야도에서 3일째부터는 희수가 정렬의 팔짱을 끼고 다니기 시작했는데 이때부터 자연스럽게 윤슬도 성식의 팔짱을 끼기 시작했다. 희수가 정렬의 야성미에 눈이 돌아가기 시작하더니 팔짱을 끼는 적극성을 보이기 시작했고, 이런 희수의 움직임에 윤슬도 자극을 받았는지 성식의 팔짱을 끼기 시작했다. 처음에는 성식도 윤슬이 자신의 팔짱을 끼고 다니는 것이 거북했지만 윤슬을 처음 보았을 때의 설렘이 다시 고개를 드는 것을 느꼈다. 특히 윤슬이 약간 몸을 밀착했을 때 느껴지는 윤슬의 감미로운 향기와 부드럽고 신비스러운 촉감이 너무 좋아서 난생처음으로 행복이란 이런 것인가 하는 느낌까지 들었다.
 장항선 열차에 오르자 자연스럽게 윤슬과 성식은 나란히 앉게 되었고 희수는 맞은편 좌석에 앉았다. 열차 안에는 삶은 계란과 사이다 등을 판매하는 홍익회 판매원이 있었는데, 이들 세 명은 삶은 계란과 오징어와 사이다를 사서 먹으며 서울로 올라가는 완행열차의 낭만을 즐겼다. "야, 너희들 두 명이 그렇게 사이좋게 나란히 앉아있으니 정말 잘 어울리는 한 쌍의 바퀴벌레 같구나! 크크."라며 희수가 놀리자, "뭐? 잘 어울리는 바퀴벌레 한 쌍? 에고고!"라고 성식이 대꾸하고, 윤슬은 "너! 희수! 정렬 씨 팔짱 끼고 다닐 때 보니까 눈에서 꿀이 뚝뚝 떨어지던데, 정들자 이별이라고 이제 멀리 떨어져 있어서 어쩌나?"라고 앙갚음을 하였다. "응? 정렬 씨 보고 싶으면 곧 다시 내려갈 거야! 정렬 씨 무뚝뚝해서 내가 적극 대시하기로 마음 정했어!" 윤슬은 "와아! 너! 눈에서 찬란한 광채가 뿜어져 나오는데 미스코리아 나가도 될 정도로 예뻐졌다. 사랑의 묘약이랄까?"라고 약을 올리기도 하였다.

"하하하! 고마워!" 이런저런 대화가 이루어지는 것 같아 보이더니, 그동안의 피로가 누적되었는지 세 명의 청춘은 하품을 하기 시작하였다. 희수가 졸기 시작했고 윤슬도 성식의 어깨에 기대 새근새근 잠을 자기 시작했다. 성식도 처음에는 졸지 않으려고 버텼지만, 자신도 모르는 사이에 꾸벅 잠이 들었다. 얼마나 지났을까, 성식은 시끄러운 소리에 잠에서 깨었는데 열차 안은 깜깜하였다. 터널 구간을 지나고 있음이 분명하였다. 성식은 윤슬의 부드러운 얼굴이 자기 얼굴에 맞닿아 있었고 또 그녀의 은은한 라일락 향기에 취해 자석에 끌리듯 그녀를 껴안았고 그리고 그녀에게 열정적인 입맞춤을 퍼부었다. 새근거리며 자는 것 같았던 윤슬이 금세 반응하며 둘은 비로소 온전하게 포옹하며 뜨거운 키스를 나누었다. 장항선 열차의 웅천 근처 사천터널은 충분히 길었고 터널 구간이 제공하는 어둠과 터널 안에서 유난히 커지는 열차 소음은 피가 펄펄 끓는 두 남녀가 서로를 끌어당길 충분한 환경과 여건을 제공하였다. 곧 열차는 터널을 벗어나 소음도 줄어들었고 어둠도 사라졌지만 둘은 떨어질 줄을 몰랐는데 때마침 잠에서 깬 희수가 이들을 한참 살펴보았지만 떨어질 기미가 보이질 않았다.

희수는 "컷! 컷! 요것들이 터널 밖으로 나온 줄도 모르고. 영화 좀 그만 찍고 정신 차려라! 요것들아!"라며 깔깔댔다. 겨우 떨어지게 된 성식과 윤슬은 희수에게 미안하기도 하고 염치없는 것 같기도 했지만, 서로가 서로를 필요로 하고 서로를 당기는 순간을 확인하며 얼굴이 벌게질 정도로 상기되어 주체하기 힘든 큰 기쁨을 즐겼다. '아! 이것이 사랑의 묘약일까?' 성식은 짧은 순간 밀려오는 환희와 함께 '와아! 내가 이렇게 사나이답게 용기를 낼 수 있었나?'라며 윤슬에게 들이대었던 자신의 용기에 뿌듯함을 느꼈다. 윤슬은 성식에게 반쯤은 파묻힌 자기 몸을 추스를 생각이 전혀 없는 듯 몽환적인 눈빛으로, "야아! 희수야! 좀 조용히 해라! 네가 떠들지 않았으면 아무도 모르게 지나가잖아? 얘가 눈치도 없이!"라며 오히려 희수를 나무라며 이 순간을 음미하는 것 같았다. 희수는 "어머머! 얘 좀 봐! 벌건 대낮에 얼굴이 벌게진 것 좀 봐! 사랑에 빠지니 친구도 없고 체면도 염치도 싸악 없어졌네. 크크!"라며 깔깔댔다. 하지만 성식에게는, "성식 씨 정말 멋있어요! 숙맥인줄 알았는데 천하의 최윤슬에게 대시하는 과감성을 보이시다니요. 축하해요. 이제 두 분은 더 이상 선후배 사이가 아니에요! 다시 한번 축하드리지만, 전 질투가 나네요!"라고 성식을 추켜세웠다.

성식은 머리를 긁적이며, "미안해요! 염치도 없이 그만 강력한 지남철에 끌렸네요!"라며 머쓱해했다. 윤슬이 말했다. "고마워! 성식! 방황하는 윤슬을 꼭 붙들어줘서, 언젠가 성식에게 이야기했지? 군대 정상적으로 잘 가면 꼭 면회 가준다고!" 이때 희수가 끼어들어 "뭐? 면회까지 간다고 약속했어? 그럼 요것들 오래전부터 짝짜꿍했었나 봐?"라며 키득거렸다. "야아! 넌 좀 빠져있어! 눈치도 없이!"라고 힐난하자, 희수는 머쓱해하며 입을 다물었다. 윤슬은 "그때 내가 한 약속 꼭 지킬게, 고마워 성식!"이라고 조용하고 은밀한 목소리로 성식에게 속삭였다. 성식은 다시 한번 뿌듯함을 느끼며 주체할 수 없는 열정으로 윤슬을 포옹했다. 성식의 이런 행동에 윤슬도 놀랐고 희수도 놀랐지만, 윤슬은 조용히 눈을 감고 잔잔한 감동을 누렸다. 희수는 성식의 카리스마 넘치는 행동에 매우 놀라며 질투심이 폭발했으며, 섬에서 고군분투하고 있을 정렬 씨에게 또다시 쫓아가고 싶은 충동에 빠져들었다.

19

K 대학교 법과대학교 내 로우저스티스 홀, 여름방학 중인데도 법학과 학생들 전원이 도열하여 '개소위' 회원들이 개야소야도 여행 중에 연락이 끊긴 것에 대하여 공안당국에 항의하고 규탄하는 집회가 열렸다. 법과대학 4학년생들은 어제 12시까지 박희수로부터 아무런 연락이 없었으므로, '개소위' 회원들에게 비상사태가 발생한 것

으로 간주하였고 이들이 납치되었거나 연행되었다고 판단하여 당국을 규탄하기 위해 집회를 소집한 것이다. 이 소식을 듣게 된 최윤슬과 김성식 그리고 박수일도 이 자리에 참석하게 되었는데, 윤슬은 오랜 단짝 친구의 변고에 걱정이 이만저만이 아니었으며, 수일과 성식도 그간 개야소야도에서 일어났던 일들을 대충 알고 있었기 때문에 걱정이 많이 되었다.

 수일은 걱정스러운 표정으로 성식에게 조용히 "개야소야도에 밀정이 많다고 정렬이가 말했는데 무슨 일이 터질 것 같아 심란하네. 간첩 조작 사건 같은 일이 선거를 이기기 위해서 저질러졌거나, 기득권 세력의 결집을 위해 저질러진 일이라고 가정한다면, 이와 같은 정부의 치부를 대한민국 유수의 대학인 K 대학교 법과대 학생들이 조사한다는 것 자체가 정권의 아킬레스건을 건드린다고 생각하지 않았을까? 공안당국이 일이 더 커지는 것을 방지하기 위해 강력히 대처했다는 생각이 드네!" "그래 수일아! 그러고도 남을 사람들이야! 그러나저러나 내가 개야소야도에 데리고 간 것이 이 모든 일의 시발이 된 것 같아서 여간 신경이 쓰이질 않네. 아무 문제 없이 잘 돌아와야 할 텐데!"라며 푹푹 한숨을 쉬고 있는데, 법과대 학생들이 움직이기 시작하였다.

 법과대학 학생들은 "군산항에서 실종된 K 대학교 법대생 6명을 찾아내라!"라는 현수막을 앞세워 학교 정문 앞으로 나서며, "법과대 학생 6명을 당장 돌려보내라!"라고 외치며 가두 진출을 시도하였다. 그러나 학생들은 정문 앞을 나서자마자 전투경찰과 빨강 모자의 진압봉 타작을 맞은 후, 강제 해산되면서 현수막을 들고 맨 앞에서 시위를 이끌었던 과대표마저 연행되어 갔다. 한편, 학교 당국에서는 법과대 학생 6명이 연락 두절이 된 것을 일어나서는 절대 안 될 엄중한 사태로 규정하고, 학교 총장이 직접 법과대학 학장을 동반하여 문교부와 내무부를 방문하여 강력하게 항의하였다. 국내 석간신문에는 "K 대학교 법과대 학생 6명 연락 두절! 실종이냐? 연행이냐?"라고 대서특필하였다. 법과대 학생들은 과대표가 연행되고 "군산항에서 실종된 K 대학교 법대생 6명을 찾아내라!"라는 현수막이 압수되자, 6명의 법과대 학생이 무사히 귀가할 때까지 무기한 연좌 농성을 결의하고, 커다란 대형 현수막을 제작하여 학생회관에 걸기로 의결하였다.

윤슬과 성식 그리고 수일은 법과대 학생들의 농성 현장에서 빠져나와, 총학생회를 방문하였다. 총학생회 회의실에는 총학생회 간부들이 모여 법과대 학생들에게 발생한 문제를 토의하며 의견을 나누고 있었다. 성식은 학생회에 설치되어 있는 전화를 이용하여 군산에 있는 친구들에게 전화를 걸기 시작하였다. 군산 해망동, 장미동, 영화동 등은 선창가에 인접해 있다. 성식은 먼저 해망동에 살고 있는 친구 정인수에게 전화하였다. 정인수의 아버지가 전화를 받았는데, "요 며칠 군산에 다시 빨갱이 소동이 일어났다는데 자세한 내막은 아직 모르겠다."라고 말했다. 성식은 다시 영화동에 살면서 군산 수산대학교에 진학한 고충곤네 집으로 전화하였다. 때마침 집에 있던 고충곤이 전화를 받았다.

"야아! 충곤아! 나야 성식이!" "응? 성식이! 야! 오랜만이다. 너 좋은 대학 들어갔다는 소식은 들었어! 축하하고! 언제 군산 오냐? 오면 만나자!" "응! 그래! 군산 내려가면 너희 집으로 갈게! 그런데 군산 도선장에 무슨 일 없었냐? 너네 동네잖아?" "응! 어제 반공청년연합회라는 단체에서 회원들을 도선장에 집합시켰다네! 그 사람들이 줄을 서서 "빨갱이들은 물러가라!"라고 한참 떠들다 돌아갔다고 하대. 그 사람들 경찰서에서 시키는 대로 하는 사람들인데 무슨 일인지는 다들 모르나 봐! 내가 이곳 정보통에 수소문해서 알아보고, 뭐 좀 알게 되면 너한테 전화할까?" 성식은 자췻집에 전화가 없기에 어찌 소통할지 망설이고 있었는데, 옆에서 통화하는 것을 같이 듣고 있던 윤슬이 자기 집의 전화번호를 적어주었다. "응! 충곤아! 우리 선배님 집 전화번호인데 서울 377국에 0808번이야!"라고 말했다. "응! 알았어! 내가 전화 끊고, 이쪽저쪽 연락해 볼게! 자주 통화하자! 성식아!" "응! 그러자. 그럼 부탁해!"라며 전화를 끊었다.

김성식은 학생회 집행부에 군산항에서 반공청년연합회 군산지부 회원들이 집회를 한 사실과 그들이 도열하여 "빨갱이는 물러가라!"라고 외치며 한동안 소란을 피웠다는 정보를 전해주었다. 추후 또 다른 소식이 들어오면 알려주겠다고 말하고 윤슬과 함께 학생회를 빠져나왔다. 윤슬과 성식은 밖으로 나와서 캠퍼스 뒤쪽 길을 걷기 시작했다. 법과대학이나 도서관처럼 학생들이 붐비는 지역을 벗어나 후문이 가까워지자 공과대 학생들이 어쩌다 한두 명 드문드문 보일 뿐 캠퍼스는 거의 빈 공간처럼 보였고, 윤슬과 성식의 넓은 데이트 공간이 되었다. 조용히 걷고 있던 윤슬이 "지난번 기차 타고 올라올 때 우리가 너무 심하게 희수를 자극했나? 희수 요것이 어쩌면 정렬 씨한테 시집이라도 가려고 작정하고 달려간 것 같은데."라고 말했다. "그래요! 희수 씨 눈빛이 범상치 않았을 뿐 아니라, 앙다문 입술엔 굳은 결의가 보였어요!" "그래, 희수 고것 한번 마음먹었다면, 다 끝날 때까지 밀어붙일 거야! 고것 정렬 씨 쳐다보는 눈에서 꿀이 뚝뚝 떨어지더라니까!" "희수 씨 눈에서 꿀이 뚝뚝 떨어졌는데 자기의 눈에서 꿀이 뚝뚝 떨어지고 있었던 것은 모르시지요?"라고 성식이 은근하고 다정한 목소리로 물었다. "어머! 내 눈에서도 꿀이 뚝뚝 떨어졌었어?"라며 성식의 팔을 꼭 끼었다.

"걔네들 문제는 걱정할 것이 없어! 6명 중 고시 1차, 2차 패스한 애들이 3명이고 모두 쟁쟁한 집안의 애들이라 설사 끌려갔다 해도 큰 문제가 되지는 않을 거야! 희수 요것의 속셈은 정렬 씨에게 있다고 생각해!" "저도 그렇게 생각해요!"라고 성식이 화답하고는 윤슬의 어깨를 감싸안았다. 그리고 "우리 좀 앉을까요?"라며 벤치를 가리켰다. "오케이 마이 달링!"이라고 윤슬은 들뜬 목소리로 화답하며 몸을 성식에게 밀착하였다. 벤치에 앉자마자 둘은 서로를 확인하는 키스를 나누었고, 한참 만에 떨어진 윤슬이 "우리 집으로 갈까? 우리 집엔 엄마는 외국에 가셨고, 아빠 요즘 집에 안 들어오시거든!" "네에? 자기네 집으로요? 무서워서 싫어요!" "뭐가 무서워? 그리고 친구 전화도 기다려야 하잖아?" "아! 그건 그렇지만 그래도 자기네 집으로 가는 건 떨려요!" 윤슬은 다시 성식의 입술에 가볍게 키스한 후 "떨지 마세요! 도련님! 내가 있지 않아요?"라며 성식의 용기를 부추겼다.

20

윤슬과 성식은 K 대학교 후문에서 출발하여 도란거리며 윤슬의 집으로 향하였다. 성식은 불안하고 떨렸지만 대범한 척 용기 있는 척 하며 윤슬이 이끄는 대로 따라갔다. 학교에서 걷기 시작한 지 약 20분 후에 윤슬의 집에 도착하였는데, 조용한 주택가에 자리 잡은 제법 규모가 큰 주택의 철문을 열고 안으로 들어갔다. 윤슬을 따라 집에 들어가는 성식은 간이 콩알만 해지며 밀려오는 긴장감으로 벌벌 떨고 있었다. "자! 들어와! 바짝 얼지 말고! 아줌마가 계셨는데 내가 여름방학이라서 고향에 2주 동안 다녀오시도록 해드렸기 때문에 이 집에서 내가 대장이야! 하하하!"라고 윤슬이 특유의 쾌활함을 보였다. "어제 대청소도 했고 귀한 손님을 모실 준비가 되어있지요!"라며 윤슬이 다소 수다스러웠는데, 윤슬이 수다스러운 이유는 잔뜩 긴장해서 얼굴이 굳어있는 성식의 마음을 안정시키려고 애쓰는 부분도 있지만, 본인 스스로 느끼는 긴장감을 해소하려고 수다스럽게 떠들고 있는 것처럼 보였다.

윤슬은 주방에 들어가 빵과 우유를 챙겨서 쟁반에 담아 가지고 나왔다. "우리 간단히 요기해요! 에고! 나도 떨리네!"라며 한숨을 푹 쉬었다. 잠시 묵묵히 있던 윤슬은 조심스럽고 조용한 목소리로 "난 성식을 처음 동아리 부스에서 만난 날 저녁부터 성식과 은밀하고 따뜻하게 지내고자 하는 상상을 많이 했어! 그 당시 김성식 씨는 옷차림은 초라하고 후줄근했지만 얼굴엔 광채가 났고 우뚝한 콧날과 서글서글한 눈에서 뿜어져 나오는 부드럽지만 의지가 넘치는 눈빛은 23살 동안 잠잠하게 지내던 나의 가슴에 큰 파도를 일으켰지요!" "정말? 나도 그랬었는데!" "그래! 네가 그날 얘기했잖아! 윤슬을 상상하며 무슨 짓거리를 했다고, 나도 성식이 생각하며 무슨 짓거리했어! 크크크!" "그럼 우리에겐 공통적 요소가 좀 많은 것 같네요!" "공통적 요소? 어쩌면 그럴지도 몰라! 난 어릴 적 우리 아빠를 너무 좋아했어! 그래서 아빠하고 늘 같이 자고 껴안고 있는 엄마가 미울 때도 있었지! 그땐 아마 지크문트 프로이트가 주장하는 엘렉트라 콤플렉스에 시달릴 때라고 할 수가 있지!" "아, 엘렉트라 콤플렉스! 내가 어릴 적 겪었던 오이디푸스 콤플렉스와 비슷한 개념인가?"라고 성식이 반문했다. "그렇지 너희들 머슴애들이 오이디푸스 콤플렉스를 가졌다면 우리 계집애들은 엘렉트라 콤플렉스를 가졌다고 할 수 있는 것이지! 그런데 성식이도 오이디푸스 콤플렉스를 가졌었어?" "응! 자세히는 모르겠는데 비슷한 것, 콤플렉스를 가졌었어." "아! 그래서 우린 공통점이 많아! 나는 어릴 적에 우리 아빠가 이 세상에서 가장 멋있는 남자이고 내가 크면 꼭 결혼해야 할 남자인 줄 알았는데, 어느 때부터인가 아빠는 엄마와 다투기 시작하였고, 집에 들어오시지 않는 날이 많아졌어! 핑계는 외부 일, 즉 아녀자는 몰라도 될 바깥일이 많아서라는 거야! 나랏일 하시는 아빠께서는 당연히 그렇게 바쁘실 수도 있고, 또 바쁘시다 보면 외박도 할 수 있다고 생각하였지! 그런데 그것이 이 나라의 시스템 혹은 사회의 시스템, 학교의 시스템 그리고 마지막에 가정의 시스템인 것을 깨닫게 되었어! 하이어라키(Hierachies)라는 것 알지?" "그럼요! 나도 비슷한 경험을 했다고 볼 수 있어요! 나도 우리 아버지가 이 세상에서 제일 큰 인물이고 가장 멋있는 사람이고 거스를 수 없는 큰 거인이라고 믿었었어! 그런데 중학교 때쯤 되니까 아버지가 작아 보이기 시작했고, 자기 아버지가 자기 어머니에게 하셨던 것처럼 우리 아버지도 약주 한잔 드시고 오시는 날이면 어머니께 주정을 부리기 시작하셨어! 그래서, 그런 일이 반복되니까 아버지가 미워졌고, 아버지가 미워지기 시작한 후부터 내 자신의 생활이 불행하다고 느껴졌어. 그때가 아마 나의 사춘기였었을까? 아버지께서 실직을 하셨는데, 그때부터 아버지의 주사는 상상하기 싫을 정도로 심각해졌어! 그러던 어느 날, 여느 날처럼 어머니께 주사를 부리시는 아버지께 대들었어! '아버지! 도대체 왜 이러시는 거예요? 왜? 어머니를 이렇게 괴롭히시는 거예요? 전 더 이상 살고 싶은 마음이 없어지네요! 제가 우물 속으로 뛰어 들어가는 꼴을 보고 싶으세요?'라고 대들었어! 그때 우리 어머니께서 급히 나서시며 '야! 이놈아! 성식이 너 이놈! 감히 아버지께 이 무슨 짓이냐? 나쁜 놈! 빨리 방에 안 들어가!'라고 엄청 화를 내시며 다그치셨는데, 그때 어머니의 목소리가 그렇게 컸던 이유는 어머니께서 그때의 상황을 큰 위기라고 판단하셨기 때문일 거예요! 나는 분을 못 이겨 씩씩거리며 집을 뛰어나와 동네에 있는 학교 뒷산에 올라가 이쪽 끝에서 저쪽 끝으로 대여섯 번 뛰다가 쓰러졌었어! 그런 이후에 마음이 조금 누그러져 조용히 집에 돌아와 잘 수 있었어!"라고 성식이 말하였는데, 성식은 자기도 모르게 눈물을 줄줄 흘리고 있음을 깨달았다. 성식이 눈물을 흘리자 윤슬도 따라서 눈물을 흘리기 시작하였는데, 결국 둘 다 소리 내어 훌쩍거리며 울게 되었다.

한참을 그렇게 훌쩍거리며 울다가 윤슬이 먼저 얼굴을 추스르며. "와아! 우린 이렇게 공통적 요소를 많이 가졌네. 그래서 나는 '결혼생활이란 것이 고작 이런 것일까?'라고 회의감을 갖기 시작했어. 어쩌면 성식이도 그런 생각을 했었을 것 같은데?"라고 말했다. "맞아! 나도 비슷한 생각을 가지고 있어! 절대 권력자 같았던 우리 아버지께서 작은 모습으로 전락하는 것은 상상할 수 없는 일이라 생각했지만 결국은 그렇게 되신 것을 목격하게 되어 무척 서글펐고, 더욱더 싫은 것은 내가 아버지에게 한 번 항의한 이후로 아버지께서 말이 없어지시고 그렇게 자주 하시던 주사도 하시지 않았던 거야! 결국, 아버지의 주사는 이 세상과 부딪히며 얻은 좌절감을 가장 만만한 상대였고 가장 가까운 사이였던 가족, 그중에서도 자신의 마음을 이해해 줄 것만 같았던 자신의 아내에게 풀려고 했던 거고, 어머니는 늘 그것을 받아들여 주셨는데, 나 때문에 그렇게 그럭저럭 누리던 아버지의 시스템이 허물어진 것이 아니었을까요? 난, 다시 아버지께서 주정하시며 큰소리치시는 모습을 보고 싶어요!"라고 말했다.

윤슬은 "어쩌면!"이라며 가슴에 손을 얹고 성식을 경이로운 눈빛으로 한참 바라보았다. 한참 동안 말없이 성식을 바라보던 윤슬은 잠시 말문을 열려다 뜸을 들인 후 머뭇거리며, "우리 너무 심각한 이야기만 했었네, 조금 부드러운 이야기 좀 해보면 어떨까?"라며 성식에게 따뜻한 시선을 던지며 말했다. 성식도 "그러게, 이런저런 말 두서없이 하다 보니 눈물까지 펑펑 흘렸네! 한참 동안 울다 보니 마음이 정화되었나? 조금 홀가분하네!" "크크, 카타르시스! 나도 카타르시스를 느끼고 있어!"라고 말한 후, 윤슬은 더 머뭇거리고 주춤거리며 "나아~ 한동안 피아노 안 쳤었는데, 성식을 위한 연주를 하고 싶어서 한 20여 일 연습하였어! 내 방에 들어가 손 좀 풀며 준비하고 있는 동안 여기 있는 빵하고 우유 느긋하고 여유롭게 먹고 마시며 쉴 수 있지?"라며 따뜻한 눈빛으로 미소를 지어 보였다. 성식은 윤슬의 따뜻한 미소에 마음이 푸근해지고 여유로워지면서 편안함을 느꼈다. 그래서 윤슬이 시키는 대로 윤슬이 준비해 놓은 빵과 우유를 먹고 마시며 윤슬의 피아노 연습하는 소리를 즐길 수 있었다.

한 30여 분쯤 지났을까? 윤슬이 방문을 조금 열며 "성식 씨 이제 방으로 입장하실까요?"라며 성식을 방으로 이끌었다. 성식이 방에 들어서자, 연한 미색의 원피스를 곱게 차려입은 윤슬이 피아노 앞에 앉아있었고, 벽면에는 큰 하트 안에 조그맣고 예쁘게 "성식 씨! 환영해요!"라고 써 붙인 작은 그림이 보였다. "성식 씨! 저기 침대 턱에 기대서도 되고 제가 연주하는 도중 졸리시면 주무셔도 되고, 또 제가 잘하면 아낌없이 박수를 보내주시면 고맙겠습니다."라며, 피아노 건반을 두드리기 시작하였다. 처음 곡은 성식의 귀에도 익숙한 곡이었다. 윤슬은 "이 곡의 제목은 '성식을 위하여!'예요. 베토벤 작곡이고요."라는 설명과 함께 구슬 같은 피아노 선율을 성식에게 선물하였다. 성식은 윤슬의 피아노 연주를 들으며 연미색 원피스를 곱게 차려 입고 연주하는 윤슬의 뒷모습에서 윤슬의 또 다른 아름다움과 여성스러움을 느낄 수 있었다. 성식은 조용히 눈을 감고 감상하였는데, 처음에는 침대에 걸터앉았으나 점차 몸이 나른해지자 침대 위로 올라가 침대 턱에 기대게 되었다. 연주가 계속되는 동안 조용히 침대 턱에 기대어 눈을 감고 음악을 감상하던 성식은 결국 몸이 조금씩 기울기 시작하였다. 윤슬은 성식이 잠들었음을 확인한 후 피아노 건반을 조용히 덮었다. 윤슬은 조심스레 잠옷으로 갈아입은 후 성식의 곁에 벌벌 떨며 누웠다.

얼마나 지났을까. 성식은 은은히 밀려오는 윤슬의 향기에 눈을 떴고 바로 옆에 윤슬이 새록새록 잠들어 있는 것을 보았다. 성식은 팔을 뻗어 윤슬을 껴안았고, 둘은 지남철처럼 찰싹 엉겨 붙었다. 성식은 윤슬이라는 큰 우주를 가슴에 안고 윤슬의 깊은 바다에 자신의 몸을 던졌다. 윤슬은 성식을 받아들이는 기쁨과 함께 밀려오는 통증에 "으흑! 으흑!" 신음이 가팔라졌고, 성식은 더 깊이깊이 윤슬을 찍어 눌렀다. 드디어 거의 반년 동안 매일 꿈속에서 그리던 윤슬에게 사랑의 닻을 내린 성식은, 키스를 퍼부으며, "사랑해요! 윤슬 씨!"라고 속삭였다. 윤슬은 조용히 고개를 끄덕이며 은은한 감동으로 떨고 있었다.

21

　사랑의 판타지를 처음 경험한 윤슬과 성식. 윤슬은 성식의 뜨거움을 송두리째 받아들인 기쁨과 성식을 온전하게 가졌다는 행복함으로 설레는 시간을 잔잔하게 누리고 있었지만, 성식은 천진하고 행복한 모습으로 자고 있었다. 윤슬은 잠든 성식의 얼굴을 조심조심 어루만지며, "요 녀석! 생긴 것만 멋있는 게 아녔어! 사려 깊은 눈빛에, 지성미가 넘쳐 보이는 수려한 마스크에, 매사 조심스러워하고 햄릿처럼 여리고 머뭇거릴 것만 같았던 녀석이, 그렇게 과감하고 카리스마 넘치는 모습으로 이 누나를 유린하다니! 아! 성식이 너는 너무 멋지다! 이 누나의 영원한 신으로 남아줄 수 있겠니?"라고 독백을 하듯 중얼거리며 침대를 빠져나왔다. 윤슬은 침대에서 내려오며 느껴진 하체의 불편함에 놀랐고, 자신이 누워있던 자리에 피어난 두 송이의 아주 작지만 예쁜, 선명하며 고혹적인 자태의 장미꽃에 깜짝 놀랐다.

　"아! 이 뻐근함은 무엇이고? 이 찬란히 빛나는 장미꽃들은 무엇이냐? 요 나쁜 놈이!"라고 중얼거렸는데, "엉! 나쁜 놈?"이라고 놀라면서 성식이 깨었다. "그래! 이 나쁜 놈아! 이 누나를 무자비하게 난도질하다니! 이 장미꽃 좀 봐라!" "앗! 피!" "피가 아니라 누나의 예쁘고 성스러운 장미꽃이야!" "아! 누나의 장미꽃!" 성식은 감동과 함께 표현하기 힘든 뿌듯함이 밀려와 윤슬을 사정없이 껴안았고 주체할 수 없는 리비도에 윤슬에 또다시 들이대었다. "아! 나의 나쁜 놈!"

이라며 윤슬은 또 성식을 깊이깊이 받아들였다. 이때 거실에서는 전화벨이 요란하게 울렸지만, 이팔청춘들의 펄펄 끓는 사랑은 그 전화벨 소리를 잠재웠다. 한참 동안 울리던 전화벨이 끊겼다가 다시 울렸지만, 이 전화에 응답하는 소리는 없었고 전화는 다시 끊겼다. 약 20분 후에 다시 전화벨은 울렸고, 그제야 윤슬은 성식의 가슴에 파묻었던 얼굴을 들어, "응? 전화가 오나 봐! 요런 때 하필이면 전화야!"라며 성식의 부드러운 가슴에 자기 얼굴을 묻었다. 전화는 다시 끊겼고, 또다시 전화벨이 울렸을 때는 두 남녀가 비로소 열기를 식히고 몸을 추스를 때였다.

윤슬은 "네! 여보세요!"라고 행복해서 '또로로로' 굴러갈 것 같은 경쾌하고 밝은 목소리로 전화를 받았다. "앗! 깜짝이야! 김성식 씨와 통화하려고 전화했는데 맞나요?"라고 놀란 목소리로 상대방이 말했다. 윤슬은 "아! 성식 씨 친구시군요! 잠시만 기다려 주세요."라고 말한 후, "나쁜 놈! 전화 받아!"라고 성식을 불렀다. 성식이 "야! 충곤이냐?"라고 응답하자 "야! 성식아 누구냐? 그 여자분 목소리가 너무 쾌활하고 힘이 넘쳐나서 놀라 자빠질 뻔했다."라는 대답이 돌아왔다. "응! 우리 선밴데, 나보고 나쁜 놈이라고 부르네!" "뭐어? 네가 무슨 나쁜 짓을 했구먼! 요 나쁜 놈아!"라고 충곤은 이죽거렸다. "얌마! 쓸데없는 소리 말고! 뭐 좀 알아봤냐?" "그래! 우리 아버지 친구이신 정보과장님께 여쭤봤는데, 서울에서 온 학생 여섯 명이 높은 기관의 명령에 의해 체포되어 압송된 것 같다네! 아버지 친구이신 정보과장님께선, '가들 다 죽은 목숨이여, 혹시 그 애들하고 연관되어 있다면 누가 되었든 간에 잠수 타는 게 여러모로 좋을 거야!'라고 말씀하셨어!" "아!"라고 성식이 탄식을 하자, 충곤은 "야, 성식아! 왜 그램마? 무슨 일 있냐?"라고 걱정스러운 듯 물었다. "응! 아무것도 아니야! 그냥 세상이 왜 이러냐? 음….' 잠시 뜸을 들인 후 성식은 "충곤아! 고맙다! 또 연락하자!"라며 전화를 끊었다.

윤슬은 성식이 전화 통화하는 사이에 어질러진 자신의 침대를 정리정돈하였다. 방에서 나온 윤슬은 화장실에 들어가 욕조에 더운물을 채우기 시작했다. 더운물이 어느 정도 욕조에 차자 윤슬은 성식을, "나쁜 놈! 이리 들어와!"라고 불렀는데, 이미 성식의 얼굴은 걱정 근심으로 창백해 보이는 것 같았다. 윤슬은 아까부터 밀려오는 큰 불안함에 몸이 덜덜 떨려 왔으나, 사뭇 아무 문제가 없는 것처럼 위장하며 여유롭게 미소 지으려 애썼다. 윤슬은 머뭇거리며 엉거주춤하게 서있는 성식을 다시 불렀다. "성식 씨! 아무 일 없을 테니 걱정 말고 이리 들어와요!"라고 성식을 부르며 상큼하며 발랄한 미소를 지었다. 성식은 마지못해 화장실에 들어가 윤슬이 이끄는 대로 욕조에 몸을 담갔는데, "에라! 모르겠다! 설마 죽이기야 하겠냐?"라는 배짱이 다시 생겨났다. 윤슬이 욕조에 들어오며, "우리 나쁜 놈 호강 좀 시켜주고 싶어서 내가 들어왔어. 괜찮지?"라고 성식에게 물었다. "Of course! No problem! (당연히 문제없지요!)"라고 대답하는 성식은 다시 여유를 찾은 듯해 보였다.

이팔청춘들은 목욕하며 다시 서로를 아끼는 시간을 보냈다. 목욕을 마친 두 남녀의 얼굴은 광채가 반짝거렸고 온몸은 핑크빛으로 곱게 물들어 있었다. 윤슬은 클래식 음악을 틀어주며, "우리 나쁜 놈! 음악 감상하며 편히 쉬세요! 이 누나가 맛있는 거 만들어 줄게요!"라며 갓 시집온 새댁처럼 마냥 행복한 표정으로 식사 준비를 하였다. 식사 준비를 다 마친 윤슬은 "우리 멋진 님 이리 와 앉으세요!"라며 성식을 불렀는데, 성식은 "와! 나쁜 놈에서 멋진 님으로 승진했네! 고마워요!"라며 너스레를 떨며 식탁에 앉았다. 맛깔스러운 음식을 준비한 윤슬은 와인까지 한 병 까서 성식을 극진히 대접하였다. 난생처음 이렇게 호사를 누린 성식은 모든 것이 꿈만 같았고, 이게 꿈이라면 깨지 않고 계속되는 꿈이었으면 좋겠다고 생각했다. 윤슬이 "멋진 님! 오늘 목욕하고 여유롭게 내 앞에 떡하니 앉아있으니 더욱 멋있어졌어! 그래서 멋진 님으로 승진시켰어! 모든 것 다 때려치우고 딱 2주 동안 여기서 먹고 놀다가 또 먹고 놀면 어떨까?"라고 말한 후 성식을 살펴보았다.

　성식은 너무 놀라운 윤슬의 제안에 깜짝 놀라며, "아! 고, 고마워요. 그, 그런데!"라며 더듬거리며 머뭇거렸다. 윤슬은 "앗! 저번에도 곤란할 때 더듬거렸었는데!"라며 성식을 빤히 쳐다보았다. "싫어?"라고 말하며 윤슬은 성식을 더 강력한 눈빛으로 빤히 쳐다보며 재촉하였다. 성식은 체념한 듯 "아니! 너무 좋아! 꼭 그렇게 하고 싶어!"라고 말했다. 너무 좋다는 성식의 대답에 윤슬의 표정은 바로 환해졌는데, 성식이 잠시 뜸을 들이며 말을 이어갔다. "너무 좋아서 꼭 그렇게 하고 싶어! 그런데, 지난번 군산 갔을 때 우리 집에도 안 들르고 그냥 서울로 올라왔었어! 만약, 우리 어머니, 아버지께서 내가 군산에 왔었는데 그냥 서울로 올라간 것을 아시면 아마 나는 죽은 목숨이야! 그런데도 내가 그냥 서울로 올라온 이유는 어머니, 아버지께 더 이상 안주하기 싫어서였어! 다시 집에 들어가면 엄마가 해주는 밥이 너무 좋고 내 방에서 빈둥거리는 게 너무 좋고, 그러다 보면 다시 의존할 거라는 생각이 들었어. 더 이상 엄마, 아빠께 기대고 싶지 않아! 그래서, 아르바이트하기로 마음먹었고, 명동에서 제일 큰 슈즈살롱에서 방학 동안 풀타임으로 일하기로 하였고, 개학 후엔 저녁 골든아워에만 일하기로 약정하였어. 나 돈 벌어서 2학기 등록금 내고, 우리 예쁜 색시 선물 사주고 싶어!"라고 쉴 사이 없이 빨리 말해 버렸다.

"앗! 예쁜 색시!"라고 윤슬은 환호하며 "나아? 예쁜 색시라고 불렀어? 으으, 너무 좋다! 근데 언제부터 아르바이트할 건데?" "지금 나가야 해! 오늘 저녁 시간에 지배인님으로부터 일하는 요령을 지도받고, 곧바로 현장에 투입되게 되었어!" "아, 내일도 아닌, 오늘 저녁부터야?"라며 윤슬은 한탄하였다. "우리 예쁜 색시! 미안해요!"라고 말하며 성식은 윤슬을 꼭 껴안았다.

22

김성식은 최윤슬의 집에서 나올 때 발걸음이 잘 떨어지지 않았다. 그러나 지금 머뭇거릴 때가 아니라는 절박감으로 서둘러서 집을 나왔다. 버스정류장까지 빠른 걸음으로 움직여 명동행 버스를 탔고,

버스 안에서도 친구 고충곤이 했던 말이 계속 머릿속을 맴돌았다. "쟤네들하고 연결되어 있으면 잠수 타는 게 좋을 거야!"라고 정보과장이란 사람이 했다는 말이 마음을 무겁게 어지럽혔다. 성식은 일단 명동에서 슈즈살롱의 지배인을 만나고, 이 문제는 그 이후에 생각하기로 마음을 정하였다.

'마드모아젤 슈즈살롱'은 화려하였고, 최고급 슈즈살롱답게 최신 패션의 고급 구두가 미려한 진열장에 진열되어 있었다. 지배인은 성식에게 "여기 오시는 분들은 모두 왕비처럼 혹은 공주처럼 대하면 문제없을 거고, 손님이 원하는 게 무엇인지 살펴보고, 손님이 관심이 있어 하시면 신어보시도록 권면하고, 맘에는 드는 데 맞는 사이즈가 없으면 주문으로 해드리고 경우에 따라서는 원하는 장소에 배달까지 서비스한다고 말씀드리면 될 거야!"라고 하면서, 발 사이즈 재는 방법까지 가르쳐주며 슈즈살롱에서의 성식의 역할에 관해 이것저것 말해주었다.

머리 회전이 빠르고 기억력이 좋은 성식은 한마디 한마디를 정확히 기억하고 그대로 실행하였다. 처음에는 서툴고 어색했지만 손님들로 복작거리는 매장에서 선배들이 사소한 일을 시키면, "넵!"이라고 크게 응답한 후 뛰어다니며 주어진 일을 해치웠다. 그런 성식의 모습을 지켜본 지배인은 흡족해했다. 이제 퇴근할 시간이 다가와 슈즈살롱 직원들이 지배인에게 인사하고 가게를 빠져나갔는데, 지배인은 성식에게 "미스터 김, 오늘 수고했고, 피곤할 테니 집에 가서 쉬고 내일 10시에 나와요!"라고 대견한 듯 따뜻하게 말했다. 성식은 "저, 지배인님! 제가 사는 자췻집이 멀기도 하고 비용도 만만치 않아서 그러는데 혹시 제가 이곳에서 숙직하며 지내면 안 될까요?"라고 물어보았다. 지배인은 "뭐? 숙직? 그것 정말 좋지! 숙직하고 청소하는 직원이 있기는 한데, 자네가 해준다면 우린 오히려 비용 절감하고 좋을 듯한데. 숙직실이 넓지는 않지만 둘이 지내도 괜찮을 정도이고, 자네가 그 직원 청소하고 관리하는 것 도와주면 좋아할 거야! 내일부터 그렇게 하도록 해요!"라고 말한 후, 성식을 숙직실에 데려가 사용 요령과 주의 사항을 알려주었다. "넵! 감사합니다! 지배인님!"이라고 인사하고 자췻집으로 돌아오는 발걸음은 훨씬 홀가분했다.

자췻집에 돌아와 성식은 발 빠르게 짐을 정리하기 시작했다. 당장에 필요한 옷가지나 책, 일기장, 필기구는 배낭에 넣었고, 나머지는 박스에 넣어 짐을 다 꾸린 후 집주인에게 인사를 하러 갔다. "아주머니 그간 감사했습니다. 전 방학 동안 백두대간 종주하며 무전여행 다닐까 하고요!"라며 집을 떠난다고 말했다. "에구! 성식 학생! 이렇게 떠난다니 섭섭하지만 백두대간 여행 간다니 젊음이 부럽기만 하네. 몸조심하고 나중에라도 또 기거할 곳이 마땅치 않으면 찾아와요!"라며 섭섭해하였다. 성식은 "혹시라도 누가 찾아오면 저 다른 학생들처럼 방학하자마자 백두대간 종주 산행 갔다고 말씀해주세요! 다음에 또 찾아뵐게요! 안녕히 계세요!"라고 인사하고 자췻집을 나왔다. 성식은 배낭과 박스를 둘러메고 빠른 걸음으로 윤슬의 집을 향해 걸었다.

윤슬의 집에 도착하자마자 박스를 윤슬에게 넘기며, "나는 지금 명동성당에 들어가서 기도나 할까 해요! 자기도 같이 가지 않을래?"라며 윤슬을 간절한 눈빛으로 바라보았다. 성식의 눈빛에서 드러난 절박감을 눈치챈 윤슬은, "알았어! 자기 따라갈게!"라고 흔쾌히 대답하였다. 성식은 "그럼 배낭 챙겨 떠나자고! 메모지에 백두대간 종주 등산 여행 간다고 하고 팔월 중순경에 돌아온다고 써놓고 가면 어떨까?"라고 물었다. 윤슬은 "알았어! 내가 메모 쓰고 있는 동안에 이 배낭에 내 옷 넣어줘!"라고 화답한 후 아주머니가 볼 수 있도록 메모를 썼다. "아줌마! 저 백두대간 종주 등산 여행 다녀올게요! 팔월 중순경에 돌아올 거니깐 걱정 마시고, 엄마한테 전화 오면 그렇게 말씀드리세요! 윤슬."

윤슬과 성식은 집을 빠져나와 학교의 반대쪽 길로 돌아서 걷다가 택시를 타고 명동으로 향했다. 이런 발 빠른 행동은 사려 깊고 유약해 보이는 성식에 의해 재빠르고 과감하고 결단성 있게 진행되었는데 성식의 얼굴에는 절박함과 두려움이 깃들어 있었다. 명동으로 향하는 택시 안에서 윤슬과 성식 모두 말을 아꼈고 묵직한 침묵이 흘렀다. 명동에 도착해 택시에서 내린 윤슬과 성식은 말없이 명동성당 방향으로 걸었다. 성식은 명동성당 근처에 다다르자 윤슬의 팔을 이끌며, "자! 우리 성당에 들어가 기도나 드리면서 마음의 안정을 찾아요!"라고 윤슬에게 속삭이듯 말했다. 윤슬도 작은 목소리로, "알았어! 너무 무서워! 하지만 자기가 옆에 있어서 너무 든든해! 우리 들어가서 기도해! 작은 목소리로 기도하며 소통하는 시간을 갖도록 하자고!"라고 화답하였다. 성당 안은 늦은 밤인데도 은은하게 불빛이

켜져 있었고, 맨 앞줄에 한 명의 여성이 머리 숙여 기도하고 있는 모습이 보였다. 윤슬과 성식은 왼쪽 귀퉁이 맨 뒤쪽 좌석에 앉아서 조용히 기도를 시작하였다. 먼저 성식이 기도하였다.

"하나님, 이 세상이 무섭고 또 두렵사옵니다. 두려움에 떨고 있는 저희들 이 성소에 몸을 의탁합니다. 보살펴 주시옵소서!"라고 아주 조용한 목소리로 기도하였다. 윤슬은 더욱더 조용한 목소리로, "하나님! 무서워서 벌벌 떨고 있는 저희에게 용기와 힘을 주셔서 더 이상 두려움에 떨지 않도록 도와주시옵소서!"라고 기도하였다. 잠시 침묵이 흘렀다. 성식이 다시 "하나님! '개소위' 멤버들이 지금 어디에 있든지 그들을 보호해 주시고 그들이 안전하게 귀가할 수 있도록 도와주시옵소서!"라고 기도했다. 잠시 후 윤슬이 "하나님! 우리 친구들, 동료들, 이 나라의 민주화를 위해 힘쓰고 노심초사하는 전국의 대학생들에게 더 큰 용기를 주시옵소서! 하이어라키의 최상위인 대통령에게 큰 복 주셔서 더 이상 이 나라의 백성에게 군림하고 핍박하는 일을 멈추고 진정으로 국민을 위한 선한 정치를 할 수 있도록 인도해 주시옵소서!"라고 기도했다.

기도는 잠시 멈추었고 약간의 침묵이 흐른 후에 성식이 "하나님! 저는 이 세상에 온 후 처음으로 오늘 일을 시작하게 되었습니다. 아직 학생의 신분이지만 사회의 일원으로서 역할을 시작하게 되었습니다. 그곳에서 저를 신뢰하여 흔쾌히 채용해 주신 지배인님에게 절대로 누가 되지 않도록 최선을 다할 수 있도록 도와주시옵소서! 또한 저에게 그곳의 숙직실을 용납해 주셨고 그곳에 거할 장소를 마련해 주신 것에 감사하고 또 감사합니다. 여기 옆에서 기도하고 있는 나약한 자매도 안전이 확인되고 담보될 때까지 안심하며 거할 수 있는 곳 마련해 주시옵소서!"라고 기도했다. 윤슬이 이어서 "하나님! 이 성소에 들어왔을 때, 저를 감싸고 있던 무서움과 두려움을 떨치게 해 주셔서 감사합니다. 하나님께 기도하는 동안 마음의 평안을 얻게 해 주셔서 감사합니다. 지금 저희에게 닥쳐온 상황이 정리될 때까지, 그리고 '개소위' 멤버들 모두 안전하게 귀가했다는 소식이 들릴 때까지 이곳에서 기도하며 지낼 수 있도록 허락해 주옵소서! 옆자리에서 기도 올리고 있는 형제에게도 더 큰 용기 주셔서 처음 시작한 아르바이트를 온전히 수행할 수 있도록 도와주시고, 이제 모든 문제 다 해결되었으니 학교로 돌아가도 좋다는 신호가 나올 때까지 안전하게 지낼 수 있도록 축복해 주시옵소서!"라고 기도하고 또 기도하였다.

　　이렇게 밤새워 기도하는 사이 어느덧 새벽이 되었고 성당의 새벽 기도회가 시작되었다. 윤슬은 새벽 기도회에 참석한 이후 카타리나 수녀와 이런저런 이야기를 나누었다. 수녀와 대화를 마친 윤슬은 성식에게 돌아와, "성식 씨! 나 한동안 이곳에서 자기의 안전을 위해 기도하며 지내면서 절대 밖으로 나가지 않을게! 성식 씨도 당분간 그냥 슈즈살롱 안에서 꼼짝 안 하고 지낼 수 있지?"라고 조용조용히 말했다.

　　밤새 두 남녀가 성당에서 기도하는 동안 K 대학교 정문에 3대의 검은 지프차가 들어왔고, 지프차에서 내린 요원들은 학생회관, 도서관, 법과대학교 로우저스티스 홀 등에서 은신하고 있는 학생들을 붙잡아 들였다. 그리고 성식의 자췻집에 들른 기관원들은 학생들이 모두 집에 가고 자췻집이 텅 빈 것을 발견하고 자췻집 주인에게 성식에 관해서 물었다. 자췻집 주인은 "여기 학생들 방학 시작하자마자 다 집에 갔어요! 성식 학생도 방학 시작하자마자 백두산! 아니 백두간대를 종주한다고 배낭 메고 나갔어요." "백두간대?"라고 요원이 반문하자, "아! 무슨 산맥을 따라 전국을 쏘다니는 등산을 한다고 하던데요! 백두대간이라고 했던 것 같아요!"라고 말했다. "아! 백두대간 종주 산행이요?" "그래요! 그거예요!"라고 아주머니께서 말씀하시자 요원들은 서둘러 자췻집을 빠져나갔다. 자췻집을 빠져나온 요원들은 곧바로 윤슬의 집으로 방향을 옮겼다. 윤슬의 집에 도착한 요원들이 벨을 눌렀지만 아무런 응답이 없자, 곧바로 대문의 잠금 장치를 따고 잠입하였다. 현관문까지 따고 들어간 요원들은 집이 비어 있음을 확인하였는데, 곧바로 식탁에서 메모 쪽지를 발견하였다. 윤슬이 써놓은, 백두대간 종주 떠난다는 메모를 촬영하고 현장을 떠났다. 요원들은 백두대간에 관한 내용을 팀장에게 보고하였다. 팀장은 각 터미널, 그리고 전국의 백두대간 등산로에 요원을 급파하였다.

23

개야소야도 선착장 입항 직전에 '개소위' 멤버들을 연행한 해양경찰은 순시선을 한 시간 이상 이동해서 대천항에 입항하였다. 그곳에서 '개소위' 멤버들과 서울에서 내려온 요원들을 대기하고 있던 기관원들에게 인수한 후 다시 원래 근무지로 복귀했다. '개소위' 멤버들을 넘겨받은 기관의 팀장은 닭장차 안에 '개소위' 멤버들을 욱여넣은 후 자물통을 채웠다. '개소위' 멤버들은 몇 시간 전에 불태웠던 투지는 이미 잃었고 모두들 거의 사색이 되었는데, 거의 동료들의 얼굴도 볼 수 없을 정도로 어둡고 비좁은 공간에 욱여넣어진 후 서너 시간 동안 이리저리 흔들거리며 압송되어 갔다.

몇 시간 후 '개소위' 멤버들은 위치를 알 수 없는 건물의 지하 공간으로 끌려갔는데, 그 지하실에는 역겹기 짝이 없는 비린 냄새가 이미 깊게 배어있었다. '개소위' 멤버들은 역겨운 냄새에 먼저 반응하여 자신들에게 닥쳐올 시련을 예감하며 전율하였다. '개소위' 멤버들은 책상 하나가 덩그러니 놓인 방에 짐짝처럼 부려진 후, 한 시간 이상 방치되다가 드디어 머리를 짧게 자른 남자 한 명이 들어오는 것을 보았다. "자! 이 서류 받아 들고 차례로 관등성명을 댑니다!"라고 짧고 고압적인 목소리로 짧은 머리 남자는 명령했다. 고시 2차에 패스한 원용희 회원이 나섰다. "그런데, 당신들 아무 죄 없는 사람들을 이렇게 끌어다가 처박고 방치해도 되는 겁니까? 당신이나 관등성명을 대시오! 나 이래 보여도 사법고시 2차 패스한 K 대학교 법과대 학생입니다."라고 당차게 항의했다.

짧은 머리는 "아하! 그러세요? 사법고시 2차씩이나 패스하신 분이군요!"라고 비꼬는 말투로 말하며 다가오더니, 주먹으로 원용희 회원의 얼굴을 두 차례 가격하더니 발길질을 하기 시작하였는데, 바로 원용희 회원은 피투성이가 된 채로 바닥에 내동댕이쳐졌다. "자!

여기에 관등성명, 집 주소, 전화번호, 양친 부모와 친척들 명단, 그리고 친구 20명 이상 명단 다 적어낸다. 30분 시간 준다! 알았나?"라며 밖으로 나갔다. '개소위' 회원들은 짧은 머리가 내민 A4 용지를 벌벌 떨며 받았다. A4 용지에는 가족, 친구, 친척, 등 자기 주변의 모든 지인을 적게 되어있었다. 박희수는 이 리스트를 받아 들고 "아! 이런 방식으로 사람을 망가트리는구나! 우선 무조건 두들겨 패고 보는구나! 이 명단을 적어내면 또 그 사람들을 불러들일 거고, 불러들인 사람들 우선 두들겨 패고 겁주고 나서 또 패고… 아!"라고 한탄하며 동료들의 모습을 살펴보았다. 동료들 모두 얼굴이 사색이 되어 어쩔 줄 몰라 거의 넋이 빠진 상태였다.

　　박희수는 입술을 꽉 다물고 눈에 독기를 품은 채 짧은 머리로부터 받은 A4 용지에, "우리가 끌려온 이곳이 어떤 곳인지 밝히고, 당신의 관등성명을 대시오! 우리들은 폭력배들의 조직에 끌려왔는지, 혹은 빨갱이들한테 끌려왔는지, 잘 모르는데 아무한테나 우리들의 개인 정보를 제시할 수가 없습니다. 먼저 당신의 관등성명과 기관의 이름을 제시한 후, 신분증을 보이시오!"라고 썼다. 책상 위에 A4용지를 올려놓은 후 동료들에게, "어차피 이 사람들 자기들 원하는 대로 되지 않으면 아까 원용희에게 했던 걸 반복할 거야! 어쩌면 내일이나 모레쯤이면 우리 편도 움직일 거야! 버티자고!"라고 당당하게 말했다. 희수의 당찬 행동에 남학생들이 모두 용기를 얻었는지 희수와 똑같이 따라 했다.

　　다시 방에 들어온 짧은 머리는 책상에 올려져 있는 A4 용지를 살

퍼보더니, "이것들이! 야! 너!"라며 박희수를 손가락으로 지목하며, "네가 주동자지?"라고 물었다. "야라니요? 짧은 머리 아저씨! 내가 만만해 보이십니까? 초면인 대한민국의 K 대학교 법과대 학생에게 야아? 어디서 배운 예절입니까? 조직폭력배들입니까? 동네 양아치들입니까? 아니면 빨갱이 집단입니까? 어디서 초면인 숙녀에게 '야!'라고 부르십니까? 설마 이런 몰상식한 사람들이 대한민국의 공무원들은 아닐 것이고! 정체와 관등성명을 밝히세요!"라고 당당히 쏘아붙였는데, 방 안이 쩌렁쩌렁 울렸다. 이렇게 당돌하게 희수가 밀어붙이자 짧은 머리는 당황하며, "이것들이! 이것들이!"라고 중얼거리며 손까지 떠는 것 같았다. 희수는 여세를 몰아 "당신 여기 있는 제 친구를 두들겨 팼는데 아마 내일쯤이면 그 책임에서 자유롭지 못할 겁니다. 각오하세요. 안 했다고 발뺌하시겠지만, 우리 5명이 모두 증인입니다. 그리고 고시 2차 패스한 학생이면 머지않아 이 나라의 고위 공직자가 될 사람인데, 그 사람을 막무가내로 두들겨 팬 사람에게 무슨 개인 정보를 댑니까? 당신 같으면 대겠습니까?"라고 더욱 큰 소리로 퍼부어댔다. 이런 상황을 눈치챘을까? 약간 나이 들어 보이는 자가 나타나 짧은 머리를 데리고 나갔고, '개소위' 회원들은 한동안 잠잠하게 지낼 수 있었다.

24

J 무역주식회사 국내1과의 전화벨이 계속 울려댔다. 그때마다

전화를 받는 직원은 "네! 네! 알아보겠습니다! 네! 네! 서두르겠습니다!"라며 쩔쩔매었다. 전화에 여러 번 응답한 직원은 팀장에게 보고하였고, 팀장은 긴급 상황을 보고하기 위해 과장을 찾아갔다. 김 과장은 상부와 통화 중인 듯 연신 굽실거리며, "네! 네!"를 반복하고 있었다. 잠시 후 김 과장이 통화를 마치자, 팀장은 현 상황을 보고하게 되었다. "과장님! 개야소야도에서 잡아 온 놈들 때문에 난리법석입니다. 문교부, 내무부, 총리실 등에서 학생들이 납치되었다고 찾아내라고 난리 중인데, 석간신문에서도 'K 대학교 법과대 학생들이 납치되었나? 연행되었나?'라는 기사를 대서특필했습니다. 그뿐 아니라, 방학 시작과 함께 잠잠해졌던 학원가가 다시 술렁이고 있고 학생들이 다시 학교에 운집하고 있습니다."라고 보고하였다.

"아! 알았어요! 지금 부장님과 통화했어요! 팀장 회의 소집하세요! 지금!" "네! 과장님! 알겠습니다." 이런 과정을 통해 긴급회의가 소집되어 회의실에 팀장들이 모였다. 김 과장이 입장하며, "긴급히 논의할 사안이 있어서 회의를 소집했습니다. 우리가 개야소야도에서 연행해 온 K 대학교 법과대 학생들 문제가 우리가 예측했던 것보다 훨씬 복잡하고 시끄럽게 돌아가고 있습니다. 지금 K 대학교 법과대 학생들이 집단 농성에 들어갔고 또 다른 대학교 학생들도 동조하고 연대하여 학교에 집결하는 중입니다. 한 2달 동안 조용히 지낼 수 있는 상황이었는데, 우리가 연행한 K 대학교 법과대 학생들 때문에 정국이 벌집 쑤셔놓은 형국이 되었네요. 그뿐 아니라『학생들의 말』이라는 소책자에,「개야소야도 섬마을 간첩 사건을 다시 조명하라」라는 기사가 실렸고요, 그 뭐죠? '한국의 신식민주의'라는 기사가 떴어요! 예전에 『말』이란 소책자가 영향이 컸는데, 이젠 『학생들의 말』이 더 쇼킹합니다. 우리들의 아픈 곳을 콕콕 찌르고 있어요! 그래서, 지금 잡아들인 애들 문제와 『학생들의 말』 문제에 관해 허심탄회하게 좋은 대책을 논해주시기 바랍니다."라고 다소 지친 표정으로 말했다.

학원내사 팀장이 일어서며 "저희 팀에서 지금 잡아들인 '개소위' 멤버 중 한 명이 우리 팀원에게 '대한민국 유수의 대학 K 대학교 법과대 학생이자 사법고시 2차 패스한, 머지않은 장래에 나라의 핵심적 인물이 될 사람에게 행해진 폭력에 대해 사과하라고 하면서, 우리 팀원에게 당신의 관등성명을 밝히고 기관의 이름을 밝히라고 호통치는 것을 제가 관찰실에서 직접 들었습니다. 얘네들! 그렇게 함부로 다루어서는 안 될 이유가, 그렇게 큰소리친 여학생의 아버지는 얼마 전까지 우리 J 무역에서 일하다가 영국대사관 무관으로 파견된 우리 편 사람입니다. 또 두들겨 맞았다는 학생의 아버지도 현직 대법원 판사예요. 모두 우리 편 사람들이거든요! 얘네들 그냥 학원녹화사업장에 보내서 뜨거운 맛 좀 보인 후 훈방하는 게 어떨까요?"라고 발언한 후 자리에 앉았다.

김 과장이 "음, 좋은 의견이에요! 또 다른 의견 없습니까?"라고 말하자, 다른 팀장이 일어섰다. "지금 『학생들의 말』 문제가 거슬린다고 말씀하셨는데, 우리가 서울의 유수 대학교에 심어둔 우리 하부 요원들을 소집해서, 조사해 보도록 권면하면 어떨까요?"라고 발언했다. 김 과장은 "아! 그래요! 우리가 각 대학교에 심어놓은 우리 측

자원 말이죠?" "네! 그렇습니다! 그 자원들은 정상적인 학생들이니 다른 학생들과 잘 소통하며 지내기 때문에 그 요원들을 잘 활용하면 효과적일 것 같습니다."라고 힘주어 말했다. 김 과장은 "개야소야도 탐사 학생들 오늘 중으로 학원녹화사업장으로 보내세요! 하루만 뺑뺑이 치게 한 후 선처하는 척하세요! 그리고 그 애들 주변 인물을 꼼꼼하게, 조용히 잘 살펴보세요. 특히 리더인 그 여학생 주변을 더 살펴보세요. 그리고 각 대학교에 심어둔 우리 하부 요원들을 전원 소집하세요. 서두르세요!"라며 회의를 마쳤다.

25

김성식은 아침 9시 40분에 성당을 나서서 약 5분 후 슈즈살롱 마드모아젤에 도착하였다. 성식은 어제 지배인에게 교육받은 대로 가게 안을 정리정돈하고 있었다. 성식이 출근한 후 약 20분쯤 지나자 슈즈살롱의 직원들이 한 명 두 명씩 출근하였고, 점포도 손님들로 붐비기 시작했다. 성식은 주로 직원들의 심부름을 도맡았는데, 선배 직원이 어느 사이즈 찾아와라 시키면 재빨리 움직여 찾아왔다. 그렇게 열심히 심부름하느라 땀을 흘리고 있었는데 점포에 금발의 외국인이 두 명 들어왔다. 두 명의 금발 미인은 계속 점포 안을 맴돌고 있었지만 어느 직원도 이 외국인들에게 아무런 관심을 보이지 않았기 때문에, 이것을 안타깝게 생각한 성식이 나섰다.

"Good morning ladies! May I help you? (안녕하세요? 숙녀분

들! 좀 도와드릴까요?)"라고 성식이 말하자, 외국인 중 한 명이 "Oh! sure! I would like to try that one! Can you get me the right size please? (그래요! 나 저 구두 신어보고 싶어요! 맞는 사이즈 챙겨 주실래요?)"라고 대답했다. "Sure, lady! I would! (그럼요!)"라고 성식이 미소 지으며 응대한 후, 창고에서 제일 큰 사이즈를 꺼내왔다. 성식은 "Here! Would you like to try, lady? (손님 한번 신어 보실까요?)"라고 말했고, 손님이 신어 보니 매우 작았다. 더 이상 큰 사이즈가 없다는 것을 알아챈 성식은 "Lady! I am so sorry that we don't have a suitable pair for you, but we can make them if you order also we can deliver them to you! (손님! 정말 죄송합니다. 딱 맞는 사이즈가 없어요! 손님께서 주문하시면 만들어서 배달도 해드릴 수 있어요!)"라고 어제 지배인님으로부터 배운 것을 그대로 유창한 영어로 말했다. 그렇게 해서 두 명의 키가 큰 외국 여자 손님에게 각각 2켤레씩 주문을 받게 되었고, 배달까지 해주기로 약속하였다. 때마침 점포에 들어와 이렇게 활발한 활동을 하는 성식을 살펴본 지배인은 입꼬리가 찢어질 듯 좋아하였다. "하하! 미스터 김! 오늘 첫 출근부터 잘하고 있네! 그래! 그렇게 열심히 하다 보면 곧 숙달될 거야!"라며 성식의 어깨를 토닥여 주었다. 성식은 일하면서 처음으로 자신이 매출을 올렸다는 사실이 너무 기쁘고 신기했다. 외국인들의 발 사이즈와 배달 주소, 전화번호 등을 기록한 주문장을 살펴보며 "이런 것이 바로 비즈니스로구나!"라고 느끼게 되었다.

한편 최윤슬은 성당의 대성전에서 하루 종일 머물며 기도하였고,

두세 시간 만에 한 번씩 성전 밖으로 나와 성당 안의 뜰을 산책하였다. 식사 시간에는 카타리나 수녀에게 찾아가 같이 식사하며 잔잔한 대화를 나누기도 하였다. 카타리나 수녀는 윤슬에게 "오늘 추기경님 찾아뵙고 최근에 K 대학교에서 일어난 일들을 말씀드렸어요. 그리고 윤슬 자매님의 기도 제목도 말씀드렸고요. 추기경님께서 자매님과 형제님을 위해 기도하실 거고, 어쩌면 더 큰 기도를 하실지도 모르겠어요!"라고 말했다. "더 큰 기도요? 수녀님?" "네, 추기경님께서도 우리나라 정국에 대한 우려 때문에 늘 기도하시는데, 특히 어린 학생들이 박해받고 있는 상황을 너무 가슴 아파하고 계세요. 자매님!"이라고 말했다. "네, 수녀님! 저도 우리 친구들, 동료들, 전국의 대학생들 그리고 위정자를 위해 기도드리고 있어요! 특히 위정자들의 선한 마음을 위해 기도를 많이 하고 있어요! 군림하지 않는 정치, 네 편 내 편을 가르지 않는 정치, 국민 한 명 한 명을 따뜻한 가슴으로 보살피는 국민을 위한 정치를 해달라고 기도드리고 있습니다. 수녀님!" "네! 자매님! 저도 많이 기도할게요!"라고 말한 수녀는 수녀원으로 들어가며 최윤슬과 헤어졌다.

26

최전방 중부전선 인근 제9787부대, 신병훈련소, 일명 학원녹화사업 지옥훈련장 위병소에 검은색 닭장차 한 대가 도착했다. 닭장차는 위병의 안내에 따라 부대 안으로 진입하여 실어 온 6명의 교육생을 하차시킨 후, 책임 장교에게 인수하였다. 닭장차에서 내린 6명의 교육생에게 책임 장교는 "여러분, 신병훈련소에 입소하신 걸 환영합니다. 여러분의 교육을 책임진 교관 박정철 대위입니다. 다른 교육생들은 2주 동안 특수 훈련을 받습니다만 여러분은 상부의 특명에 의해 단 하루 즉 24시간 동안 교육을 받게 되기 때문에 주로 정신교육과 함께 타 교육생들이 훈련받는 과정을 견학하도록 해서 간접경험을 얻도록 교육할 방침입니다. 제가 이렇게 여러분에게 편안한 교육을 할 수 있는 것은 오직 여러분이 교관의 말에 잘 순응하고 협조할 때만 가능합니다. 6명의 교육생 중에 단 한 명이라도 불평불만 하거나 교관의 말에 순종하지 않으면 다른 교육생들과 똑같은 방식으로 교육하도록 하겠습니다. 알겠습니까?"라고 말했다. "네!" "저기 여학생은 모르시겠습니까?" "네! 저는 제가 왜 이곳에 와서 교육받아야 하는지 모르겠고요. 그리고 저기 교육받고 있는 사람들이 만약에 대학교에서 불시에 끌려온 학생들이라면 저도 저 사람들과 똑같은 대우를 받고 싶어요."라고 박희수는 말했다.

"아! 물론 여학생에게 국방의 의무는 없어요. 하지만 상부에서 24시간 교육하라고 했고, 교육훈련 이수증을 받으셔야 귀가하실 수 있기 때문에 꼭 교육받으셔야 합니다. 여학생께서 거부하시면 나머지 다섯 명도 거부하시는 걸로 간주해서 상부에 그렇게 전하겠습니다. 훈련에 임하시겠습니까?" "…." 잠시 후 박희수가 "제가 동료들과 잠시 대화해도 될까요?"라고 말했다. "네! 5분의 시간을 드리겠습니다."라며 장교는 '개소위' 멤버들을 떠났다. 장교가 자리를 비운 후 박희수는 동료들에게, "하루 동안 교육을 받으라고 하네! 어떻게 생각해?"라고 물으며 동료들의 얼굴을 살폈다. 원용희 회원은, "뭐, 하루 정도 정신교육 하고 참관 교육한다고 하는 것 보니까 우리를 적당히 구슬려서 되돌려 보내려고 하는 것 같은데, 이 사람들이 시키는 대로 하는 것이 낫지 않을까?"라고 말했다. 원용희의 말에 다른 친구들도 고개를 끄덕이며 동의하였다.

"알았어요! 그럼 한 발 양보하고 일단 학교로 돌아가서 다음 일을 도모합시다."라고 박희수는 리더로서 결단을 내렸다. 잠시 후 다시 들어온 장교에게 희수가 거수경례를 하며, "네! 교관님 지시에 따르겠습니다! 배려해 주셔서 감사합니다."라고 말했다. "네! 잘 결정하셨습니다. 그럼 교육 스케줄을 말씀드리겠습니다. 오전 1시간 체력 훈련! 2시간 정신교육! 점심시간 1시간 동안 식사와 휴식! 그리고 오후에는 다른 교육병들 훈련받는 과정 참관! 저녁 식사 후 약 2시간 정신교육 그리고 취침, 내일 아침 식사 마친 후 교육 이수증 수령 후 학교까지 호송합니다. 조교!" "네! 병장 김춘추!" "여기 새로 입소한 6명의 교육생에게 1시간 동안 체력 훈련 실시!" "체력 훈련 실시!" 이렇게 해서 6명의 '개소위' 멤버는 1시간의 체력 훈련을 받고 정신교육을 받은 후 점심 식사를 하러 식당으로 갔다. 점심시간에 다른 교육생들과 조우하게 되었는데, 일반 교육생들의 꼬락서니에 '개소위' 멤버 모두는 전율하였다. 거의 낡고 탈색되어 회색빛이 된 넝마와 같은 군복을 입고 있는 교육생들의 얼굴은 먼지와 땀이 뒤범벅되어 처참한 모습이었다. 이들의 꼴사나운 모습에 6명의 '개소위' 멤버는 모두 넋이 나간 듯하였고 좌절감에 어깨가 모두 축 처지고 있었다. 6명의 '개소위' 멤버에게는 1시간의 점심시간이 주어졌지만, 다른 교육생들은 약 10분 동안 서둘러서 식사를 마친 후, 다시 훈련장으로 이끌려 나갔다.

박희수는 "우리들이 저렇게 처참한 우리 동료들의 모습을 오후 내내 관람하고 견학해야 하는 거네요. 저런 꼴 관람하고 다시는 이곳으로 끌려오지 말라고 겁주려는 거예요! 에고고! 저분들 모두 독재 타도 외치다 무더기로 끌려온 우리들의 친구들인데, 여기서 녹화 훈련 마치고 바로 최전방 소총수로 들어가 6개월 동안 바깥 구경 못하게 한다지."라며 기운이 빠진 듯 중얼거렸다. '개소위' 멤버들 모두 "휴우, 그러게. 저렇게 야만스럽게 두들겨서 처참한 꼴 만들어서 최전방 부대에 보내서 또 두들겨 패고… 휴우…."라며 한숨을 쉬었다.

점심시간이 지난 후 '개소위' 멤버는 철조망 통과 교육장으로 참관을 나갔는데, 철조망을 낮은 포복 혹은 취침 자세로 통과하는 훈련이 아니었다. 약 3미터 높이의 철조망을 위로 통과하는 방식인데 더 큰 문제는 선착순 훈련 방식이었다. 조교가, "분대! 선착순 2명 철조망 통과 실시!"라고 명하면, 교육생들은 "철조망 통과 실시!"라고 복창한 후, 철조망을 위로 통과해야 했는데, 10명 중 2명이 선착순으로 먼저 들어오면 2명은 휴식을 취할 수 있었고, 나머지 8명은 다시 선착순 2명 방식으로 철조망을 통과해야 했다. 3미터 높이의 철조망을 위로 기어 올라가서 내려올 때는 머리가 먼저 내려오는 방식이어서 흔들리는 철조망에 매달린 교육생들은 흔들림이 심해지면 모래 바닥에 툭툭 떨어졌고, 떨어진 교육생들은 조교의 몽둥이찜질을 당하기 전에 재빨리 다시 철조망에 매달려야 했다. 이들 교육생들은 올라가거나 내려올 때 철조망의 가시에 찔리기도 하였고, 때로는 옷이 가시에 걸려 몸의 균형을 잃기도 하였다. 땀이 범벅이 되어 철조망에 얽히고설켜 매달려 있는 교육생들은 사람의 모습이 아니었다. 말로만 들어오던 지옥 훈련의 상황이 바로 이런 것이라는 생각이 들었다. 이런 행위를 선착순 방식으로 시키기 때문에 얍삽하거나 재빠른 교육생들은 잠시 쉴 수 있는 틈이 있었지만 나머지에게는 더 가혹한 상황이 반복되었다. 이런 훈련 상황을 보는 것만으로도 '개소위' 회원 모두는 기가 막힌 듯 아무 말이건 할 수 없었다.

27

    J 무역주식회사 국내1과, 비틀즈 헤어스타일의 젊은 청년들이 하나둘씩 모여들기 시작했다. 곧 회의장으로 들어온 김 과장은 자리에 앉으며 말했다. "여러분 안녕하십니까? 여러분이 학원가에서 올려 보내는 크고 작은 정보들이 모두 국내 정세 분석에 큰 도움이 되고 있습니다. 주니어 J 여러분의 보이지 않는 역할과 활동에 감사드립니다. 지난날『말』이란 소책자가 교묘하고 은밀하게 배포되어 우리들은 골머리를 앓았는데, 최근에는『학생들의 말』이란 소책자가 학원가와 오피스가에 배포되고 있어요. 이 소책자 한 권은 별것 아닌 것처럼 보이지만, 이것을 복사해서 나르기 시작하면 서울의 대형 일간

신문 못지않은 파급력이 있습니다. 이 소책자 복사본을 한 부씩 여러분에게 나누어 드릴 텐데 잘 살펴보시고, 학교 주변을 잘 탐색하시어 이 책자의 발매 원천을 잡아내야 합니다. 여러분 잘 협조하실 수 있지요?" "넵!" 김 과장은 "자! 그럼 소책자를 한 부씩 나눠 가지시고 면밀하게 검토하시기 바랍니다."라며 회의장을 빠져나갔다.

그렇게 해서 『학생들의 말』 복사본이 주니어 J 멤버에게 배부되었다. 주니어 J 멤버들은 『학생들의 말』이란 소책자를 묵묵하게 읽고 있었다. 약 20분 후에 김 과장이 다시 사무실에 들어왔다. 김 과장은 "자! 모두들 읽어 보셨을 텐데, 혹시 이 책자를 사전에 보신 분 있나요?"라고 말하며 회중을 살펴보았다. 주니어 J Y-1이라는 명패를 붙인 학생이 손을 들며 말했다. "네, 저는 Y-1호입니다. 여기 내용 중 '한국의 신식민주의 상황'에서 신식민주의란 용어는 탈식민주의 문학에서 신식민주의 문학으로 전환하고 있는 최신 문학 이론입니다. 영문학과의 고학년이나 대학원생이 연구하고 분석하는 최신 영문학 경향인데 그것을 한국적 상황에까지 연계하여 분석하였다는 것은 사뭇 연구의 내용이 깊은 것이라 볼 수 있습니다. 영문학과나 문학전공 학과들이 글의 원천이라 할 수 있겠습니다."

"아! 탈식민주의에서 신식민주의로 세계문학 경향이 바뀌었다고요? 탈식민주의는 뭐고? 신식민주의는 뭐죠?" "아! 그건 문학작품을 분석하고 평론하기 위한 일종의 분류 패턴이고 철학 사조입니다. 1950년대 식민지 상황에서 독립을 얻은 모든 신생독립국은 자신들의 문화와 언어, 역사와 전통을 다시 복원하고 계승 발전시킬 수 있다는 희망을 반영하여 문학작품을 썼다고 한다면 이것은 탈식민주의 문학이고, 독립을 새로 얻은 민족에게는 분명 희망적인 문학이었습니다. 하지만, 1960년대 이후 대두되고 있는 신식민주의 문학은 독립을 얻기는 얻었지만 그 독립을 얻은 나라가 과거에 제국주의 국가에 의해 무력으로 지배되던 방식에서 벗어났지만 또다시 다른 방법으로 교묘하게 지배된다는 이론입니다. 쉽게 이야기해서 무력에 의해 지배되던 국가들이 경제적 혹은 문화적 지배에 의해 다시 피식민 상태가 되는 것을 의미하는데 이런 것들을 반영하는 문학이 신식민주의 문학입니다. 아프리카의 정치 지도자이고 비동맹 국가들의 핵심 리더인 콰메 은크루마에 의해 주장된 이론입니다."라고 주니어 JY-1호가 말했다.

"와! Y-1호께서 하신 말씀들은 문학 이론에 문외한인 우리 같은 사람들에겐 도대체 무슨 말인지 이해하기 어려운데, 지금 대학교에서 공부하고 있는 내용이라는 것이 확실하다는 거죠?" "네! 그렇습니다." "그렇다면! 우리나라가 아프리카의 독재국가에서 실시한 정치 시스템을 벤치마킹해서 체육관 선거를 했다는 것을 학생들이 어떻게 알았을까요? 학생들이!" "그런 것들도 영문학이나 정치학 논문에서 이미 발표된 내용입니다. 도서관에서 해당 논문들을 찾아보시면 쉽게 찾으실 수 있습니다." "아! 그렇군요. 그렇다면 『학생들의 말』에 이따위 기사를 올린 놈들은 분명 영문학이나 정치학을 공부하는 놈들이라는 것이죠?" "…." "아무튼 Y-1호 좋은 접근입니다. 계속 주변 잘 살펴봐 주시고 특이 동향이 발견되면 즉시 보고해 주세요. 『학생들의 말』이것 빨리 해결해야 합니다. 여러분 각자 위치에서 좋은 활약하시어 꼭 성과 거두시길 바랍니다. 좋은 정보 제공자에게 큰 보상이 따른다는 것 잊지 마시고 활약 보여주세요! 그럼 이것으로 오늘 회의를 마치겠습니다."라고 김 과장이 말하며 회의를 마쳤다.

28

1976년 3월 1일에 명동성당에서 선언한 '3.1 민주구국선언'으로 명동성당은 재야 세력의 상징적 구심점으로 자리매김하였다. 그간 민주화 운동으로 구속된 재야인사들에 대한 석방 운동과 긴급조치 철폐를 주요 기도 제목으로 정하고 열심히 기도하던 천주교 사제단은 새로운 기도 제목을 부여받게 되었다. 최윤슬이라는 여학생이 며칠째 성당을 떠나지 않고 밤낮 연속해서 쉬지 않고 기도하고 있다는 사실을 중요시하고, 학원가의 주요 이슈인 학원녹화사업 철폐, 학원가의 프락치 근절과 같은 굵직한 이슈를 해소하기 위해 기도를 시작한 것이다.

3.1 민주구국선언 당시 수많은 재야인사가 구속 수감되었다. 이들 구속 인사의 석방 운동 못지않게 청년 학생들이 반독재 투쟁과 유신독재 철폐를 외치다 붙들려 간 후 갑자기 최전방 훈련소로 삶의 근거를 옮기게 되는 상황이 심각한 인권유린으로 인식된 것이다. 그동안 소문으로만 들어왔던 학원녹화사업의 실체가 드러남에 따라, 시위하다 붙들려 간 학생들이 강제 입영되는 문제와 학원가의 프락치

문제가 천주교 사제단에 의해 새로운 기도 제목으로 제시되었다. 최근에 발생한 K 대학교 법과대 학생들의 학술 행위를 반체제 운동으로 매도하고 불법 연행한 것에 관해서도 학생들에 대한 심각한 인권 탄압으로 규정하고 정부를 규탄하며 시정을 요구하였다.

　천주교 사제단은 학원 문제뿐 아니라 근래에 발생한 재야인사 장준 씨가 경기도 포천시 약사봉 근처에서 변사체로 발견된 문제를 재조명하였고, 재야 시인과 정부에 반기를 들고 있는 수많은 지식인이 구속된 것도 심각하게 받아들였다. 전 신도에게 나라를 이끄는 집권 세력에 대해, "온화하고 따뜻한 정치, 백성 한 명 한 명을 섬기는 정치, 내 편 네 편을 가르지 않는 정치를 해주세요!"라고 기도하도록 권면하였다. 천주교 당국은 이러한 기도 제목을 신도들에게 권면하면서 한편으로는 나라를 위해 매일 철야 기도하는 추기경이 대통령을 만나 회담할 수 있도록 정부 당국자들과 접촉을 시도하였다. 처음에는 총리실에 접근하여 대통령과 추기경이 만나서 회담할 수 있도록 주선해 줄 것을 요청하였다. 총리실에서는 자신들이 위치가 허울뿐임을 밝히면서, 대통령과 거의 매일 만나는 정보부의 수장을 통해서 대통령과의 면담을 주선하는 것이 훨씬 수월하다고 전해왔다.

　성당 당국은 정보부에 대통령과의 면담을 주선해 줄 것을 정중하게 요청하였다. 정보부에서는 성당 당국의 요청을 접수한 후 결재를 올리겠다고 응답하면서 결재가 떨어지면 연락드리겠다고 전해왔다. 그렇게 정보부와 성당 당국은 연결되었고, 정보부의 연락을 기다리던 어느 날 정보부에서 성당의 담당자에게 전화가 왔다. 대통령과 추기경의 면담이 성사될 듯하니, 정보부의 담당자와 성당의 책임자가 회담의 일정과 의제를 정리정돈하기 위한 사전 협의를 하기 위해 회동할 것을 제의하였다.

29

김성식의 슈즈살롱 마드모아젤에서의 생활은 날이 지날수록 안정되었다. 분위기에 익숙해지고 고객들과 대화할 수 있는 기회가 늘어남에 따라 매출도 조금씩 올릴 수 있었다. 선배들 심부름을 도맡아 하고 틈틈이 자신도 매출을 올릴 수 있었기 때문에 점차 이 생활이 재미가 붙어가고 있었다. 더구나 점포에서 제공해 주는 식사와 숙직실을 이용하면서 잠자리가 해결되었기 때문에 생활이 안정되어갔다. 성식은 점포에 손님이 뜸한 시간이면 조그마한 단어장을 호주머니에서 꺼내어 영어 단어나 문장 외우기를 할 수 있었고, 야간에는 숙직실에서『학생들의 말』을 영어로 번역하기도 하며 지내고 있었다. 일과를 마친 후 숙직실에서 잠자리에 누우면 화사하게 웃고 있는 윤슬이 자신의 얼굴을 덮었다. 사무치는 그리움에 잠자리에서 일어나 명동성당에 가야겠다는 충동으로 옷을 챙겨 입은 적도 몇 번 있었지만, 그때마다 "나도 성당 안에서 안전이 담보될 때까지 밖에 나가지 않고 기도하고 있을 테니, 성식도 슈즈살롱에서 꼼짝 안 하고 지낼 수 있지?"라고 신신당부하던 윤슬의 속삭임이 들리는 듯했다. 성식은

"그래! 내가 초지일관해야지! 사나이답게 초지일관해야 하고 흔들리면 안 된다!"라고 이를 악물며 다시 잠자리에 들고는 하였다.

그렇게 성식의 아르바이트도 자리를 잡아가고 있던 어느 날, 지배인이 성식을 불렀다. "지배인님! 부르셨습니까?" "응! 그래! 미스터 김! 이 구두들 자네가 처음 주문받은 것들이니까 배달까지 책임질 수 있지?"라며 구두 박스들과 함께 배달 주소와 전화번호 그리고 상품 인수증을 전해 주었다. 성식은 "네! 지배인님 잘 배달하고 오겠습니다."라고 말한 후 점포를 나와 연희동 외국인 마을 쪽으로 가는 버스를 탔다. 주소지에 도착하여 초인종을 누르자, "Who's this? (누구세요?)"라고 응답하였다. "I am Kim from Shoes Salon Mademoiselle. Coming for delivery! (슈즈살롱 마드모아젤에서 온 김 군입니다. 배달 왔어요.)"라고 성식이 응답하였다. "Is that you? the handsome young man? (그 잘생긴 청년이구나? 맞지?)" "Yes I am! (맞아요!)" "Come on in Mr. Kim! (들어와요! 김 군!)"라며 문을 열어 주었다.

성식은 집에 들어가 구두 박스를 고객에게 전달하였고 구두를 전달받은 고객은 구두를 신어본 후 원더풀을 연발하며 기뻐하였다. 성식이 "Oh! lady you are so beautiful while wearing those shoes. I hope I can see you again. Thank you, lady! (정말 이 구두 신으신 모습 예뻐요! 다시 뵐 수 있으면 좋겠습니다. 감사합니다.)"라고 인사하고 나오려 할 때, 금발 숙녀는 "Wait a minute! Mr. Kim. (잠깐만요! 김 군!)"이라며 방에 들어가더니 봉투 하나를 가지고 나와 성식에게 전하면서, "This is the delivery fee! (배달료야!)"라며 미소 지었다. 성식은 "Thank you lady! I have a small note, which is 『What students say!』 and I have translated it into English! (고맙습니다! 『학생들의 말』이라는 소책자와 제가 영어로 번역한 번역본입니다.)"라고 말한 후, 『학생들의 말』이라는 소책자와 손수 영어로 번역한 『What students say!』를 보답으로 전했다.

금발 미녀는 잠시 『학생들의 말』과 『What students say!』를 살펴보더니, "Are those the real messages what students want to speak up? (이것이 정말 학생들이 목소리 높여 외치는 말들이야?)"라고 물어보며 성식을 천천히 살펴보았다. "Yes, I am sure that's what students want to speak up! (그래요! 이것이 진정 학생들이 하고 싶어 하는 말들이에요!)"라고 성식이 대답하였다. "Oh! Great! I am Linda, a reporter from U.K. Reuters! I was so eager to get these papers. I would like to take a close look at this papers! Thanks a lot Mr. Kim. (오! 멋져! 나는 영국 로이터통신의 특파원 린다예요. 이 『학생들의 말』을 구하고 싶었는데 정말 고마워요! 잘 살펴볼게요!)"라며 성식에게 악수를 청했다. 그렇게 배달을 마친 후 슈즈살롱 마드모아젤에 돌아온 성식은 금발 미녀에게 받은 봉투를 경리에게 전달하였다. "배달료라고 주셔서 받아 왔어요!"라고 말하자, 경리는 "이것은 고객님께서 미스터 김에게 팁으로 주신 거예요. 잘 쓰세요!"라며 봉투를 되돌려 주었다. 봉투 안에는 미화 5달러짜리 지폐가 들어있었다. 성식은 봉투를 일기책에 끼워 넣으며 오늘은 모처럼 일기를 써야겠다며 여유롭게 미소 지었다.

30

'개소위' 회원 일행은 며칠 동안 이리저리 끌려다니며 정신없이 지내다 학교로 돌아오게 되었다. '개소위' 회원들이 학교에 돌아온 이후 로우저스티스 홀에서 농성하던 법과대 학생들도 모두 농성을 풀고 귀가하였다. 박희수는 '개소위'의 앞으로의 활동에 관해서 잠시 고민하다 멤버들에게 조심스럽게 말문을 열었다. "그간 고생 많이 하셨어요! 우선 이쯤에서 우리 모두가 풀려나고 돌아올 수 있어서 다행이기도 하지만 아쉬운 부분이 하나둘이 아니에요! 일단 우리 '개소위' 모임은 공식적인 활동을 접고 비공식적으로 막후에서 움직여야 한다고 생각하는데, 회원 여러분은 어떻게 생각하시나요?" "맞아요! 우리가 현수막 앞에서 사진 찍으며 출정한다고 요란 떨면서 이 사달이 벌어졌다고 생각해요. 막후에서 조용히 움직이는 것이 현명하다고 생각합니다."라고 원용희 회원이 대답하였다. 원용희 회원의 발언에 모두들 고개를 끄덕이는 것을 살펴본 박희수는 "그럼 우리 공식적인 활동은 오늘부로 종료하고 앞으론 각자가 활동하는 것으로 정리할까요?"라며 다시 다른 회원들을 살펴보았다. "네! 그렇게 합시다!"라고 모두 동의했다. "알았어요! 오늘부로 이 모임의 공식적인 활동을 중단하기로 의결합니다. 그간 고마웠어요!"라며 박희수는 회원 한 명 한 명을 포옹했다. 이렇게 '개소위' 회원들은 모두 헤어져 귀가하게 되었다.

박희수도 집에 돌아와 피곤을 풀기 위해 잠을 청했지만 잠을 이

룰 수 없었다. 절친 최윤슬에게 전화를 해서 그간의 이야기를 털어놓으며 이런저런 얘기를 하고 싶었지만, 윤슬은 전화를 받지를 않았다. 오후와 저녁 내내 10여 번 통화를 시도했지만 윤슬의 집에서는 아무도 전화에 응답하지 않았다. 그렇게 이런저런 생각에 잠을 이루지 못하던 박희수는 혼자서 조용히 개야소야도를 방문해 은밀히 조사 활동을 해야겠다고 마음먹고, 그 구체적 전략을 구상하느라 밤을 새웠다. 다음 날 다시 학교에 나가 윤슬을 수소문해 보고 성식도 수소문해 보았지만, 아는 사람이 없었다. 요즘 배낭여행 떠난 친구들이 많은데 어쩌면 배낭여행 갔을지도 모르겠다는 말만 한두 명한테 들었다.

박희수는 '윤슬이 요것이 어딜 갔을까? 성식과 배낭여행이라도 갔나?'라고 생각하며 은근히 샘을 내는 자기 자신을 보며 어이가 없었다. 박희수는 마음속으로 '내가 헛된 상상과 비약을 하며 샘까지 부리고 있었나? 참 나도 한심하다! 그러지 말고 내일 개야소야도로 가버려야겠다.'라고 마음을 굳혔다. 다음 날 아침 박희수는 배낭을 꾸려 메고 혼자 장항선 열차를 탔다. 지난 두 번의 여행으로 이제 낯익은 길처럼 느껴지며 이번에는 별일 없이 조용히 지내며 사색도 좀 하고 섬 아낙들과 교류도 하고 섬마을 학교에도 찾아가 보고 국민학교 애들하고 대화도 좀 해보며 차분하게 지내다 와야겠다고 마음을 정리했다.

31

　명동성당에서 철야기도 생활을 하고 있는 최윤슬은 생활 리듬이 깨져서 몸이 많이 쇠약해졌다. 윤슬이 성당에서 기도 생활을 한 지 이제 일주일이 되었는데, '혹시 희수가 돌아왔을까?'라는 기대감으로 '학교에 전화해 볼까?'라고 마음먹었다가도 이왕에 시작한 기도이니 좀 더 진득하게 해보자는 마음이 들었다. 윤슬은 어려서부터 성당에 출석하기는 했지만 기도라는 것은 별로 해보지 못했는데, 이제 기도의 봇물이 터졌는지 모든 것을 초월한 듯 기도에 열심과 정성을 다했다. 윤슬은 그렇게 열심히 기도하면서도 혹시나 '성식이 자신을 찾아오지 않을까?'라는 기대를 늘 하고 있었다. 윤슬은 그럴 때마다 또 마음을 추슬러서 "성식 씨 지금 하고 있는 아르바이트 잘 적응할 수 있도록 해주시고, 혹시 날 찾아오려 하거든 그 발걸음 붙들어 주시옵소서!"라고 기도하였다. 성당에서 지내온 지 일주일이 되자 7일째인지 8일째인지 날짜가 어떻게 변하는지도 헷갈리면서 극도의 피로감에 때로는 어지럽기까지 했다.

　8일째 되는 날 아침, 윤슬은 카타리나 수녀와 함께 식사했는데, 수녀는 "자매님! 이제 8일이나 성당에서 지내셨네요. 하나님께서 윤슬 자매님 기도 다 응답하셨을 거예요. 제가 학교에 전화해서 상황이 어찌 되었는지 여쭤볼까요?"라고 말하며, "세상에, 자매님 얼굴이 많이 상하셨어요!"라며 안타까워했다. 윤슬은 "네! 수녀님. 벌써 8일씩이나 되었네요. 여기 법과대학 교학처 전화번호예요. '개소위' 멤버들 어떻게 되었는지 여쭤봐 주실 수 있으세요?"라고 수녀에게 부탁하였다. 카타리나 수녀는 "네! 제가 수녀원에 들어가 전화해 볼게요. 아마 자매님 기도 다 응답받으셨을 거예요!"라며 자애로운 눈빛으로 윤슬을 보며 미소 지었다. "여기 조금만 계세요! 제가 전화하고 올게요!"라며 수녀는 수녀원 쪽으로 걸음을 옮겼다.

 윤슬은 수녀님께서 좋은 소식 가지고 오시면 좋겠다고 생각하며 이제 집에 가서 며칠 동안 푹 자고 싶었고, 성식도 너무 보고 싶었다. 그리고 성식이 명동 슈즈살롱 마드모아젤에 갔다 오던 날의 모습이 생각났다. 잔뜩 겁먹은 토끼 눈을 해서는 집으로 찾아와 박스를 맡기면서 "나 지금 명동성당에 가서 기도드릴 거예요. 자기도 같이 가지 않을래?"라고 절박하게 말하던 성식의 얼굴이 떠올랐다. 막걸리 몇 잔에 잔뜩 취한 성식이 "얌마, 넌 팜므파탈이야! 너 때문에 잠 못 이루는 날이 너무 많아! 너 때문에 난 죽겠어!"라고 행복에 겨워 푸념하고 투정하던 순수한 모습이 자꾸 어른거렸다. '성식이 나를 만나지 않았으면 그렇게 끌려갈까 봐 겁먹지 않아도 되었을 텐데, 그냥 공부만 열심히 했을지도 모르는데….'라는 데까지 생각이 비약하였다.

 이런저런 상념에 한숨짓고 있는 윤슬에게 카타리나 수녀는 미소를 지으며 다가왔다. "자매님! 무슨 생각을 하시길래 그렇게 얼굴이 심각해 보이시나요? 학교에 전화했더니 '개소위' 회원들 다 풀려나서 귀가했고, 법과대 학생들도 농성 풀고 모두 집으로 돌아갔다고 하네요!"라며 기뻐했다. 윤슬도 활짝 웃으며 "네! 수녀님! 너무 기뻐요.

이제 집으로 돌아가도 될 것 같네요. 제가 8일간 성당에서 지내는 동안 수녀님 보호 덕분에 늘 포근하게 지낼 수 있었습니다. 저 이제 마지막 기도 제목이 하나 남았는데 그 기도 마치고 곧 집으로 돌아가겠습니다. 다음에 꼭 찾아뵙고 인사드릴게요. 수녀님!"이라고 인사하자, 카타리나 수녀는 윤슬을 포옹한 뒤 "네! 자매님! 저도 윤슬 자매님과 성식 형제님을 위해 기도할게요!"라며 윤슬 곁을 떠났다.

윤슬은 다시 성당 안으로 들어가 기도하였다. "하나님! 성식과 제가 운명처럼 만났고 이제 떼려야 뗄 수 없는 관계로 발전하게 되었어요. 지난 학기 동안 드라마틱하게 진행된 우리들의 관계는 '원어 소설 독서 토론 클럽'이란 동아리 덕분이었습니다. 그 동아리 활동을 통해 우리는 연결되었고 그 활동을 통해 우리는 가까워졌어요. 하지만 전 지금 너무 두렵습니다. 그 활동 때문에 내 님이 갑자기 끌려갈까 봐, 갑자기 트럭에 실려, 최전방 훈련소에서 지옥 훈련을 받을까 봐, 내 님이 다칠까 봐, 너무 두렵습니다. 하나님 내 님을 보호해 주시옵소서. 더디더라도 좋으니 차분하고 안전하게 지낼 수 있도록 축복해 주시옵소서! 아! 하나님! 전 왜 이렇게 염치가 없을까요? 전 왜 이렇게 철부지일까요?"라고 윤슬은 울면서 기도하고 또 기도하였다.

32

『학생들의 말』제3호에는 두 개의 리포트 기사가 실렸다. 글쓴이의 이름은 없었고 어떻게 취재가 되었는지 그 과정에 관한 기록은 없었지만, 사실적 표현으로 생생함을 살리려 하였고 비교적 객관적 표현을 하기 위해 노력한 것처럼 보이는 리포트였다.

최전방 훈련소에 입소한 학생들은, 아무런 준비도 없는 상태로 갑자기 붙들려 와, 자신이 입던 옷을 벗고 훈련복으로 갈아입게 되었다. 사회에서 자신들이 지저분하다고 느꼈던 양아치들의 옷보다 훨씬 더 더럽고 낡은 군복에 먼지와 땀이 덕지덕지 엉겨 붙은 옷으로 갈아입을 수밖에 없었다. "어떻게 이런 옷을 입으라는 거야?"라며 모두들 멍한 상태인데, 그렇게 낙심할 겨를도 없이 자신들이 조교의 명령에 의해 재빨리 움직여야 하는 처지가 되었다는 것을 절감할 수밖에 없었다.

"자! 교육병들은 5분 이내에 훈련복으로 갈아입고 연병장 집합!"이란 명령이 떨어진다. 이곳 조교들은 모두 박달나무로 만든 곤봉을 들고 있기에 머뭇거리고 꼼지락대다간 언제 어디서 자신의 등에 곤봉이 떨어질지 아무도 모른다. 이렇게 연병장에 모인 교육병들은 조교의 명령에 순응하는 훈련이 시작되는데. "열중쉬어!" "차렷!" "앉아!" "일어서!" "취침!" "엎드려 쏴!" "낮은 포복 실시!" "철모 위에 대가리 박아 실시!" 등등의 용어가 한 시간에 수십 번씩 떨어지고, 그때마다 교육병들은 조교들의 말에 "실시!"라고 복창하면서 즉시 시행해야 한다. 꼼지락거리거나 동작이 늦으면 곧바로 단체로 징벌을 당하거나 곤봉으로 두들겨 맞는다. 대부분 교육 훈련이란 허울 좋은 이름으로 교육병들의 진을 빼는데 그 첫 번째 항목이 '선착순 몇 명'이 붙은 명령어이다.

"전 교육병 전방에 보이는 축구 골대 돌아오기 선착순 5명. 실시!"라는 조교의 명이 떨어지면, 교육병들은 "전 교육병 전방에 보이는 축구 골대 돌아오기 선착순 5명. 실시!"라고 복창한 후 죽고 살기로 달리기를 해야 하는데, 재빨리 달려서 5등 안에 들어오는 교육병은 휴식 시간을 갖게 되고 나머지 90여 명은 또다시 선착순 5명의 레이스를 반복해야 한다. 결국 동작이 느리거나 체력이 약한 교육병은 더 뛰어야 하고 악전고투하는 악순환을 겪게 된다. 더욱 괴로운 것은 '고문관'이란 달갑지 않은 별명을 얻게 되며 따돌림당할 수도 있다.

이런 식의 리포트가 철조망 통과 교육장을 묘사하는 데서는 그 처절함이 절정에 이르렀다.

"교육병 1조, 철조망 위로 통과 선착순 2명. 실시!"라는 조교의 명에 "교육병 1조, 철조망 위로 통과 선착순 2명. 실시!"라는 복창과 함께 교육병들은 철조망에 달려드는데, 선착순 2명을 의식한 교육병들은 2명이라는 미끼에 걸려 재빨리 통과한 후 쉬려고 대시하였다. 약 3미터 높이로 올라가는 것까지는 그런대로 할 만한데, 위에서 거꾸로 뒤집힌 상태로 내려오는 것은 문자 그대로 지옥 훈련이었다.

2m, 3m에 매달려 있는 교육병들은 이리저리 흔들리는 철조망

에 손이나 몸이 찔리기도 하였고, 옷이 가시에 끼어서 몸이 뒤뚱거려 균형을 잃기도 하였다. 거꾸로 매달려 머리를 밑으로 하고 발을 철조망에 걸고 내려오는 훈련은 특수 훈련을 받지 않은 이상 거의 불가능해 보였는데, 교육병이라는 위치가 시키면 시키는 대로 하는 척이라도 해야 하기에 교육병들은 매달리다가 힘에 겨워 땀에 젖은 몸뚱이를 모래 바닥에 처박고는 하였다. 그래도 체력이 좋은 교육병들은 한 번 혹은 두 번에 이 훈련을 마치지만 조교들이 즐겨 부르는 '고문관'들은 4번 혹은 5번 이런 지옥 훈련이 반복되었다.

이와 같은 리포트는 현장감 있게 전달되었다. 한편, '개야소야도 어민 간첩단 사건' 밀착 취재 리포트는 사건 당시 무더기로 연행되고 구속되었다가 형을 살고 풀려난 어민들 중심으로 조사가 진행되었다. 그 사건 당시 당한 고문 후유증으로 육체적으로 몸이 망가진 사람들과 정신적 트라우마를 겪는 어민들을 조용히 탐문한 것처럼 보였다. 이들 피해자 대부분이 공통으로 두려워하며 증언한 말들이 보안대, 물고문, 전기고문, 저승사자, 염라대왕이었는데 모두들 그때의 악몽을 더 이상 떠올리기 싫어했기에 진술을 거부하는 경향이 있었다고 한다.

개야소야도 피해 주민 중 한 사람인 김 모 씨의 경우 수사 당국에 끌려가기 전에는 아주 건강하고 성실한 한 가정의 가장이었지만 심하게 당한 고문의 후유증으로 다리를 절게 되었고, 정신착란까지

와서 조기 석방되었다고 한다. 그 사람은 비가 오는 날이면 "박정수 장군 만세!"를 외치다가 "아이고, 저승사자님 잘못했습니다!"라며 두 손을 모아 싹싹 빌다가, 다시 주먹을 쥐어 바윗돌을 치기도 하면서 해변을 헤맨다고 증언하였다. 그런데 그 가정의 외아들이 그 사건으로 다니던 중학교를 중퇴하게 되었지만, 조금도 정부를 원망하지 않고 오히려 새마을운동과 반공청년위원회의 회원으로 활동하면서 정부를 찬양하고 후원하는 일에 앞장서고 있다고 리포트를 마치면서 다음에 취재가 더 진전되면 후속 리포트를 보내드리겠다고 약속하였다.

이런 내용이 실린 『학생들의 말』 제3호는 그 내용이 구체적이고 학생들과 시민들이 궁금해하는 내용들이어서 큰 반응을 불러일으킬 수 있는 요소가 컸다. 이 작은 책자 『학생들의 말』 제3호는 또다시 오피스가에서 혹은 학원가에서 한 부씩 한 부씩 은밀하게 전달되었다. K 대학교 법과대학도 학생회관도 인문관도 겉보기에는 조용한 듯하였다. 학기 중이 아니어서 많은 학생으로 학교가 붐비지는 않았지만, 새 학기를 준비하는 학생들이 드문드문 눈에 띄었다. 캠퍼스는 나름대로 방학 중의 잠정적 평화를 누리고 있는 듯했다. 김성식도 근무하는 슈즈살롱이 한 달에 두 번 쉬는데, 쉬는 날을 택해 학교를 방문하였고, 2학기 수강 신청과 등록을 마치고 『학생들의 말』 제3호 한 부를 챙겨 재빨리 직장으로 돌아갔다.

33

슈즈살롱 마드모아젤, 김성식은 오늘도 선배 직원들의 심부름 도맡아 하고 한가한 시간에는 영어 단어를 외우는 생활을 반복했다. 성식은 슈즈살롱에서 일하면서 생활이 안정되었고 2학기 등록금의 상당 부분도 해결할 수 있었기에 나름대로 최선을 다했다. 11시 약간 넘어서 비교적 한가한 시간인데 경리 직원이 성식에게 "미스터 김! 전화 받아 보세요!"라고 말했다. "네! 슈즈살롱 마드모아젤 미스터 김입니다."라고 응답하자, "Is that you? Mr. Kim! (김 군 맞아?)"라며 익숙한 목소리가 수화기를 통해서 들려왔다.

"Oh! Yes! I am! Linda? (그래요! 린다 씨?)"라고 응답하자, "Oh! you remember me! Great! And I thank you for the small booklet you handed me last time. With that booklet I have had a good point from my employer. Also, I wonder if I can interview the representative of that small booklet's publisher. Can you arrange it for me? (오! 날 기억하네! 좋았어! 그리고 지난번 나에게 주었던 작은 책자 때문에 난 우리 사장님한테 좋은 평을 받았어, 정말 고마워! 그런데 그 책 출판자와 인터뷰하고 싶은데 주선해 줄 수 있어?)"라고 물었다. 성식은 "Oh! that small booklet was published anonymously, so there is no official representative. Let me see! I would rather recommend you interview one of my senior students in college. Would you like to do it that way?

(오! 사실 그 책자는 익명으로 기사를 쓰기 때문에 공식적으로 대표자가 없어요. 가만 있자! 차라리 우리 대학의 선배 한 명과 인터뷰하면 어떨까요?)"라고 말했다.

"Is he a influential enough in college? (학교에서 영향력이 있는 학생이야?)"라고 린다가 말했다. "You bet! Linda! (당연하지요! 린다씨!)"라고 성식이 말했다. "OK! Then would you arrange it for me Mr. Kim? (그럼 나를 위해 주선해 줄 수 있어?)"라고 린다가 말했다. 성식은 "All right, Linda! I will arrange it for you. And if he accepts it, I will call you ASAP! (그래요, 알겠어요! 내가 린다를 위해 주선해 보고, 그가 수락하면 바로 전화할게요!)"라며 전화를 끊었다. 성식은 이 인터뷰를 어떻게 주선할지 곰곰이 생각하다가 영미 소설 담당의 젊은 교수 김미라 교수님께 전화하기로 결정했다.

김성식은 영문과 교학처에 전화한 후, "김미라 교수님 좀 통화할 수 있을까요?"라고 부탁했다. "네! 지금 교수님 학교에 계시긴 한데 아마 영문과 교수님들 회의 중이신 것 같아요!"라고 교학처 선생님이 응답했다. "그럼 나중에 오시면 전화 좀 부탁한다고 전해주실 수 있으세요? 여기 75 9513번이고, 김성식입니다."라고 말한 후 전화를 끊었다. 약 1시간 후에 김미라 교수님으로부터 전화가 왔다. 경리로부터 수화기를 건네받은 성식은 "교수님! 김성식입니다. 제가 보안 문제 때문에 학생회관에 전화하지 않고 교수님께 전화했어요! 장우식 선배 조용히 만나서서 내일 저녁 9시에 명동성당 본당에서 보자고 전해주실 수 있으세요? 죄송해요, 교수님! 제가 긴히 전해드릴 말이 있어서요!"라고 부탁드렸다.

"알았어! 성식아! 만약 학생회관에서 장우식이 못 만나면 이 전화번호로 다시 전화해 줄게!" "네! 교수님 고맙습니다."라며 전화를 끊었다. 이후 김미라 교수님으로부터 다시 전화가 오지 않았다. 성식은 다음 날 저녁 9시에 장우식 선배를 만나 "Linda, a U.K. Reuters reporter, Tel 02 74 0817 / She wants to interview you on the Students Issues!"라고 적은 메모를 건네주며, "형! 로이터통신의 기자라는데『학생들의 말』을 내가 번역해서 건네주었었어!『학생들의 말』제3호도 또 번역해서 줄 예정이고.『학생들의 말』대표와 인터뷰하고 싶다며 나보고 주선해 달라고 부탁해서 형을 추천했어요! 전화번호 외우고 이 메모 찢어버려! 연희동 외인 주택 1동 203호가 집인데 약속해서 조용히 찾아가든지, 린다가 원하는 장소에서 조용히 만나면 어떨까요?"라고 말했다. "알았어! 성식아! 너 잘 지내고 있는 것 같아 너무 좋다! 개학하면 학교 나올 거지?" "그럼요! 등록도 했고, 수강 신청도 다 했어요!" "알았어! 나중에 학교에서 보자!"라며 둘은 헤어졌다.

34

장우식은 김성식을 만난 다음 날 아침 조금 이른 시간에 로이터통신의 린다 기자에게 전화를 걸었다. 전화벨이 울리자 곧바로 "Hello!"라고 응답하였다. 우식은 "Good morning, lady! This is

Woo Sik Jang calling from K University. My colleague Mr. Kim asked me to call Ms. Linda. Are you Ms. Linda? (안녕하세요? K대학교의 장우식입니다. 나의 동료인 김 군이 린다 씨에게 전화하도록 부탁했어요. 린다 씨인가요?)"라고 물었다. "Yes! I am! Mr. Jang! I am so glad to talk with you! So, can you meet me for the interview? (그래요. 린다예요. 같이 이야기할 수 있어서 기뻐요. 인터뷰에 응해주실 건가요?)" "Oh sure. I would, Ms. Linda! (그래요. 린다 씨!)" "Then how about 3 o'clock this afternoon at my study in Younhee-dong foreigner's village? (그럼 오늘 3시, 연희동 외국인 마을의 내 서재에서 어때요?)" "OK! No problem! I will visit you at 3 PM. (그래요! 오후 3시에 방문할게요!)" "OK! See you later! (그래요, 나중에 봅시다!)" "See you later! (나중에!)"

이런 과정을 통해 영국의 기자와 연결된 장우식은 무언가 모를 큰 기대로 온종일 흥분된 상태로 지내며 유럽의 기자에게 하고 싶은 이야기를 정리하며 지냈다. 장우식은 약속 시간인 3시에 연희동 외국인 마을에 있는 린다의 집에 도착해 벨을 눌렀다. 벨소리에 금발의 백인 여성이 문을 활짝 열며, "You must be Mr. Jang! Welcome to my place! (미스터 장이 틀림없군요? 제 집에 오신 걸 환영합니다.)"라며 악수를 청했다. "Thank you for inviting me. Ms. Linda! (초청해주셔서 고맙습니다. 린다 씨!)"라고 말하며 장우식은 린다와 악수를 나눴다. 린다는 장우식을 서재로 안내하였다. 서재 벽면에는 긴 책장이 있었고, 수백 권의 책들이 정리되어 있었다. 넓은 서재 중앙에는 넓고

긴 테이블이 있었고, 의자 8개가 배치되어 있었다. 테이블 왼편에 있는 커피포트에 커피를 내리고 있었는데 헤이즐넛 커피향이 은은하게 서재를 감돌고 있었다.

린다는 "Mr. Jang! Would like a cup of coffee? (미스터 장! 커피 한잔 어때요?)"라고 물었다. "Yes! please. Ms. Linda! (그래요. 린다 씨!)" "Sugar and cream? (설탕과 크림은?)" "Yes! Sugar and cream please! (그래요! 설탕과 크림도 주세요!)" "OK! Mr. Jang!(알았어요!)"라며 린다는 큰 머그잔에 그득 커피를 부어 우식에게 건네며, "Mr. Jang! Here I wrote down the question list I would ask you soon. Take a short look while you drink a cup of coffee! would you? (여기 내가 질문할 내용을 적은 리스트인데 커피 한잔하면서 살펴보지 않을래요?)"라고 말했다. "All right! Ms. Linda. I will. (그래요. 린다 씨!)"라고 우식은 대답하고, 커피를 한 모금씩 마시며 린다의 질문 내용을 읽기 시작했다. 질문 내용은 타이핑되어 있었고 간결하고 짧은 질문이 1번부터 10번까지 적혀 있었다. 뜨거운 커피를 조금씩 마시면서 리스트를 다 읽은 장우식은 고개를 끄덕였다. 린다는 "Are you ready to go? (준비됐어?)"라고 물었고, 우식도 "Yes! I am! (그래요!)"라고 대답하면서 인터뷰가 시작되었다.

Linda: How would you define the relationship between the Korean government and students? (한국 정부와 학생들 간의 관계를 정의한다면?)

Jang: Victims and Predators! Because students want the government to fully implement democracy and monitor human rights violations. However, these actions by students are tolerated and persecuted. (희생자와 포식자이다. 학생들은 정부가 온전하게 민주주의를 실행하기를 원하고 인권침해가 일어나는 것을 감시하고 있다. 그런데, 학생들의 이러한 행위를 용공시하며, 학생들을 구금하고 핍박하기 때문이다.)

Linda: I see. So how would you describe the Korean Government in one word? (그렇군요! 그렇다면 한국 정부를 한 단어로 묘사한다면?)

Jang: A group of traitors! Because, after overthrowing the existing legitimate democratic government through a coup, they implemented a military dictatorship and formed a new mainstream group that followed them, dividing the nation by dismissing those who opposed the regime as communists. (반역의 집단. 기존의 합법적인 민주 정부를 쿠데타로 전복한 후 군부독재를 실행하였고 자신들을 추종하는 새로운 주류 집단을 형성하였고, 정권 반대 세력을 빨갱이로 치부함으로 민족을 양분하고 있기 때문이다.)

Linda: Are there any conflicts between students who are protesting against the government and students who are not protesting? (반정부 시위를 하는 학생들과 안 하는 학생들 간에

는 알력은 없나?)

Jang: There are no conflicts. It is only a question of whether they are afraid of being taken away. (알력은 없다. 다만 끌려가는 것을 두려워하느냐의 문제이다.)

Linda: Is Korea currently in a state of neo-colonialism? (지금 한국이 신식민주의 상황에 있는가?)

Jang: Yes. The reason is that they depend economically and militarily and are very careful not to offend their superiors! (그렇다! 이유는 경제적, 군사적으로 의존하며, 상전을 거스르지 않으려고 조심하기 때문이다.)

Linda: Which country leads your country in neo-colonialism? (신식민주의 관점에서 어느 나라가 너희 나라를 이끌고 있는가?)

Jang: The United States of America. (미국이다.)

Linda: Do you hate American intervention and want to withdrawal of American troops? (미국의 간섭이 싫고 또 미군의 철수를 원하는가?)

Jang: Before I say I hate U.S.A. or mention the withdrawal of American troops, we need to look at the history and geopolitical conditions of the Republic of Korea. Looking at the past several thousand years of Korean history, Korea has been constantly influenced by neighboring countries. And Korea suffered many invasions from neighboring countries, especially from China, Mongolia and Japan. Eventually, it became a Japanese colony at the end of the Joseon Kingdom, and when World War II ended with the victory of the Allied Forces, Korea was liberated like other colonial countries. After liberation, our country suffered exploitation by Imperial Japan, which weakened our national power and made most people ignorant and poor. After three years of U.S. military rule, our country became a country that advocated democracy. So, just like the biblical verse, "New wine must be put into new wineskins." we had to build an entirely new democratic republic. However, the U.S. military government and the new South Korean government committed the mistake of re-employing Pro-Japanese forces that had collaborated with the Japanese imperial government and led the way in persecuting our people, thereby reproducing the colonial era instead of the novelty of a newly independent government. Moreover, the Korean Peninsula was divided into South and North, and the world order was formed into a Cold War system in which the communist bloc centered around the Soviet Union, China, and North Korea and the democratic bloc centered around the United States were in conflict. In this confrontational situation, North Korea, with the support of the communist powers, provoked them, and the tragedy of Korean War broke out. This war resulted in millions of casualties and left Korea in ruins. Through this process, American troops were stationed again in Korea. Therefore, some people perceive Korea as being under the influence of American neo-colonialism and as lacking in our identity due to foreign soldiers stationed in our homeland. However, most Koreans always remember and are grateful for the hundreds of thousands of American soldiers who died and injured during the Korean War. In addition, most Koreans believe that Korea should cooperate so that the U.S. military, which is the core of democratic bloc, can sufficiently play the role of monitoring and restraining the opposition camp by stationing troops in Korea. However, looking back at the recorded history of the past two thousand years, we should keep our distance from Japan, which invaded the Korean Peninsula in all-out or local war once every 75 years on average, and I think that it is not too excessive for all of us to wary of Japan. (내가 미국이 싫다고 이야기하거나 미군의 철수를 언급하기 전에, 우리들은 대한민국

의 역사와 지정학적 여건을 살펴볼 필요가 있다. 지난 수천 년의 한국 역사를 살펴볼 때 한국은 주변국으로부터 끊임없는 영향을 받았다. 그리고 한국은 외부 세력으로부터 이루 말할 수 없을 정도로 많은 침략을 당했는데, 특히 중국, 몽골, 그리고 일본의 침략을 많이 받았다. 결국 구한말에 일본의 식민지가 되었고, 제2차세계대전이 연합군의 승리로 막을 내리게 되어 다른 식민지 국가처럼 우리나라도 해방이 되었다. 해방을 얻었지만 그동안 일본으로부터 당한 착취로 인해 우리의 국력은 보잘것없었고 대부분 국민은 무지하고 가난하였다. 우리나라의 자원이나 부는 36년간의 식민지 시절 거의 일본에 착취되었기 때문에 우리는 이 지구상에서 가장 가난하고 연약한 나라로 전락하였다. 약 3년의 미군 군정 기간을 거쳐 우리나라는 민주주의를 표방하는 나라가 되었다. 그래서 "새 술은 새 부대에 담아야 한다."라는 성경 구절처럼 전혀 새로운 민주공화국을 건설해야만 했었다. 그러나 미군정이나 미군정 이후에 세워진 새로운 대한민국 정부는 일본제국주의 정부에 협조하며 우리 국민을 박해하는 데 앞장섰던 친일 세력을 다시 기용하면서 신생 독립국의 참신함 대신 식민지 시대를 다시 재현하는 상태가 되고 말았다. 더구나 한반도는 남과 북으로 나뉘었고 세계 질서는 소련과 중국 그리고 북한을 주축으로 하는 공산주의 진영과 미국을 주축으로 하는 민주주의 진영이 대결하는 냉전 체계로 형성되었다. 이런 대결 구도에서 공산주의 강대국의 지원을 업고 북한은 도발하였고 한국전쟁이란 비극이 일어나게 된 것이다. 이 전쟁으로 수백만 명의 인명피해가 발생하였고 한국은 문자 그대로 폐허가 되고 말았다. 그런 과정을 거쳐 한국에는 다시 미군이 주둔하게 되었다. 그럼으로써 한국은 미국의 신식민주의 영향 아래 있는 것처럼 보이고 우리의 안방에 주둔하고 있는 외국 병사들로 인해 우리의 주체성이 결여된 것처럼 인식하는 분들도 있다. 하지만 대부분 한국인은 한국전쟁을 치르며 수십만 명의 미군들이 희생되었거나 부상당한 것을 늘 추모하고 있으며 감사하고 있다. 그뿐만 아니라 민주주의 진영의 핵심인 미국의 군대가 한국에 주둔함으로 반대 진영을 감시하고 견제하는 역할을 충분히 할 수 있도록 한국이 협조해야 한다고 생각하고 있다. 하지만, 지난 2천여 년의 기록된 역사를 되돌아볼 때, 평균 75년 만에 한 번꼴로 한반도를 전면전으로 혹은 국지전으로 침략하였던 일본과는 거리를 두고 지내야 하고, 우리 모두는 일본을 아무리 경계해도 지나치지 않다고 생각한다.)

Linda: They say there is a Chaehongsa who hunts down women for the King's night in women's colleges. What do you think? (여자 대학교 캠퍼스에 왕의 밤을 위해 여성을 사냥하는 채홍사가 있다는 말이 있는데, 어떻게 생각하나?)

Jang: I don't want to believe it! However, when the student president of the women's college cried and announced that a colleague had testified to it, I wanted to cry too. Secret room politics, The restaurant politics, and politics held in Goongjung-Dong Safe House are all serious problems. When a country is being democratized, vocabulary such as Chaehongsa will no longer be needed. (나는 믿고 싶지 않

다. 그렇지만 여자 대학의 학생회장이 자기 동료가 증언했다면서 그 내용을 울면서 발표했을 때, 나 역시 울고 싶었다. 밀실 정치, 요정 정치, 궁정동 안가에서 행해지는 정치는 다 문제가 있다. 나라가 민주화되면 채홍사와 같은 어휘는 더 이상 필요 없게 된다.)

Linda: Students are arrested and forcibly conscripted into the military for anti-government protests. Do you think their sacrifices are worth it? (학생들이 반정부 시위 때문에 체포되기도 하고 군대에 강제로 보내지기도 하는데, 학생들의 이런 희생이 충분한 값어치가 있다고 생각하나?)

Jang: Of course. Recall the French Revolution. Didn't millions of people sacrifice themselves for democracy, and eventually France became a democratic republic? In Korea, there is a proverb that goes, "No flowers for ten days, No power for ten years." Ultimately, there will be democratization, and the sacrifices of students will become foundation of democratic government. So our sacrifices are well worth it! (당연하다. 프랑스 혁명을 상기해 봐라! 수백만 명이 민주주의를 위해 희생하였고, 결국 프랑스는 민주공화국이 되지 않았는가? 한국에 "화무십일홍(花無十日紅), 권불십년(權不十年)"이란 속담이 있다. 결국 민주화는 될 것이고 학생들의 희생은 민주 정부의 밑거름이 될 것이다. 그러므로 우리들의 희생은 충분한 값어치가 있다.)

Linda: Thank you very much, Mr. Jang, my last question is

about your family back ground. Does your family belong to mainstream society? (지금까지 답변해 주어서 정말 고맙다. 나의 마지막 질문은 당신의 집안 배경에 관한 것이다. 당신의 가족은 주류 사회에 속하는가?)

Jang: Of course. Most students come from middle class or upper middle class families, and I am also a son of an upper middle class family. All students pursue ideals! (대부분 대학생은 중산층 이상의 가정 출신이다. 나 역시 중산층 이상의 가정의 아들이다. 대부분 학생은 이상을 추구한다.)

Linda: Thanks a lot again. Everything was well done. How about dinner with me. Mr. Jang. (다시 한번 감사드리고, 모든 것이 잘됐어요. 미스터 장! 나하고 저녁이나 같이 먹을까요?)

Jang: OK! Ms. Linda! Anyway I am very hungry! (그래요, 린다 씨! 저는 사실 배가 고파요!)

이렇게 인터뷰를 마친 장우식과 린다 기자는 저녁 식사를 같이 하며 사적인 대화를 나눌 수 있었고, 이런 과정을 통해 한국의 대학생들이 추구하는 큰 이슈들이 서구의 언론에 노출될 수 있는 기회가 늘게 되었다.

35

　김성식은 장우식 선배와 만난 후 마드모아젤의 숙직실로 돌아와, 오늘은 모처럼 일기를 쓰려고 일기장을 펼쳤다. 일기장 속에 넣어둔 린다 기자로부터 받은 미화 5달러짜리 지폐를 넣은 봉투를 살펴본 후, 이렇게 큰돈을 배달료라고 선뜻 내준 린다 기자에게 고마운 마음이 들었다. 내일 린다 기자가 장우식 선배와 만나는데 모든 일이 잘돼서 린다 기자에게 조금이나마 도움이 되었으면 좋겠다는 마음이 들었다. 봉투에서 5달러 지폐를 꺼내 만지작거리며 이 돈으로 윤슬에게 무언가를 선물해야겠다고 마음먹은 이후 수십 일 동안 윤슬이 보고 싶을 때마다 '무슨 선물을 할까?'라는 고민을 하며 오랜 시간 잠 못 이루고는 했었다. 슈즈살롱 옆 의상실에 진열되어 있는 블라우스를 선물할까 하고 마음먹고 윤슬이 그 옷을 입고 있는 예쁜 모습을 상상하느라 뒤척이기도 하였고, 예쁜 손지갑을 선물할까 고민하며 그 지갑을 들고 있는 윤슬의 예쁘고 부드러운 손을 상상하며 행복한 시간을 보냈다.

　이제 '개소위' 사건이 터진 지도 한 달이 지났고 모든 일이 잘 마무리된 것 같아서 곧 개학하면 정상적으로 학교에 나가고 윤슬을 만나게 될 것이라는 생각이 들자 더욱 윤슬이 보고 싶어졌다. 성식은 그동안의 일을 곰곰이 복기하며 자신이 왜 그렇게 벌벌 떨며 슈즈살롱에서 꼼짝하지 않고 지냈는지, 도대체 무슨 나쁜 짓을 저질러서 그랬는지, 학교에 입학한 이후부터 차근차근 되짚어 보았지만 아무리 생각해도 잘못한 일이 전혀 없다는 결론을 내렸다. 그런데 내 친구 고충곤은 왜 "잠수를 타는 것이 좋아!"라고 말했을까? 또 어떤 이유로 '개소위' 회원들이 붙잡혀 갔으며 어떤 과정을 거쳐 풀려났을까 하는 생각이 꼬리를 물었다. 윤슬과 자신이 혹시 연행될까 봐 성당에서 밤을 새우며 안전하게 지낼 수 있도록 해달라고 기도했던 일들이 계속 머릿속을 맴돌았다. 성식은 "휴⋯." 한숨을 쉬며 자세히는 모르겠지만 자신의 상식으로 이해가 안 되는 부분이 이 세상에 많다는 것을 절감하였다. '첫 수업이 있는 날 윤슬을 만날까? 아니면 개학 이전에 먼저 윤슬을 찾아갈까?'라고 궁리하다 결국 옆 가게 양장점에서 블라우스 구입하여 선물로 챙겨 들고 내일 윤슬의 집을 방문하기로 마음을 정리하고, 오늘 밤에는 우리 예쁜 윤슬을 꿈속에서 만나야겠다며 눈을 감았다.

36

박희수는 개야소야도에 조용히 들어와 이모네 민박집에 여장을 풀었다. 이모네 민박집은 식당을 겸한 민박집이었는데, 박희수는 주인아주머니가 챙겨주는 식사를 마친 후 잠시 바닷가를 산책하였다. 산책하며 전에 안면이 있었던 섬 주민들을 만나면 깍듯하게 인사를 드렸는데 그때마다 마을 주민들은 어색하고 씁쓸한 표정들이어서 적잖이 속상했다. 처음 하루 이틀은 그동안의 피로도 풀 겸 식사 후에 가볍게 산책이나 하고 주로 방에서 잠을 자거나 책을 읽으며 소일했다. 한 이틀 그렇게 아무것도 안 하는 멍한 시간을 보내자 그동안 쌓였던 피로도 어느 정도 풀렸고 스트레스도 좀 날린 것 같았다. 박희수는 사흘째 되는 날에는 산책 범위를 넓혀 섬 전체를 한바탕 돈 후 해수욕장에 들러 예전에 윤슬과 성식 그리고 정렬과 함께 좋은 시간을 보냈던 곳에 자리 잡고 책을 읽었다.

한동안 책을 읽고 있는데 국민학교 5~6학년 정도 되어 보이는 애들 다섯 명이 다가와 말을 붙였다. "언니! 저번에 오셔서 며칠 놀다가 서울로 올라가신 언니 맞지요?"라고 명랑하고 쾌활한 목소리로 물었다. "네! 맞아요! 그때 보셨나요?"라고 희수가 응답하자, 애들은 모두 '까르르' 웃으며 "와아! 서울에서 오신 언니는 목소리도 예쁘시다!"라고 신기해하였다. "언니! 그렇게 혼자서 책 읽고 계시니까 너무 멋있어요. 무슨 책이에요?" "응? 이리들 와요! 언니가 보여줄게요!" "정말요? 와아! 신난다! 언니하고 놀자!"며 애들이 희수 곁으로 모였다. "자아! 언니 곁으로 옹기종기 앉아 볼까요?" "네에!"라고 학생들은 애들답게 발랄하고 상냥한 목소리로 화답하였다.

"자! 언니가 읽고 있는 이 책은 『제인 에어(Jane Eyre)』라는 책이에요. 이 책은 1847년 영국에서 샬럿 브론테가 쓴 소설이에요. 그 시절에는 여류 작가가 쓴 소설이 인기가 없었기 때문에 남자 이름인 '큐러 벨(Curre Bell)'이라는 필명으로 출판되었어요." "와아! 이것은 그러면 영국말로 쓴 책이에요? 와! 언니 멋있어요! 이렇게 영국말로 쓴 책도 읽으시고!"라며 아이들은 희수에게 경이로운 눈빛을 보냈다. "응? 영국말? 그렇지! 이 책이 영어로 쓴 책이지! 하지만, 한국어로 번역한 번역판이 있어서 여러분도 학교 도서관에 가면 빌려 보실 수 있을 거예요! 언니가 이 소설의 개략적 줄거리를 이야기해 줄까요?" "네에!"라며 또다시 활발한 화답이 들려왔다.

희수는 애들의 명랑하고 단순하며 시원스러운 답변에 크게 고무되어, 애들처럼 가벼운 목소리로 이야기했다. "옛날 그러니까 지금부터 약 150년 전에 영국 로우우드라는 곳에서 태어난 제인 에어는 아기 때 부모님이 장티푸스에 걸려서 돌아가셨어요. 어린 나이에 부모님을 잃은 제인 에어는 삼촌의 가족과 함께 살게 되었어요. 그런데 삼촌마저 돌아가시게 되자 숙모와 사촌들로부터 학대를 받으며 살게 되었어요. 그렇게 어렵게 지내던 제인 에어는 어느 날 로우우드 스쿨이라는 교육시설에 보내지게 되었어요. 로우우드 스쿨에서 인자한 템플 선생님을 만나서 생활의 안정을 찾게 되었고, 또한 자신의 진로에 관해 상담도 해주고 이끌어 주시는 멘토를 처음으로 만나게 된 것이지요!"

"그런데, 멘토는 무슨 뜻이에요?"라고 여학생 한 명이 질문을 하였다. "아! 좋은 질문이에요! 여러분이 장래에 관해 고민이 있거나 어떻게 해야 할지 잘 모를 때 선생님이나 부모님 혹은 주변에 있는 믿음직한 사람에게 조언을 얻고자 할 때가 있을 거예요. 그때 여러분의 고민을 풀어주고 '이렇게 하면 어떨까?'라고 여러분에게 조언해 줄 수 있는 사람이 있다면 그 사람이 멘토이고, 여러분이 멘티가 되는 거예요. 쉽게 말해 여러분을 좋은 길로 안내하기 위해 틈틈이 이야기도 들어주고 조언도 해주고 격려도 해주고 가르쳐 주는 역할이에요!"

"아! 그렇군요! 그럼 언니는 언제부터 영어를 배우기 시작했어요?" "아! 저는 국민학교 4학년 때부터 선행학습으로 영어를 배우게 되었고 여러분도 중학교 들어가면 영어를 배우기 시작할 거예요!" "아! 서울 학교는 선행학습이란 것을 하나 보네요. 우린 여기서 국민학교 졸업하면 생선이나 다루고 밭일이나 할 텐데. 아!"라며 한 아이가 한숨을 쉬었다.

"잠깐! 걱정하지 마세요! 이웃 군산에 여러분이 다닐 수 있는 중학교가 여러 개 있고, 또 여러분이 사정에 의해 중학교를 진학하지 못하더라도 요즘은 검정고시라는 것이 있어서 중학교, 고등학교 과정을 틈틈이 집에서 공부할 수 있어요! 이렇게 집에서 일하면서 공부할 수 있고 검정고시 제도를 이용하여 대학교 진학 자격도 얻을 수 있다고 말해주는 것이 바로 멘토의 역할이에요." "아하! 검정고시라는 것이 있구나! 언니 고마워요! 그렇게 알려 주셔서!" "그래요! 언니가 이 섬에 놀러 올 때마다 여러분의 멘토가 되어드릴게요! 뭐든지 저한테 상의해 주세요!" "와아! 고마워요! 언니! 예쁜 언니라 그런지 마음도 착하시다!"라고 한 여학생이 말하자, 모두들 까르르 웃어댔다.

여학생 중에서 키가 크고 다른 애들보다 훨씬 성숙해 보이는 애가 "저, 그런데 언니는 김정렬 오빠하고는 무슨 관계에요?"라고 물었다. 이 질문에 나머지 여학생들 모두 까르르 웃었다. 한 여학생이 "언니, 야가 정렬이 오빠를 거시기한데요!"라고 말했다. "거시기한다고요?"라며 희수가 어리둥절해하자, "거시기요! 올레꼴레 거시기요!"라며 모두들 또 까르르 웃어댔다. 키 큰 여학생이 나서며 "너그들 죽을래?"라며 주먹을 쥐어 보이자, "아이고! 잘못했어요! 메롱!"이라며 까르르르 또 한바탕 웃어댔다. 조금 전에 멘토가 뭐냐고 질문한 여학생이 말했다. "언니! 야가 정렬이 오빠를 거시기한다고 했을 때, 거시기는 뭐라고 직설적으로 표현하기 거시기할 때 그냥 거시기라고 해요! 우리끼리 쓰는 버릇이에요! 야가 정렬이 오빠를 거시기한다고 하는 표현은 아마도 야가 정렬이 오빠를 사랑하나 봐요! 까르르르!" "그리고, 야가 우리들하고 같은 학년이지만 야는 거시기도 지지난해에 시작했대요." "네? 거시기를 지지난해에 시작했다고요? 거시기가 뭔데요?" "아! 그 거시기 있잖아요? 빨강 거 거시기 말예요!" "아! 아! 알았어요! 거시기 말이구나!" "까르르르!" 희수는 모두들 '거시기'로 통하고 까르르 웃으면서 지내는 것이 너무 신기하기도 하고 재미있었다.

"여러분, 만날 수 있어서 너무 기뻐요! 저는 김정렬 씨와는 친구의 친구예요! 김정렬 씨와 제 친구 김성식 씨가 친구 사이인데, 우리 학교가 휴교령이 떨어졌을 때 김성식 씨가 하마터면 군대에 막무가내로 끌려갈 뻔했어요. K 대학교 정문 앞에서 성식 씨가 불심검문에 걸려 공수부대의 트럭에 실리기 직전이었는데, 그때 그 군대의 담당 하사관이 성식 씨와 정렬 씨의 중학교 때 친구 쌍코피였다네요!" "와아! 쌍코피! 까르르르!" "그래요! 그때 그 쌍코피가 트럭에 실리기 직전의 성식 씨가 자기 친구라는 것을 알아채고 바로 빼돌렸다고 하네요. 그래서 저와 제 친구 윤슬과 성식 씨 모두 이 섬으로 정렬 씨를 찾아온 거예요." "와아! 그랬었구나!" 희수는 "그래서 정렬 씨와 저는 그냥 친구의 친구일 뿐이에요! 너무 적대시 말아주세요! 예쁜 아가씨!"라고 키 큰 여학생에게 말했다. 키 큰 여학생은 얼굴이 붉어지며 대답했다. "저도 그냥 호기심으로 여쭤본 거예요! 아무튼 우리에게 좋은 말씀해 주셔서 감사해요. 나머지 제인 에어 이야기 다음에 해주실 거지요?" "알았어요!"라고 희수가 답했다. "얘들아! 가자!"라며 학생들이 희수 곁을 떠났다.

학생들이 떠나자 희수는 "에고, 이 무슨 꼴이냐? 국민학생한테 질투나 하고!"라며 잠시 키 큰 학생에게 느꼈던 적대 감정을 뉘우쳤다. 이렇게 해수욕장에서 지내다 민박집에 돌아오자 민박집 아주머니가 "학생! 이것들 정렬 총각이 가져온 생선인데 서울에서 오신 손님 잘 챙겨 먹이라고 놓고 갔어!"라고 말했다. 희수는 "아! 정렬 씨가 왔다 가셨군요! 다음에 또 오시면 고맙다고 말씀해주세요!"라고 대수롭지 않게 말하고 방으로 들어갔다. 방에 들어온 희수는 방바닥에 누웠는데 왠지 모를 설움에 눈물이 주르륵 흐르는 것을 느꼈다. "어머 웬일이야! 눈물이 주르륵 흐르다니! 이건 뭐야? 여기 온 지 며칠인데 겨우 생선 몇 마리 아줌마한테 던져주고 가버렸어? 그래도 내가 온 줄은 알았나 보네! 에라이! 거시기한 놈!"이라고 말한 후 여학생들하고 깔깔대며 거시기 놀이하던 생각에 저절로 웃음이 나왔다. 희수는 "에라 모르겠다! 조금 의젓하게 지내보자! 그래도 오늘은 재미있었지 않았어?"라며 눈을 붙였다. 스르륵 잠이 들었는데 얼마나 잤을까? 똑똑 문을 두드리는 소리가 들려 잠에서 깨었다. "누구세요?" "음!" "어머! 정렬 씨다!"라며 희수는 몸을 벌떡 일으켰다.

"잠깐만요! 이불 좀 개고요!" "네! 10분쯤 이따가 다시 올게요!"라고 말한 후 뚜벅뚜벅 걸어가는 소리가 들렸다. 희수는 재빨리 움직여 방을 정리하고 흐트러진 머리를 손질하고 얼굴을 토닥거렸다. 희수가 방문을 활짝 열어젖힌 후 밖을 살펴보니 밑에서 아줌마와 담소하고 있는 정렬이 보였다. "안녕하세요? 정렬 씨!" 희수는 사무적 어투로 담담하게 인사를 건넸다. 김정렬은 "네! 희수 씨! 잘 지냈어요?"라며 다가왔다.

정렬은 희수와 악수를 나눈 후, 겸연쩍은 표정으로 "여러 가지로 미안합니다. 오늘 파출소장과 볼일이 있는데, 희수 씨 잠시 만나서 인사나 드리고 오겠다고 말씀드리고 나왔어요. 이것 좀….”이라고 말하며 서류 봉투를 건넸다. 희수는 정렬이 전해준 서류 봉투를 열어 본 후 깜빡 놀라고 기쁜 나머지, "앗! 고졸 검정고시 패스했어요?"라고 큰 목소리로 말했다. "네! 합격 소식을 희수 씨한테 제일 먼저 전하는 거예요!" "아! 정말 멋지시네요! 축하해요!"라며 희수는 정렬을 격하게 포옹하였다. "정렬 씨! 이제 꿈에 그리던 수산대학에 진학할 수 있는 거네요! 와! 멋지세요! 젊은 선장님!"이라며 체구가 큰 젊은 선장을 더욱 꼭 껴안았다. "저, 보는 눈도 있고, 또 저는 파출소에 볼일이 있어요! 파출소 경사 형님이 저를 기다리고 계셔서… 자! 그럼 다음 기회에….”라며 정렬은 꾸벅 인사하고 성큼성큼 멀어져 갔다. 희수는 어디서 갑자기 나타났다가 지금 멀어져 가는 정렬을 야속한 눈으로 바라보다가, "이게 꿈인가? 정말 거시기하네!"라며 기쁨을 감추지 못했다

37

　김성식은 오늘도 여느 날처럼 이른 아침부터 슈즈살롱 안을 쓸고 닦아서 반들반들하게 정리하고 매장에 먼지 하나 없도록 관리하였다. 오늘도 이런저런 심부름도 하고 또 매출을 올리기도 하는 등 바쁘게 지내다가 고객이 조금 뜸한 한가한 시간이 되자 경리 직원 카운터에 들러 윤슬에게 전화를 하였다. 전화를 하자 "여보세요!"라고 응답하는 차분한 여성분의 목소리가 들려왔다. "안녕하세요! 최윤슬 씨 학교 후배인 김성식입니다. 윤슬 선배와 통화할 수 있을까요?" "아! 잠시만 기다리세요."라고 말한 후, "윤슬아! 윤슬아!"라고 부르는 소리가 들렸다. "여보세요!"라고 윤슬 특유의 또르르르 굴러가는 듯한 목소리가 들려왔다. "나! 나쁜 놈 아니, 멋진 님!" 윤슬은 "뭐어? 멋진 니임? 에라이, 어쩐 일이야?"라고 쌀쌀하게 말했다. "오늘 집으로 찾아갈까 하고! 얼굴도 보고 싶고… 그래서!" "하이고! 보고 싶기는 했었나 보네! 알았어! 몇 시에 올 건데?" "웅! 근무 늦게 끝나는데 오늘 조퇴하고 일찍 찾아갈게!" "알았어! 저녁이나 같이 먹을까?"라고 말하는 윤슬의 목소리는 이미 부드러웠다. 성식은 "알았어요! 미안하고… 또…."라며 머뭇거렸는데, 경리직원이 옆에서 듣고 있었기에 끝내 사랑한다는 말은 하지 못했다. "또? 뭐?" 성식은 "웅! 나중에 얘기할게! 그럼 저녁에 봐요!"라며 전화를 마쳤다.
　전화를 마친 성식은 곧바로 지배인을 찾아갔다. 성식은 "지배인님! 저 오늘 학교에서 볼일도 좀 있고 또 선배님 댁을 방문해야 할 일이 있습니다. 죄송하지만 오늘 조퇴해도 될까요?"라고 물어보았다. "그럼! 이제 곧 개학이잖아? 그렇게 해요!" 성식은 "고맙습니다! 지배인님!"이라고 인사한 후 곧바로 옆 가게 양장점에 들렀다. 눈여겨 두었던 블라우스를 사고 예쁘게 포장해 달라고 부탁까지 하였다. 성식은 "준비는 다 끝났다. 최윤슬 조금만 기다려라! 내가 간다!"라고 심호흡을 하였는데, 성식의 이런 행동 하나하나를 살펴본 슈즈살롱의 직원들은 "야아! 미스터 김! 오늘 얼굴이 번쩍번쩍하고 더벅머리 비틀즈 헤어는 윤기가 좌르르 흐르네! 뭔가는 몰라도 많이 수상한데!"라고 놀렸다.

성식은 "네에? 모처럼 학교에 들르게 돼서 제가 마음이 들떴나 보네요!"라고 대답하였다. 경리 직원이 나서서 "미스터 김, 오늘 데이트하는 것이 분명해요! 선배 댁에 찾아가는데, 아마 선배가 이건가 봐요!"라며 새끼손가락을 들어 보이며 웃었다. "와아! 멋지다! 선배와의 사랑! 너무 로맨틱하다!"라고 선배 직원들이 놀려댔다. 성식은 "아무튼 저는 오늘 조퇴합니다. 수고들 하세요!"라고 공손히 인사하고 가게를 빠져나왔다. 명동에서 윤슬의 집으로 향하는 버스에 오른 성식은, "아, 오늘 윤슬이 만나면 무슨 말부터 시작할까? 할 말이 너무 많을 것 같은데… 아까 전화했을 때 처음 받으신 분이 어머니 같은데 어떻게 해야 하지?"라며 약간 떨리기도 하였고 걱정도 되었지만 몇십 일 동안 그리웠고 또 그리웠던 윤슬을 만난다는 기쁨에 세상이 둥둥 뜨는 것 같은 기분이었다.

38

    J 무역주식회사 국내1과, 회사의 부장이 아무 예고도 없이 국내 1과를 방문하였다. 부장의 갑작스러운 방문에 깜짝 놀란 직원 한 명이 "일동 차렷!"이라고 구령을 붙인 후 발딱 일어나 거수경례와 함께 "충성! 근무 중 이상 무!"를 외쳤다. 이런 직원의 큰 목소리에 깜짝 놀란 김 과장은 바로 과장실에서 뛰쳐나와 직원들과 합세하며 "충성!"이라며 부장에게 경례를 올렸다. 부장은 아무 말도 없이 김 과장에게 다가가더니 "퍽!" "퍽!" 조인트를 까댔다. 김 과장은 조인트를 맞을 때마다 쓰러졌다가 벌떡 일어났는데 또 "퍽!" 하고 맞으면 쓰러졌다가 벌떡 일어나서 "시정하겠습니다!"를 외쳤다.

    "시정하겠다고? 뭘 시정할건데?" 부장은 또다시 "퍽!" 조인트를 깠다. "자! 봐라! 구라파 신문에 우리나라 기사가 났는데, 한국 특파원 리포트로 올라온긴데, 뭐시기? 채홍사가 뭐시기 한다꼬? 너그들 도대체 일을 하는기가?"라며 또 과장을 "퍽!" 하고 조인트를 조져댔다. 김 과장은 "네! 시정하겠습니다!"라며 계속 조아렸다. 부장은 "너그들! 이 문제 보름 안에 해결 몬하면 다 옷 벗을 준비해! 보름 안에 해결 몬하면 각오들 해!"라며 사무실을 나갔다. 부장이 국내1과를 빠져나간 후 한동안 넋이 빠진 듯 멍하게 서있던 김 과장은 팀장들을 자기 방으로 소집했다. 잠시 후 과장실에서는 "퍽!" "쿵!" "퍽!" "쿵!" 쓰러지는 소리가 난무했는데 국내1과 사무실은 꽁꽁 얼어붙어 있었다. 잠시 후 과장실에서 절뚝거리며 나온 팀장들은 팀원들을 불러 자신이 맞은 만큼의 딱 배만큼 팀원들에게 분풀이했고, 팀원들은 자신들의 하위 정보원들을 소집하여 팀장에게 맞은 딱 갑절만큼 발길질을 해댔다. 이런 행사가 있은 후, 국내1과장은 각 대학에 심어진 하부 조직들을 소집하였다.

39

J 무역주식회사 부장은, 국내1과에 들러 과장의 조인트를 여러 번 조져댄 이후 자신의 사무실에 들어왔다. 추기경님과 VIP의 회담에 관한 제반 사항을 조율하는 담당 과장으로부터 긴급 보고를 하겠다는 면담 신청이 들어와 있었다. 부장은 "최 과장 올려 보내세요!"라고 비서에게 인터폰을 통해 지시했다. 곧바로 최 과장이 부장의 사무실에 들어와 "충성! 부장님, 안녕하십니까?"라며 경례했다. "그래요! 고생 많지요?" "아닙니다! 부장님 지시에 따라 열심히 움직일 따름입니다. 오늘 찾아뵌 것은 추기경님과 VIP님 간의 회담 의제 조정에 난감한 부분이 있어서입니다. 추기경 측은 학생들을 탄압하는 문제에 진심이어서 전혀 양보할 기미가 보이질 않습니다. 첫째! 왜? 학생들이 잘못했으면 정식으로 재판에 회부해야지 군대에 실어 보내느냐는 겁니다. 둘째! 왜? 여자 대학교에 채홍사와 같은 동물들이 돌아다니고 있냐는 겁니다. 이것들을 정식으로 다루지 않는다면 VIP와의 회담은 아무런 의미가 없다며 완강합니다."

"최 과장! 이런 일들은 VIP와는 전혀 무관한 일이고, 설사 그런 일들이 다 사실이라고 해도, 그런 일들은 다 하부 조직에서 VIP에게 충성하기 위해 저질러진 일이니 우리 J 무역에서 책임지고 다 정리하겠다고 설득하세요. 그리고 VIP와는 국내 민주주의의 발전과 인권 문제 개선에 관한 대책을 논한 후, 정부에서 정국 안정을 위해 인권 문제 개선과 민주주의 정착에 더욱더 매진하겠다는 식으로 합의문 작성하도록 설득하세요. 자질구레한 것들은 우리 J 무역에서 앞장서서 해결하겠다고 말하세요." "네! 알겠습니다. 최선을 다해서 설득해 보겠습니다."라며 최 과장은 물러났다. 김 부장은 최 과장이 나간 후 미간을 찌푸리며 깊은 고뇌에 빠졌다. "법대로 해서 학생들을 법정에 세우기 시작하면 학생들의 입바른 발언과 증언을 어떻게 막을낀데. 하아! 어렵다! 채홍사? 도대체 어떤 놈이 이딴 걸 기획한 거야? 그놈인가? 그 돼지 같은 놈? 내가 이놈을 언제 제대로 손 좀 봐야할 낀데!"라며 김 부장은 이를 북북 갈았다.

                                40

　　김성식은 윤슬의 집 근처에 다다르자 오르막길인데도 뛰기 시작했다. "야아! 헉! 헉! 저기다! 윤슬의 집이다!"라며 더 빨리 뛰었다. "앗! 윤슬이다! 집 앞에 서있는 여자! 내 여자다!"라며 더 뛰었다. "최윤슬!"이라고 크게 부르자 윤슬이 "야! 이 나쁜 놈!"이라고 소리치며 달려 나왔다. 둘은 힘껏 껴안고 약 40일 만의 감격스러운 재회를 만끽하며 눈물을 흘렸다. 윤슬은 훌쩍이며 "야! 이 나쁜 놈! 왜 이렇게 늦게 왔어?"라고 말했다. 성식은 마당 안으로 들어서며, "미안해! 그리고 또….."라며 뜸을 들였다. "그리고 또 뭐?" 성식은 "그리고 또 사랑해!"라며 윤슬을 안았다. "알았어! 나도 사랑해! 그리고 고마워!"라고 윤슬이 화답하며 둘은 비로소 뜨거운 키스를 나누었다.

둘의 키스는 한동안 이어졌는데 갑자기 실내에서 "짠짜란~ 짠!" 하는 오케스트라 곡이 울렸고 이윽고 피아노 선율이 흘렀다. "앗! 엄마다! 엄마가 자기를 환영하는 거예요! 피아니스트인 엄마가 베토벤 피아노 협주곡 5번 일명 〈황제〉를 연주하시나 봐요. 자기를 황제로 예우하며 자신이 최고 좋아하는 곡을 연주하시는 거예요. 우리 슬그머니 들어가서 음악 감상해요!"라고 속삭였다. "알았어!"라고 성식이 화답한 후 둘은 조용히 실내로 들어와 소파에 앉았다. 오디오에서 흘러나오는 음악에 피아노 부분에서는 어머니가 바로 윤슬의 방에서 피아노를 연주하니 그 효과는 메가톤급이었다. 둘은 조용히 앉아서 눈을 감고 음악을 감상하였고 어머니는 열정적으로 연주를 마쳤다. "짜라라 짠! 짠! 짠! 짜안!" 이렇게 오케스트라 음악이 멎자 어머니도 연주를 마치시고 일어났다. 성식은 "브라보! 앵콜!"이라고 환호성을 질렀다. 어머니는 활짝 웃으시며 방에서 나왔다.

어머니는 "고마워요! 앵콜! 윤슬이 엄마 그레이스 오예요! 피아노곡으로 제 환영하는 마음을 전했습니다!"라며 우아하게 미소를 지으며 말했다. 성식이 "인사드리겠습니다. 앉으시지요!"라고 말하며 절을 하려고 하자, "절하면서 인사하려고요? 그러지 말고 이리 와요! 내가 안아줄게!"라며 성식을 꼭 껴안았다. 그리고 "윤슬을 통해서 수십 일 동안 성식 군에 관해 말 많이 들었어요. 윤슬이 첫눈에 확 갔다고 하던데! 나도 첫눈에 확 갔어요! 하하하! 이제 엄마 허락도 받았으니 마음 놓고 놀다 가고 수시로 놀러 와요!"라며 포옹을 풀었다. 이때 아주머니가 "사모님! 식사 준비 다 됐습니다."라고 말했다. "그래요? 애 아빠도 오늘은 일찍 들어오신다고 하시긴 했는데 아직 안 들어오시네!"라고 어머니는 말했는데 바로 그때 전화벨이 울렸다. 전화에 응답하던 아주머니는 "알겠습니다."라며 전화를 끊었다. 아주머니는 "지금 비상 상황이라 오늘 아주 늦게 들어오신다고 하시네요."라고 말을 전했다.

어머니는 "아! 그래요! 잘됐어요! 어차피 윤슬 아빠 들어오시면 우리 성식 군 불편해할 수도 있을 텐데, 잘됐어요! 자, 우리 식사해요!"라고 성식에게 말했다. "네! 어머님!"이라고 말하며 성식이 일어섰다. "자! 여기 가운데 성식 군 앉고 옆에 짝꿍이 앉아주세요!"라고 어머니가 말했고, 성식과 윤슬은 거의 같은 시간에, "네!"라고 대답하며 식탁에 앉았고 그 맞은편에 어머니가 앉았다. 성식은 거창하게 차려진 식탁에 놀란 듯 "어머니, 너무 거하게 차리신 것 같습니다. 잘 먹겠습니다!"라며 의례적 인사를 드렸다. 어머니는 "그래요! 천천히 많이 들어요! 이래 봬도 여자 3명이 신경 써서 장만한 음식이에요!"라며 미소를 지었다. "하하! 감사합니다. 너무 풍성해서 어느 것부터 먹어야 할지 모르겠어요!" 윤슬이 "자기, 통닭 좋아하지 않아? 이 닭 한 마리 뜯어버리지!"라고 성식을 응원하였다.

성식은 "알았어요! 그럼 시작할게요!"라며 닭 한 마리 삶아 놓은 걸 들어서 다리를 쫙 찢어서 입으로 가져갔다. 성식은 고개를 끄덕이며, "제가 지금까지 먹어본 통닭 중에 최고의 맛입니다."라고 너스레를 떨었다. 어머니는 "아! 성식 군이 잘 먹으니 아주 좋네요! 아줌마도 이리와요!"라며 아주머니까지 식탁에 합류시켰다. 아주머니는 "네! 감사합니다. 사모님! 와인 한 병 올릴까요?"라고 물었다. 어머니는 "아! 좋지요! 내가 이번에 여행 마치고 프랑스에서 사온 것 한 병 까세요!"라고 대답했다. 성식이 "혹시 막걸리 있으면 막걸리 한잔 하고 싶어요!"라며 아주머니를 바라보았다. 아주머니가 "아! 네! 제가 바로 가게에 들러 사올게요!"라며 일어섰다. 성식이 "아니요! 없으시면 그냥 두세요! 굳이 번거롭게 나가실 필요까지는 없고요! 그저 전 사치스러운 것에 익숙하질 않거든요!"라고 거북해하자, 어머니는 "그래요! 가게가 바로 옆에 있으니 막걸리 좀 사와요!"라고 아주머니에게 부탁했다.

아주머니는 바로 막걸리를 사러 나갔고, 잠시 어색해진 분위기를 윤슬이 깨었다. "우리 멋진 님은 내가 막걸리로 길들여 놨어요! 오늘 막걸리 파티 성대하게 벌이면 어떨까요? 엄마!" 어머니는 "오케이! 내 딸!"이라며 화통하게 화답했다. 이때 아주머니가 막걸리를 사 들고 헐레벌떡 들어왔다. 성식은 벌떡 일어나 아주머니로부터 막걸리 주전자를 받아들었다. 그리고 "감사합니다! 아주머니!"라고 깍듯이 인사한 후 식탁으로 돌아왔다. 성식은 "자! 어머니, 제가 막걸리 한 잔 올리겠습니다!"라며 막걸리를 어머니에게 권하였다. 또 옆자리에 앉은 아주머니에게도 한 잔 권하였다. 어머니는 성식에게 "자! 성식

군도 한 잔 받으시게!"라며 막걸리를 권했고, 성식은 술잔을 받은 후 윤슬에게 "자! 우리 님도 한 잔 받으세요!"라며 권하였다. 이렇게 술잔이 다 차자 윤슬이 성식을 툭 건들며, "우리 멋진 님! 건배 제의 한 번 하실까요?"라고 권하였다. 성식이 "이렇게 성대한 만찬에 초대해 주셔서 감사합니다. 여기 계신 모든 분의 행복한 삶을 위하여!"라고 외치자, 모두 "위하여!"라고 화답하며 분위기는 무르익었다.

막걸리 한두 잔 곁들이며 환담을 나누던 도중 어머니는 "성식 군이 막걸리를 좋아한대서 이 엄마는 생전 처음 막걸리를 입에 대보았는데 너무 맛이 좋아요! 달달하며 독하지 않아서 마시기 편하고 기분이 너무 좋아지네요! 혹시 성식 군은 막걸리를 언제부터 맛보았어요?"라고 물었다. "네! 저는 우리 아버지와 외삼촌께서 우리 집 평상에서 막걸리 드실 때면 제가 막걸리 심부름 도맡아 했었어요. 외삼촌과 아버지는 막역한 친구 사이였어요! 두 분이 의기투합하기도 하였지만 두 분이 막걸리 드시면서 논쟁을 많이 하셨는데 그때마다 논쟁이 언쟁이 되기 일쑤였어요. 저는 두 분이 싸우실 때마다 화해시키며 중재하는 역할도 주로 하였었지요! 그러면서 막걸리도 한 모금씩 얻어 마셨어요! 하하!" "와아! 처음 듣는 이야기인데? 그래서?"라고 윤슬이 재미있어했다. 어머니도 "그랬었구나!"라며 흥미로워했다.

"이 이야기하기 시작하면 좀 기나긴 스토리인데 제가 효율적으로 스토리텔링을 해보겠습니다." "크크, 스토리텔링!"이라며 윤슬이 좋아했다. "우리 아버지와 외삼촌은 제가 태어나기 전부터 친구 사이였다네요! 문창서원(文昌書院)이라는 곳에서 어려서 같이 공부하셨고, 서원에서 한학을 오랫동안 공부하고 졸업한 이후 신학문이 들어오자, 국민학교를 같이 다니셨고 20세에 국민학교를 졸업하셨기 때문에 10여 년을 같이 공부한 막역지우였지요. 국민학교 졸업하던 해, 외삼촌께서 우리 아버지께 '너! 내 동생하고 혼인해라!'라고 하셨는데, 곧바로 우리 아버지께서, '그래!'라고 응답하셨기 때문에 바로 일사천리로 16세인 우리 어머니와 결혼하셨다네요." "와아! 초스피드로?"라고 윤슬이 환호했다. 그러면서 "그럼 우리 멋진 님과 나하고도 초스피드로 밀어붙일까? 크크!"라며 윤슬이 즐거워하였다.

"아버지는 국민학교 졸업 이후 집안 형편이 좋지 않았기 때문에 지방 도시의 공무원으로 일하기 시작하셨고, 외삼촌은 비슷한 시기에 결혼하신 후 일본으로 유학을 가서서 대학까지 마친 후 귀국하셨어요. 당시 천석지기의 아들이었던 외삼촌께서는 돈에 초월하신 듯 시나 쓰시고 산문이나 쓰시면서 고등룸펜 노릇을 하시고 계셨는데 그런 세월이 꽤 길어져서 두고두고 두 분 사이의 논쟁거리였어요. 외삼촌께서 '야! 문창서원 다닐 때 패기는 어디 가고 쪽바리들 똥구멍이나 핥으면서 돈 몇 푼 버는 게 좋더냐? 그렇게 할 바엔 돈 좀 많이 벌어서 잘 살든가?'라고 말하며 막걸리 한두 되 드시면 논쟁이 시작되었는데, '야! 고등룸펜아! 차라리 나처럼 배우지를 말든지! 배웠으면 배운 값어치를 해야 하는 것 아니냐? 이 고등룸펜아! 그리고 내가 하는 직장 생활이 물론 힘들고 아니꼽기는 하다만 그래도 우리 애들 5남 1녀 가르치고 느그 동생 밥 안 굶기고 잘 먹고 살지 않아? 느 동생 포동포동 살찐 거 안 보이냐?'라고 아버지께서 면박하시면, 외삼촌께서는 '아! 그건 우리 집안이 원래 풍채가 좋아서 그런 거여!'라고 대꾸하셨고, 외삼촌께서 아버지께 '야! 이왕에 일본 놈들 똥구멍 핥으면서 먹고 살려고 직장 생활 시작했으면 아부라도 좀 하고 해서 승진이라도 좀 할 것이지 허구한 날 마냥 말단이니 그게 뭐냐?'라고 말씀하시면, 아버지께서는 '야! 너 아까부터 일본 놈들 똥구멍 얘기 자꾸 하는데 내가 일본 놈들한테 아부 한 번 해본 적 없고 아무것도 모르는 우리 시민들 호적 정리해 주고 월급 몇 푼 받으며 살았는데 자꾸 그런 식으로 야지하지 말아라. 나는 동네 양반들 호적 정리해 드리고 애들 학교 잘 갈 수 있도록 정리해 드리며 늘 고맙다는 인사 받으며 살고 있어. 문창서원 다닐 때 배운 말 생각도 안 나냐? 검이불루 화이불치(儉而不陋 華而不侈)라 했거늘, 난 가난해서 검소하게 살지만 그래도 누추하지 않게 살았고, 화려하지만 사치스럽지 않았다고 자부한다.'라고 대답하셨어요. 그러면 외삼촌께서는 '뭐시라고? 검이불루는 인정이 되는데 네가 돈이 없어서 검소하게 살 수밖에 없었던 거고 그것은 우리 집안의 가통이기도 하니까 너의 처가 당연히 그렇게 살았을 거니까 이해는 간다만, 화이불치는 말이 안 되잖아? 네가 무엇으로 화려했는데?'라고 맞받으셨고, '야아! 너 하나만 알지 둘은 모르는구나! 화려함이란 것은 내 마음속에 있는 거야! 나는 내 생활이 화려하고도 남는다고 생각하거든! 왜냐? 주변을 봐라! 주변 사람들 얼마나 많이 문창서원을 다녔으며, 주변 사람들 얼마나 많이 국민학교 다녔냐? 그래서 나는 다른 주민들에 비해 훨씬 화려하다고 생각하지만 그분들 생각해서라도 아주 작은 사치라도 하면 안 된다고 생각해!'라고 아버지께서는 말씀하셨어요. 외삼촌께서는 '그렇다면 너와 내가 문창서원 다닐 때 꼭 초지일관(初志一貫)하라고 배웠는데, 너는 그걸 실천했냐?'라고 물으셨는데, 아버지께서는 '응! 맞아! 나의 처음 의지는 관철하지 못했지만 가정을 위해 타협했잖아!'라고 응답하시고 대개 이런 이야기들이 반복되었어요. 더 이상 약주 드시면 심한 언쟁이 일어나기 때문에 제가 이쯤 해서 등장하곤 하였어요! '아버지! 그리고 외삼촌! 오늘은 약주 거나하게 드셨으니 이제 몸 생각해서서 그만 드시고, 그 대신 이 막내가 노래 한 곡조 뽑아보겠습니다.'라고 말씀드리고, '어! 그려라! 성식아! 네가 효자고 집안의 보배다! 한 번 뽑아보아라!' 그러시면, 제가 '두만강 푸른 물에 노 젓는~' 혹은 '눈보라가 휘날리는 바람 찬 흥남부두에~' 등을 뽑았거든요. 그러면 아버지와 외삼촌께서는 용돈도 몇 푼 주시기도 했고, 외삼촌은 남자는 술도 한 잔씩 마실 줄 알아야 한다고 하시면서 저한테 막걸리를 조금 따라 주시곤 하셨어요. 그래서 제가 막걸리 맛을 조금 알게 되었지요! 이상입니다."라며 성식이 말을 마쳤다.

"야! 성식 군 스토리텔링 너무 훌륭하다. 딱 소설가네! 문학도는 역시 다르네!"라고 어머니는 성식을 칭찬했고, 윤슬은 "내가 한눈에 알아봤다니까! 뼈대 있는 집안의 자제분이라는 걸!"이라며 흐뭇해했다. 성식은 "막걸리 한잔한 김에 두서없이 떠들었네요. 제가 우리 님을 위해 가져온 것이 하나 있는데, 의상실에서 블라우스가 예뻐서 샀어요! 제가 처음 번 돈으로 산 거예요! 한번 입어보실래요?"라며 소파 옆에 놓아둔 쇼핑백을 바라보았다. "어머! 이걸 어째! 왜 진작 말하지 그랬어?"라며 윤슬이 선물을 챙겨왔다. 윤슬은 "야! 예쁘다! 입어 봐야지!"라며 방으로 들어갔다. 윤슬이 약 2분 만에 폼을 잡으며 나타났는데 과연 성식이 상상하던 모습 그대로였다. 어머니는 "야아! 너무 예쁘다! 우리 윤슬이 이렇게 예뻐진 걸 보니까 이제 시집가도 되겠어!"라며 좋아했다. 윤슬도 "우리 멋진 님! 어디서 이렇게 멋진 옷을 골랐어? 정말 맘에 들어! 중요한 날에만 입어야지! 고마워!"라며 성식의 볼에 입맞춤을 하였다.

어머니는 "자! 이제 파티도 이것으로 마치고 너희 둘은 방에 들어가 밀린 이야기나 나누고 나와 아줌마는 산책이나 다녀올게! 아줌마 같이 가요!"라며 아주머니를 재촉했다. 두 사람은 화사하게 웃으며 밖으로 나갔는데, 두 사람이 밖으로 나가자 집 안은 언제 그렇게 복작거렸나 싶을 정도로 썰렁해졌다. 윤슬과 성식은 잠시 조용한 침묵의 시간을 가졌지만, 곧바로 윤슬이 분위기 전환에 나섰다. 윤슬은 성식과 단둘이 남은 것이 어색하고 쑥스럽고 부끄러운 듯 얼굴을 살짝 붉히며, "자! 나의 멋진 님! 제 방으로 들어가실까요?"라며 아름답게 미소 지었다.

41

학기 초가 되자 캠퍼스에는 활기가 넘쳤다. 하지만 시국이 지난 학기 말보다 더욱 경색되어서 긴장감도 팽팽하였다. 김성식은 첫 수업 '영국 시 강론'을 수강한 뒤 강의실을 빠져나왔다. 다음 수업까지 한 시간 정도 여유가 있다는 생각에 발걸음이 자연스럽게 불문과 강의실 방향으로 옮겨지고 있었다. 약 100보 정도 걸은 후 계단을 오르기 시작하자, 위쪽 계단 끝에 장우식, 박삼식 선배와 최윤슬 선배가 함께 내려오고 있었다. "야아! 성식아, 잘 지냈냐?" "앗! 선배님들, 반갑습니다!"라고 인사를 교환했다. 장우식 선배가 "어디 가냐?"라고 성식에게 물었다. "아! 최윤슬 선배님께 인사나 드릴까 하고 올라가는 중이었어요." "야아! 너 최 선배만 선배고 나머지 우리는 졸이냐?" "하하하! 죄송해요! 윤슬 선배님께 드릴 말씀이 좀 있어서요."라고 성식은 얼버무렸다. "알았어! 우리 학생회관으로 가는 길인데 같이 가서 차나 한잔하자! 빵도 한 보따리 사다 놨어!" "네! 회장님!"이라고 성식이 화답하면서 자연스럽게 선배들과 합류하게 되었다.

장우식 회장은 일행을 학생회 회의실로 안내한 후 빵과 음료를 대접하며 말문을 열었다. "우선 여러분 모두 여름방학을 무탈하게 지내신 것 같아서 기쁩니다. 저는 성식 후배의 주선으로 한 건 잘해서 기분이 많이 고무되었어요!"라며 성식에게 손바닥을 내밀었다. 성식은 장우식 회장의 손바닥을 자신의 손바닥으로 탁 마주치며, "뭘 그런 걸 가지고 그러세요!"라고 겸손해했다. 장 회장은 "그래서 성식 후배가 많이 든든해요!"라며 말을 이어가다 잠시 뜸을 들인 후, "나는 내년이면 졸업반이니 '원어 소설 독서 토론 클럽'의 후임 회장으로 지금 75학번 중 한 명을 선임해야 하는데, 누가 좋을까요? 성식 후배가 지금 2년 차이면 최고 적임자인데….."라며 아쉬운 표정을 지었다. 박삼식 총무가 "아직 학기 초이고 시간이 조금 남아있으니 모임 한

두 번 하면서 탐색해 보면 어떨까요? 그리고 총무는 별로 할 일이 없으니 성식 후배가 2학기부터 총무를 맡아 주었으면 좋겠고!"라고 발언했다.

김성식은 깜짝 놀라며, "저! 전! 안 되는데요!"라고 큰 목소리로 단호하게 말했다. "아니? 왜?" "전! 수업 끝나면 바로 아르바이트 나가야 하고요. 제가 직장에서 하는 일이 여러 가지이기 때문에 불가능합니다. 물론 공부도 열심히 해야 하고요!"라고 김성식은 난색을 보였다. "모임 한 학기에 두 번 정도인데 그 정도 시간은 낼 수 있잖아?"라고 장우식 회장이 말하자, 김성식은 더욱 단호하게 "저는! 초지일관하는 성격입니다. 지배인님께서 저를 좋게 봐주셔서 흔쾌하게 채용해 주셨고, 저는 제 나름대로 최선을 다하고 있고, 회사에서도 저를 신뢰하는 것 같습니다. 하는 데까지 최선을 다할 작정이고요! 더구나 세리느(celine)라는 프랑스 최고급 구두 제품을 수입하려고 추진 중인데, 아무것도 모르는 저에게 그 프로젝트를 맡기셨어요. 저는 최선을 다해 회사에 도움을 주고 싶어요. 저는 빼주세요! 저는 수업 마치면 바로 슈즈살롱으로 달려가야 하고요! '원어 소설 독서 토론 클럽'에는 글을 써서 발표하고 기여하겠습니다."라고 단호하게 말했다.

장우식 회장은 "하아! 차기 회장으로 딱인데⋯."라며 아쉬워하며, "그러면 차후에 이 문제는 다시 살펴보도록 하고 9월 25일경에 '원어 소설 독서 토론 클럽' 정기 모임을 할 예정인데, 발표 주제를 무엇으로 하면 좋을까요?"라고 물었다. 박삼식 총무가 "메타픽션이 어떨까요?"라고 발언했다. "아! 메타픽션 좋지요!"라고 최윤슬 회원이 호응했다. 장우식 회장은 "예! 그러면 가을 첫 모임은 9월 25일 4시 30분으로 정하고 모임 장소는 방목도서관 4층 소회의실로 예약하겠습니다. 논제는 '메타픽션'으로 정하고 오늘 저녁에 게시판에 공지하겠습니다. 오늘 참석해 주셔서 감사합니다."라며 짧은 미팅을 마쳤다. 장우식 회장과 박삼식 총무는 회의실에 남고 최윤슬과 김성식은 회의실 밖으로 나왔다.

최윤슬이 성식의 팔짱을 끼며, "오후 일정이 어떻게 돼?"라고 물었다. "응! 2시에 '셰익스피어 연구' 수업이에요!"라고 성식이 대답하였다. 윤슬은 "아! 가을이라서 그런가? 일손도 안 잡히고 집중도 안 되고 누군가 나를 쫓아다니는 기분도 들고, 그래서 그런지 표현하기 힘든 묘한 불안감이 들어서 심란해!"라고 말했다. "너무 행복해서 그런 것 아닐까요? 나도 누가 쫓아다니는 것 같아서 뒤를 자꾸 돌아보게 되는데, 어쩌면 갑자기 찾아온 행복에 겨워서 그런 생각이 들지 않을까요?"라고 성식이 말하며 윤슬을 가볍게 안았다. "'세리느'라는 프랑스 회사는 뭐야?"라고 윤슬이 물었다. 성식은 "우리 지배인님은 외국 패션 회사의 카탈로그를 즐겨 보시는데, '세리느'라는 회사의 카탈로그를 보시면서 그 회사 구두의 상품성에 관해 말씀하시며 칭찬하시더라고! 그래서 내가 유럽 시간에 맞춰 새벽 일찍 일어나서 '세리느' 카탈로그에 있는 그 회사 전화번호로 전화를 하게 되었어! 다행히 그 회사 중역과 통화가 이루어졌는데, 우리 슈즈살롱을 소개하고, 우리 슈즈살롱의 지배인님께서 '세리느' 제품을 너무 좋아하신다고 말씀드리고, 혹시 우리가 '세리느' 제품을 수입할 수 있느냐고 여쭈었어! 그 중역은 자기들끼리 회의를 한 후 결과를 알려준다고 했고, 그다음 날 그 중역은 전화로 수출이 가능하다고 말씀하셨어! 그래서 내가 그 일을 맡아서 하기로 되었고 내일 아침에 그쪽 팀과 우리 쪽 경영진이 함께 통화로 회의를 하기로 했는데, 내가 옆에서 통역하며 주관할 거예요!"

"와우! 우리 멋진 님! 갈수록 빛이 나네! 잘 성사됐으면 좋겠다. 혹시 프랑스어 통역이 필요하면 내가 발런티어(volunteer) 할게!"라며 윤슬이 좋아하며 화답하였다. "다행히 그분들이 영어를 잘해서 언어 소통에는 문제가 없을 것 같고, 그래서 언어 소통 때문에 우리 회사에서도 나에게 그 일을 맡기시나 봐! 조금 떨리기는 하지만 그래도 큰일 한 번 하고 나면 좀 더 발전하지 않을까 하는 생각이 들어!" 윤슬이 "그럼! 그렇고말고! 우리 멋진 님 잘할 수 있도록 내가 기도할게! 그리고 나아! 교사 임용고시 응시할 거야! 박희수도 같이 시험 보기로 했어! 기도해 줄 거지?"라고 말하며 성식에게 몸을 밀착하며 무한한 신뢰를 표현했다. "아! 물론 기도하고말고! 자기는 꼭 합격할 수 있을 거야! 자아! 나는 수업 들어가야 하니까 가야 하고! 수업 마치면 바로 직장으로 가야 하니까 여기서 굿바이! 아이 러브 유!"
"오케이! 아이 러브 유 투!"라며 최윤슬과 김성식은 헤어졌다.

42

　　J 무역주식회사 국내1과 회의장에 대학생으로 보이는 주니어 J 멤버들이 한 명씩 한 명씩 속속 입장하고 있었다. 회의 시간이 다가오자 20여 명의 주니어 J 멤버는 입장을 완료했다. 회의 예정 시간인 10시가 되자, 국내1과 과장이 입장하였다. 김 과장은 "여러분, 학기 초라서 많이 바쁘실 텐데 이렇게 시간을 빼앗은 것 죄송합니다. 지난번 회의에서 여러분께『학생들의 말』에 관한 탐문 조사를 부탁드렸는데, 아직 아무런 연락이 없어서 아쉽습니다.『학생들의 말』뿐 아니라 최근에는 영국 로이터통신의 한국 특파원발 최신 보도로 유럽 언론에 한국의 민주화 문제와 학생들의 반정부 운동에 관련된 보도가 대대적으로 다루어졌습니다. 저희가 입수한 정보에 의하면 로이터통신의 기자와 인터뷰한 사람이 전국대학생협의회 학생운동지도부의 일원이었습니다. 그래서 여러분의 활약이 절대적으로 필요합니다. 조그마한 단서라도 좋으니 제보를 꼭 부탁드립니다. 결정적 제보로 공을 세우시는 주니어 J 님에게는 그 공로에 합당한 보상이 주어질 것입니다. 제보자는 정식 사원에 이어 5년 이내에 저기 보이는 제 방의 주인이 될 것입니다. 자! 사소한 것이라도 좋으니 말씀하실 분 서슴없이 나서주세요!"라고 주니어 J들을 채근했다.

　　아무도 김 과장의 채근에 응답이 없었는데, 학원 내사팀장이 단상에 다가가더니 쪽지를 김 과장에게 전달하였다. 쪽지를 살펴본 김 과장은 얼굴이 밝아지며, "자! 여러분 분발해 주세요. 부탁드립니다.

오늘 저희가 식사와 차를 준비했습니다. 모두 식당으로 이동하셔서 식사하시며 담소 나누세요. 그리고 우리 회사 부장님께서 여러분에게 금일봉을 하사하셨습니다. 격려 차원에서 드리는 금일봉이니 용돈에 보태시길 바랍니다. 이상으로 회의를 마치겠습니다."라며 폐회를 선언했다. 김 과장은 회의를 마친 후 자신의 방에 들어와 앉았다. 조금 기다리자 학원 내사팀장과 주니어 J 한 명이 같이 들어왔다. "아! 어서 와요! 저번 모임에서 발언했던 것 같은데 얼굴이 낯설지 않아요! 잘 왔습니다. 편안히 앉아서 느긋하게 말씀하세요!"라고 기대에 부푼 어조로 김 과장이 말했다.

주니어 J는 "저…. 과장님께 은밀히 드리고 싶은 말씀이 있어요!"라며 학원 내사팀장을 바라보았다. 학원 내사팀장은 "아! 그래요! 나는 다른 주니어 J 멤버들과 담소하고 있을 테니 편안하게 과장님과 대화하세요!"라며 과장실을 빠져나갔다. 학원 내사팀장이 방을 나간 후 김 과장과 주니어 J 멤버 한 명은 약 30분 동안 메모를 해가면서 대화를 이어나갔다. 이제 대화가 다 끝났는지 과장은 "수고했어요! 이 문제 잘 해결한 후에 봅시다! 주니어 J Y-1호 님이 특별히 할 일은 없어요. 시간이나 장소 등에 변화가 있을 때 학원 내사팀장과 통화하시면 되겠고, 그리고 평상시에 하던 대로 친구들 잘 챙기시고 편안하게 공부하면서 일상대로 움직이면 됩니다. 이 일 다 마치면 큰 포상이 있을 거고 이제 곧 나의 직속 멤버가 될 것입니다. 축하해요!"라며 주니어 J와 굳은 악수를 나누었다.

43

　유럽 언론에서 한국에서 민주화를 요구하는 재야인사와 학생들을 탄압하고 있다는 보도가 나온 이후 학생들은 더욱더 거세게 시위에 나섰다. 서울의 주요 대학은 물론 부산, 광주, 마산 등에서의 반정부 민주화 시위는 나날이 강도를 더해갔다. 그리고 얼마 전에 경기도 야산에서 재야 시인이 변사체로 발견된 적이 있었는데 또다시 서울 근교의 야산에서 재야인사 한 명이 변사체로 발견되는 사건이 발생하였다. 이렇게 미스터리한 사건들이 자주 발생하는 꼬이고 꼬인 정국으로 인해 학원가뿐 아니라 오피스가에서도 삼삼오오 모이기만 하면 현 정국을 개탄하며 정부를 규탄하는 소리가 끊이지 않았다. 오늘은 추기경과 VIP가 오찬을 같이하며 현 정국의 타개책과 학원 안정화 대책에 관해 대화했는데, '추기경과 VIP가 우리나라의 민주화를 위해 최선을 다하고 정국 안정과 민생 회복을 위해서 최선을 다하겠다는 정부의 확고한 입장을 확인하며 회담을 마쳤다.'라는 보도가 나왔다. 결국, 추기경과 VIP의 회담은 원론적 확인의 재탕에 불과한 것이었다. 그동안 추기경과 VIP의 회담에 기대를 걸고 있던 수많은 재야인사가 실망이 큰 나머지 명동성당에 집결하기 시작했다. 재야인사 30여 명은 '나라를 위한 구국 기도회'를 무기한 시행하겠다는 것을 의결하고 성명을 발표했다.
　한편 재야인사들이 성명을 발표할 즈음 문교부에서는 문교부장관의 특별 기자회견이 있었다. 2층 장관 접견실에 기자들이 운집하였는데, 지팡이를 들고 절뚝거리며 문교부장관이 입장하였다. 장관은 "기자 여러분! 오늘 이후로 저는 더 이상 여러분을 만나는 일이 없을 것 같습니다. 저는 나라의 교육 대계를 책임지는 자리에 앉아있었으나, 재임하는 동안 제 소임을 다하지 못했습니다. 특히 우리나라의 민주화를 위해 투쟁하는 대학생들을 보살피지 못하여 수많은 학생이 탄압당하는 것을 그저 구경만 했을 뿐 해결할 수 있는 방도를 찾지 못했습니다. 자! 보십시오! 제 정강이를요! 이렇게 나라를 이끄는 지도자인 원로 장관까지 두들겨 패는 이 패륜의 정보정치로부터 우리나라의 대들보인 젊은 대학생들을 보살피지 못하는 무능력을 개탄하며 이 자리를 물러납니다. 여러분! 이 나라의 학생 모두에게 저의 다음과 같은 메시지를 전달해 주실 것 부탁드립니다."라고 말했다. 그리고 "전국의 대학생 여러분! 저의 무능으로 인하여 학생 여러분의 권리를 충분히 못 챙겨 드린 것 사과합니다. 지금은 '격변의 시대'입니다. 이 격변의 시대에 잘 적응하고 각자도생하시길 바랍니다!"라는 메시지를 낭독한 후 기자들에게 정중히 인사하고 절뚝거리며 회견장을 떠났다.

44

김성식은 학업과 일을 병행하는 자신의 요즈음 생활에 만족하며 하루하루를 바쁘게 지냈다. 아침 일찍 일어나 점포를 빠져나와 을지로4가까지 가벼운 조깅을 마친 후 일과를 시작하였다. 조깅을 마친 후 슈즈살롱을 청소하고 정리정돈하면서 일과를 시작하고 다른 직원들이 출근하면 학교에 등교하여 공부하다 4시 이후 다시 직장에 복귀한 후 10시까지 동분서주하였다. 10시경에 숙직실에 들어오면 비로소 일과가 끝났는데 힘은 약간 들었지만 견딜 만하였을 뿐만 아니라 무엇보다 이 슈즈살롱에서 자신의 역할이 긍정적이라는 점에 크게 만족하였다. 프랑스 '세리느'와의 거래도 잘 성사된 것 같아서 더 흐뭇하게 지낼 수 있었다. 10시에 숙직실에 들어와 잠시 하루를 정리하며 일기를 쓰기도 했는데, 최근에는 자신이 어떻게 지내는지를 고향에 계신 부모님께 문안 편지 형식으로 붓글씨로 써서 올리기로 마음을 정하고 매일 한두 장씩 붓글씨 서간문을 써 내려갔다.

"부모님 전 상서"로 시작된 붓글씨 서간문은 성식이 부모님으로부터 받은 사랑이 얼마나 컸는지를 묘사하였고, 지금 자신의 생활에 관하여 묘사하기도 하였고, 어느 때인가 성식이 사춘기 무렵 아버지께 불경스럽게 대든 이야기를 묘사하며 후회하는 마음을 담아 용서를 구하기도 하는 장문의 서간문이었다. 성식은 며칠 동안 써 내려온 편지가 10여 장이 된 것을 확인하고 오늘은 부모님께서 늘 건강하게 지내시며 무병장수하시길 기원하며 글을 마쳤다. 성식은 이 서간문 다발을 내일 학교에 다녀와서 소포로 부쳐야겠다고 생각하였다. 그동안 아버지에게 대들며 항의했던 자신의 철부지 시절 행위가 마음에 걸려 늘 아버지께 진심으로 용서를 구해야겠다고 생각하였었는데, 이 서간문을 받으시고 아버지께서 활짝 웃으시며 자신을 용서해 주셨으면 좋겠다고 기대하며 잠을 청하였다.

45

　K 대학교 정문 앞, 오늘도 학생들과 전투경찰의 대치가 치열하였다. "독재 타도!" "유신헌법 철폐!"를 외치며 학생들이 달려 나가면 어김없이 "펑!" "펑!" 폭발음과 함께 최루탄이 터졌다. 학생들은 최루가스를 뒤집어쓰고 콜록대며 후퇴하곤 하는 일상이 정문 앞에서는 계속되었지만, 강의실마다 강의는 진행되었고 각종 모임도 그대로 유지되고 있었다. 어수선한 나날이 이 캠퍼스에서는 당연한 일상처럼 보이는 오후였다. 김성식은 오후 4시에 강의실을 빠져나와 오늘도 여느 날처럼 불문과 쪽으로 윤슬을 찾아갔다. 강의실에서 나와 불문과 동료들과 같이 걸어오던 윤슬이 "김성식 씨!"라며 활짝 웃으며 다가왔다. 둘은 매일 만나지만 언제나 만날 때마다 10년 만에 만나는 것처럼 반가워하고 기뻐하였다. 오늘도 서로 "잘 있었어?" "그러엄!"이라고 화답하며 따뜻한 눈빛을 교환하였다.
　"나! 오늘 동아리 모임에 잠시 들러 직장 때문에 모임 참석 못 한다고 인사만 하고 명동으로 갈게!"라고 성식이 윤슬에게 말했다. "그래! 나는 박희수 좀 만나고 갈게. 고것이 개야소야도에 가서 한 보름 있다가 왔거든! 고것 좀 만나보고 시간 맞춰서 모임 장소에 갈게!"라며 둘은 헤어졌다. 성식은 방목도서관 4층에 올라가 모임 장소인 R403호에 들어갔다. 모임 시간까지는 20여 분 남아있었지만 벌써 10명 이상의 회원이 회의실 안에 들어와 있었다. 김성식은 선배 한 명 한 명을 찾아다니며, "선배님! 잘 지내셨어요?"라고 인사했다. 한 10

여 분 동안 이 사람 저 사람과 담소하다가 4시 20분쯤, "저, 선배님들 죄송합니다! 제가 아르바이트 일자리로 지금 가야 합니다! 오늘 참석하지 못해 죄송하고요. 다음에는 꼭 참석할 수 있도록 노력하겠습니다."라고 인사한 후 회의장을 빠져나와 4층에서 엘리베이터를 타고 1층 도서관 로비로 내려왔다.

    김성식이 1층으로 내려오자 1층에 있던 여러 명의 짧은 머리들이 움직이기 시작했다. 그중 한 명이 무전기를 꺼내, "시에라 완! 지금 병아리 1호 벙커 이탈 오버!" "시에라 투! 병아리 1호 벙커 이탈! 감 잡았다! 오버!"와 같은 교신이 이루어지며 방목도서관 안과 밖은 평소와는 전혀 다른 숨 가쁜 움직임이 진행되었다. 김성식이 도서관에서 나와 학교 정문으로 향하고 있을 때 이미 성식의 주변에 10여 명의 짧은 머리들이 따라붙었고, 성식이 정문에 다다르자 성식을 낚아챘다. 김성식은 "이거 왜 이래요!"라며 자신을 잡은 팔들을 뿌리치려 하였는데 주변이 있던 병력 4~5명이 합세하여 성식을 꼼짝 못 하게 제압하더니 닭장차에 던져 넣어버렸다. 같은 시간 무전기에서는, "병아리 1호 확보! 벙커 오퍼레이션 타임 온 타겟, 텐 쎄컨! 텐, 나인, 에잇, 세븐, 식스, 파이브, 포, 쓰리, 투, 원! 파이어!"라는 무선 교신이 들렸다.

    이때 방목도서관 1층, 2층, 3층, 4층에서 대기하고 있던 모든 요원이 움직이기 시작했고, R403호 옆방에 잠복하고 있던 수십 명의 요원들이 쏟아져 나와 R403호에 난입하였다. R403호 안은 순식간에 아수라장이 되었다. 이때 마침 도서관 입구에 도착하여 도서관으로 들어가려던 최윤슬과 박희수는 방목도서관에 비상사태가 터졌음을 직감하고 바로 학생회관으로 달려갔다. 최윤슬과 박희수는 학생회관에 도착하자마자 바로 화재경보기를 눌렀다. 학생회관 내에 화재경보가 요란스럽게 울리자 학생회 간부들이 정신없이 밖으로 달려나왔다. 최윤슬은 뛰어나오는 학생회장을 발견하고, "방목도서관에 전쟁 상황 발생!"이라고 황급히 말했다. "뭐? 전쟁 상황? 알았어! 얘들아! 도서관으로 뛰어! 막아야 해!"라고 고함을 쳤다.

회장의 다급한 고함에 학생회관에 있던 수십 명의 학생이 방목도서관으로 달려갔다. 방목도서관 앞에는 이미 검은색 닭장차가 도착하였고, 4층에서 붙들려 끌려 나온 '원어 소설 독서 토론 클럽' 회원들이 닭장차 안으로 욱여넣어지고 있었다. 학생회관에서 달려온 수십 명의 학생들이 "와아!" 함성을 지르며 닭장차 앞으로 돌진하였는데, 닭장차 주변에 대기하고 있던 병력 수백 명이 달려드는 학생들을 덮쳤다. 처음에 기세를 올리던 학생들은 수적으로 압도적인 진압 병력에 의해 "퍽!" "퍽!" 두들겨 맞고 쓰러지고 있는데 화재경보에 긴급출동한 소방차의 사이렌 소음과 학생들이 두들겨 맞으며 내는 비명이 섞여 방목도서관 앞은 문자 그대로 전쟁터를 방불케 하였다. 잠시 후 상황은 종료되었고, 김 과장은 무전기를 통해 교신했다. "빅터 완! 여기는 시에라 완!" "시에라 완! 여기는 빅터 완!" "빅터 완! 벙커 파괴 오퍼레이션 종료 오버!" "시에라 완! 감 잡았다. 오버!"

46

영국 로이터통신의 린다 특파원은 최근에 한국의 문교부장관이 사임하고 한국의 대통령과 가톨릭 추기경의 회담이 무의미하게 끝나면서 한국의 국내 정세가 심상치 않게 흐르고 있음에 주목하였다. 지난번 K 대학교의 학생회 리더의 한 명인 미스터 장과의 인터뷰 내용을 다룬 자신의 기사가 유럽의 매스미디어 관계자들로부터 좋은 평판을 받은 것에 고무되어, 이번에는 한국의 주요 대학들의 반정부 시위 현장을 밀착 취재하기로 결정하였다. 그 첫 번째 일정으로 한국의 대학교 학생 시위의 가장 치열한 현장인 K 대학교를 취재하기 위해 K 대학교 학생회장과 오후 6시에 면담하기로 약속하였다. 린다 특파원은 K 대학교 학생회장과의 취재 면담 이전에 K 대학교의 이모저모를 살펴볼 계획으로 4시경에 K 대학교 인근에 도착했다. 더 이상 차가 진행할 수 없어서 도로 주변 적당한 곳에 주차한 후 취재 장비를 들쳐 메고 K 대학교 정문 방향으로 걷기 시작하였다. 정문에 가까워지자 시위대와 전투경찰의 공방전이 치열하였는데 마침 학생 수십 명이 돌과 화염병을 투척하며 기세를 올리고 있는 중이어서 전투경찰들이 한 걸음 한 걸음 후퇴하고 있었다.

린다 특파원은 그 혼잡한 아수라장을 이리저리 피해서 학교 정문 안으로 들어섰다. 학생회관 쪽으로 방향을 잡아 걸어가는 도중에 도서관 앞에서 수십 명의 학생들과 특수부대 병력으로 보이는 대규모 병력이 집단 난투극을 벌이는 목격하게 되었다. 린다 특파원은 즉시 비디오카메라를 꺼내 전혀 예상치 않았던 생생한 현장을 찍을 수 있었는데 혹시나 진압 병력에 의해 비디오카메라가 압수되는 상황에 대비해 정원 안으로 들어가 큰 소나무에 몸을 은폐하고 도서관 앞에서 벌어지고 있는 상황을 클로즈업해서 촬영하였다. 전투는 불과 7~8분 만에 잠잠해졌는데 워낙 수적으로 우세한 진압 병력이 학생들을 순식간에 제압하였기 때문이다.

린다 특파원은 도서관에서 일단의 학생들이 끌려 나와 검정 닭장차에 마구마구 실리는 모습을 포착하여 차분하게 촬영하였다. 린다 특파원은 비디오카메라를 조작하며 영상을 찍는 도중에 얼굴이 낯익은 사람이 보인다 싶었다. 클로즈업시켜 자세히 보니 전에 인터뷰하였던 미스터 장이었고, 함부로 다루어지며 검정 닭장차에 던져지는 것을 목격하며 촬영까지 다 마쳤다. 도서관 앞에서의 모든 상황이 종료되고 닭장차는 학교를 빠져나갔는데 도서관 앞에서 망연자실 넋이 빠진 듯 주저앉아 있는 여학생 두 명을 발견하고 그 두 명의 여학생을 카메라에 클로즈업하여 포착하였다. 린다 특파원은 촬영을 다 마친 후 장비를 가방에 챙겨 넣으며 "휴우!"라고 깊은 한숨을 내쉬며, "Goddamn! Dictator! (저주스런 독재자!)라고 중얼거리며 학생회관 쪽으로 올라갔다.

47

닭장차에 욱여넣어진 김성식은 "휴우, 이렇게 되려고 매일 뭔가에 쫓기는 기분이 들었었구나! 우리 윤슬이도 누군가에 쫓기는 것 같은 느낌이 들어서 불안하다고 했었는데, 나는 끌려가더라도 우리 윤슬은 안전해야 할 텐데! 아이고! 이걸 어쩌지!"라며 땅이 꺼질 듯 한숨을 쉬었다. 그렇게 걱정만 하고 있는데 갑자기 차의 움직임이 급해지더니 곧바로 다른 사람들이 차 안으로 욱여넣어지고 있었다. 모두들 아는 얼굴들이고 '원어 소설 독서 토론 클럽' 회원들이 무더기로 짐짝처럼 던져지고 있었다. 장우식 회장과 박삼식 총무까지 회원들 모두를 차에 그득하게 실은 뒤에야 차는 움직이기 시작하였다.

답답하게 밀착한 상황에서 장우식 회장이 목소리를 높여 "여러분! '원어 소설 독서 토론 클럽' 회원 여러분! 저도 무척 놀라고 당황스러워서 제정신이 아닙니다마는 호랑이에 물려가도 정신을 차려야 한다고 합니다. 어쩌면 우리들 모두 단체로 최전방 훈련소로 갈 것 같은 생각이 듭니다. 제가 얼마 전에 단 하루 그런 훈련을 받은 적이 있었는데 절대 조교들이나 훈련 교관에게 대들지 마세요! 대들면 몽둥이찜질 당하니까 그저 시키는 대로 하는 척하시면 됩니다. 안전하게 버티면서 시간을 끌다 보면 결국 우리가 이깁니다. 절대로 다치시면 안 됩니다. '원어 소설 독서 토론 클럽' 회원 모두는 함께하고 단결해야 합니다! 여러분! 파이팅!"이라며 회원들을 안심시키고 격려하며 굳건한 단결을 강조하였다. 회원들 모두는 "와아! 회장님! 파이팅! '원어 소설 독서 토론 클럽' 파이팅!"이라고 환호하며 서로 격려하고 의지하였다.

48

　J 무역주식회사 김 부장은 나날이 심각해지고 있는 불안정한 정국 때문에 심기가 편안한 날이 없었다. 더구나 최근 대규모 작전으로 K 대학교에서 수십 명의 학생을 전방 부대에 보낸 사건 이후로는 하루하루가 더욱 힘들었다. VIP의 비서실과 경호실 등에서 수시로 전화가 걸려왔는데, "도대체 무슨 일을 이렇게 합니까?"라는 전화였다. 이번에 끌려간 학생들 대부분이 고위급 관료들의 자제들이거나 정부에 크게 협조하는 기업주의 자제들이었기 때문이다. 이른바 우리 편들을 잘못 건드린 결과가 되었기 때문에 입장이 무척 난처하게 되었다.

　그런 데다가 이 권력의 감시 기능과 억압 정책이 학생들의 반정부 시위를 이길 수 없다는 생각에 김 부장은 더욱 고심할 수밖에 없었다. 대체 우리나라 어느 대학생이 빨갱이란 말인가? 『학생들의 말』이란 소책자에 실린 글들은 모두 다 사실에 기반하고 있다. 그렇기에 학생들에게 "왜 이런 글을 썼지요?"라고 물었을 때, 학생들이 "네! 모두 일어난 사실을 그대로 묘사했는데 무슨 문제가 있을까요?"라고 반문한다면 대답할 수 있는 말이 막연했다. 그래서 할 수 있는 일이 매질하고 겁박하고 고문하여 빨갱이로 매도하는 것뿐이었다. 이런 억지 정책은 더 이상 이 나라의 학생들에게 통하지 않았다. 이제 20만 명 이상의 대학생들이 매년 대학교에 들어왔다.

　'이 대학생들의 논리를 이길 방법이 있을까? 아니야! 더 이상 이런 식으로는 안 돼! 이 모든 문제는 그놈들 때문이야! 나라를 이 꼴로 만든 그놈들! 그놈들이 VIP 곁에 있는 동안은 이런 일이 반복된다.'라고 결론지은 김 부장은 한숨을 푹 쉬었다. 김 부장은 "VIP와 담판을 지어야 해! VIP 주변에 있는 쓰레기 두 놈을 제거하고 이 정국을 획기적으로 안정화할 수 있는 새로운 돌파구를 찾지 않으면 도저히 감당할 수 없어!"라며 결심한 듯 주먹을 불끈 쥐었다. 김 부장은 "VIP와 대화해서 협의가 안 되면 이 두 놈을 없애야 해!"라며 권총을 뽑아 목표물을 겨냥하는 시늉을 여러 번 반복하였다.

바로 이때 비서로부터 연락이 왔다. "부장님! 영국대사관 무관으로부터 긴급 전화입니다." "아! 알았어! 연결해!" "네! 부장님! 연결했습니다." "아! 여보세요!" "충성! 영국대사관의 김 참사관입니다. 긴급히 보고드릴 게 있습니다." "아! 보고하세요!" "오늘 영국 일간신문에 '한국 서울의 K 대학교에서의 전쟁'이란 제목으로 한국의 반정부 시위 현장이 대서특필되었습니다. 그 기사 내역 모두 팩시밀리로 전송했습니다. 상황이 좋아 보이질 않아서 걱정이 너무 많이 됩니다. 부장님!"라고 김 참사관이 보고했다. 김 부장은 "알았어요! 수고 많았고 앞으로 계속 상황 잘 살펴보세요!"라며 수화기를 내려놓으며 깊은 한숨을 쉬었다. 비서가 챙겨온 영국 일간신문에 보도된 내용을 살펴보는 김 부장의 얼굴은 분노로 일그러졌다. 김 부장은 "아니? 이 사람들이 일을 어떻게 했나? 도대체 이 사진들은 다 뭐고? 참말로 꼭지가 돌겠네!"라며 인터폰을 들어 "국내1과장 바로 올라오라고 해!"라고 질러댔는데, "네! 부장님!"이라고 비서가 말하는 소리가 다 끝나기도 전에 폭발하는 분노를 이기지 못하고 인터폰을 빠개질 정도로 난폭하게 내던졌다.

비서는 곧바로 국내1과로 전화를 걸었다. "충성! 국내1과입니다!" "네, 여기 부장님 비서실입니다! 부장님께서 김 과장님 즉시 올라오라 하십니다!" "네에? 부장님께서요? 알겠습니다. 과장님께 전달하겠습니다." 전화 내용을 김 과장에게 전달하기 위해 과장실을 노크하고 들어간 직원은 김 과장의 모습에 놀라 걱정스러운 표정으로, "과장님! 부장님께서 올라오시라는데 괜찮겠습니까?"라고 물었다. 김 과장은 혀가 많이 꼬부라진 소리로 "뭐? 부장 놈이 날 또 오라고 한다고? 오늘 아침에도 다른 선배 과장 놈한테 엄청 깨졌다고 말하지 그랬냐? 씨팔! 그래, 좋다! 가자! 부장 놈한테! 죽이기야 하겠냐?" 이렇게 호기를 부리며 나서는 김 과장은 맞아서 다리를 절뚝거리기도 했고 또 술에 취해 비틀거리기도 했다. 아침부터 선배 최 과장한테 조인트를 여러 번 차인 김 과장은 분을 못 이겨 위스키를 병나발 불었고 지금 그 꼴은 대(大) J 무역주식회사 국내1과장의 본연의 모습이 아니었다. 김 과장이 비틀거리며 움직일 때마다 그의 거친 호흡에서 썩은 위스키 냄새가 진동하였다. 독재정권의 치부에서 나오는 지독한 냄새였다.

49

최윤슬과 박희수는 '원어 소설 독서 토론 클럽' 회원이 모조리 붙들려 간 이후 거의 며칠 동안 넋이 나간 상태에 빠져있었다. 특히 최윤슬은 동아리 회원들 모두 붙들려 간 것도 아쉬운데 먼저 모임에서 빠져나갔던 김성식마저 붙잡혀 들어갔다는 소식에 망연자실하였다. 최윤슬과 박희수는 악에 받친 듯 며칠 동안 시위의 선봉에 나서기도 했었다. 그렇게 정신없이 지내던 어느 날 자신들이 응시하였던 교사 임용고시 합격자 발표일이 다가왔다. 최윤슬과 박희수는 자신들의 이름이 나란히 합격자 명단에 들어 있음을 확인하고 모처럼 차분하고 이성적인 시간을 가질 수 있었다. 박희수가 "야! '원어 소설 독서 토론 클럽' 회원들이 끌려갔고 성식 씨가 끌려갔어도 그 사람들 죽을 데로 간 것도 아니잖아? 언젠가 가야 할 군대 조금 빨리 간 것이니까, '어차피 맞을 매 미리 맞게 되었다.'라고 생각하면 되지 않을까?" 라고 말하며 윤슬의 눈치를 살폈다.

최윤슬은 "그렇게 편하게 생각하면 그렇기는 하지만 어찌 사람들의 생활 터전을 순식간에 그렇게 뿌리째 옮겨놓는 야만 행위가 우리나라에서 그것도 나와 나의 가장 친한 친구들에게 행해졌다는 것이 너무 슬퍼! 우리 엄마에게 이 사건 사실 그대로 말씀드렸더니, 우리 엄마도 너무 슬퍼하시며 밤새 잠 못 이루셨어! 우리 엄마와 아빠 두 분 사이가 별로 안 좋으신데 엄마가 자존심 숙여가며 아빠에게 애원하듯 성식이 바로 꺼내 달라고 부탁하셨어! 그런데 성식 씨가 같이 붙들려 간 '원어 소설 독서 토론 클럽' 회원들 전원과 함께, 지금까지 전방으로 끌려가서 최전방 소총수로 배치받은 다른 대학생 선배들과 똑같은 대우를 해달라고 하면서 우리 아빠가 좋은 부대로 빼돌리려는 제안을 거절하였대!"라고 말하며 훌쩍거리며 울었다.

　박희수는 최윤슬을 포옹하며 말했다. "윤슬아! 울지 마! 성식 씨와 동료들은 자신들이 나라의 민주화를 위해 한 걸음했다는 자부심을 가지고 있을 텐데, 그것을 백그라운드를 이용해 빼돌리려는 시도를 거부하는 것은 당연하다고 봐! 성식 씨뿐 아니라 거기 있는 모두의 가족들은 자신들의 백그라운드를 동원해서 최선의 길을 모색했을 거야! 그런데도 이러한 불의의 타협을 한사코 거절하며 지금까지 모든 대학생이 당했던 만행을 자신들도 영광스럽게 받아들이겠다는 것이잖아! 결국 내 편 네 편의 편 가르기 논리가 깨지며 부메랑 현상이 왔다고 할까?"

　"그래! 성식 씨와 그 일행들은 고생은 조금 더 할지라도 자신들의 정정당당함을 훼손당하고 싶지 않았음이 분명해!"라고 윤슬이 말하자, 희수 역시 "그래! 맞아!"라고 호응했다. 그리고 "나도 개야소야도에서 한 보름 지내면서 많이 깨닫고 터득했어! 거기 도착한 지 3일 동안 정렬 씨는 나한테 얼씬도 하지 않았어! 그래서 서러워서 눈물까지 흘렸던 것 같은데! 어느 날 불쑥 정렬 씨가 찾아왔어! 찾아와서 하는 말이, 파출소 소장 형님하고 할 일이 남아있는데, 잠시 인사만 하고 오겠다고 허락받고 찾아왔다는 거야! 너무 기가 막혔지만 내 나름 정렬 씨 형편을 곰곰 생각할 수밖에 없더라고! 그래서 차분히 생각해 보니 정렬 씨는 자신이나 가족들이 또다시 수사의 대상이 되는 상황을 원천 봉쇄하기 위해 늘 파출소장의 곁에서 움직이는 것이었어! 그렇게 함으로써 그 사람들에게 또 다른 어떠한 빌미도 주지 않으려는 고등수학 같은 것이었어! 그 이후 수시로 짧은 순간순간의 데이트로 만족하며 한 보름 지내다 왔어! 그런데 말이다. 이렇게 정렬 씨가 아무 죄도 없이 박해받는 것이 나 자신이 박해받는 것처럼 어느 날부터 느껴지기 시작했어. 난 결심했어! 교사 임용증 가지고 그곳으로 가서 섬마을 아이들 가르치고 보살피고 그리고 정렬 씨도 성공시키겠어! 내 생애 길지는 않지만 이렇게 순수하고 편안한 마음으로 지내는 건 지금의 요 몇 개월이 전부야! 나는 너무 행복해! 나는 개야소야도로 갈 거야!"라며 가슴에 손을 얹고 꿈꾸듯 말했다.

윤슬은 희수를 껴안으며 물었다. "희수야! 축하한다! 너 드디어 정렬 씨를 네 걸로 만들었구나! 그렇지?" "그래! 너도 그렇지?"라고 희수가 반문했다. "응! 나도 너무 좋아! 내가 꿈꾸던 내 스타일의 남자를 스스로 택했잖아! 아! 그놈이 보고 싶다!"라며 윤슬은 가슴에 손을 얹었다. 희수는 윤슬을 대견한 듯 바라보더니, "크크, 그래! 너와 나는 그래서 오랜 단짝인가 봐! 우리는 내 스타일의 남자를 우리가 직접 선택한 것 맞지? 난 정렬 씨의 야성미도 좋고 그리고 무엇보다도 도전정신이 너무 좋아! 그 섬사람들 얼핏 보기에는 고생스럽고 불행하게 사는 것 같지만 얼굴에는 항상 웃음꽃이 피어있고 근심 걱정이 없어 보여 너무 좋아! 우리 아빠가 권력자의 눈치 보며 전전긍긍하며 조바심 내며 사는 모습 나는 너무 싫었어! 우리 엄마도 생활은 여유가 있었는지 모르겠지만 아빠와의 결혼생활이 결코 행복하진 않았다면서 나보고는 그저 평범한 남자 만나서 욕심부리지 말고 오손도손 살기를 바란다고 말씀하셨어! 나는 정렬 씨와 함께하며 섬마을 애들 가르치며 틈나는 대로 정렬 씨 도와줄 거야! 그리고 그 집안의 명예를 회복시키고 보상도 확실하게 받아낼 거야! 나는 그곳으로 간다!"라고 자신의 결심을 다시 한번 분명하고 단호하게 말했다.

윤슬은 희수의 앙다문 입술을 보며 "그래! 희수야! 좋은 생각이다. 나도 권력자의 주변에 맴도는 우리 아빠의 생활이 너무 싫어! 이게 무슨 꼴이냐? 나라 운영을 순리대로 해야지! 나라를 이렇게 억지로 운영해서 될 일이냐? 이런 억지 놀음에 혹시나 권력의 끈을 놓칠세라 동조하고 아부하고 꼭두각시처럼 하루하루를 초조하게 지내는 우리 아빠가 너무 불쌍해! 다 때려치우고 엄마랑 화목하게 사시는 것 너무 보고 싶어! 결국, 울 아빠나 너네 아빠나 자기 자식들에게 못 할 일 하며 사는 꼴이잖아? 나는 그렇게 살지는 않을 거야! 나도 너처럼 성식 씨 안정될 때까지 성식 씨 모교에서 교편생활 할 작정이야! 성식 씨 공부 마치면 같이 교편생활 하면서 평생 오글거리며 살고 싶어! 그래! 나도 그곳으로 간다! 우리 같이 가자!" 윤슬과 희수는 서로를 포옹하며 단짝을 격려하고 또 용기를 북돋아 주었다.

50

육군 제9787부대 신병교육대 연병장에는 새로 끌려와 입소한 훈련병들의 함성이 하늘을 찌를 듯하였다. 그동안의 장정들과는 달리 이번에 들어온 장정들은 같은 대학에서 같이 공부하던 이들이 한꺼번에 같이 입소했기 때문에 특이한 부분이 많았다. 대개 훈련병들은 항상 교관이나 조교의 눈치를 살피면서 요령을 피우려 했지만, 이번 훈련병들은 언제나 솔선수범이었으며 자발적이었고 힘들어도 힘든 내색을 하는 법이 없었다. 특히 동료들과의 친밀성으로 인해 서로를 배려하는 특이한 집단이었다. 처음 3일간 아주 힘든 훈련이 진행되었음에도 누구 하나 불평불만 없이 잘 적응하였으므로 교관이나 조교들이 오히려 어리둥절했을 정도였다.

그런데 훈련 2일째부터 상부로부터 수시로 이 교육대 지휘부에 전화가 걸려 오기 시작했다. 대부분 누구누구 훈련병에 대한 배려와 편안한 보직에 관한 청탁이었다. 그런 전화가 오기 시작하면서부터 기간병들이 훈련병을 대하는 대우가 점차 달라지기 시작했다. 약간 훈련을 진행하다가 10분간 휴식을 주어 모든 병사가 잠시 휴식하는 시간을 가졌는데 그 10분간 휴식이 30분이 넘기도 하였고, 간간이 장기자랑을 하며 오락 시간을 가지기도 하였다. 이런 상황은 지옥 훈련으로 악명 높은 이 신병교육대로서는 다소간 이례적인 현상이었다.

'원어 소설 독서 토론 클럽' 회원은 대부분 1중대 1소대에 편성되어 있었고, 지금은 휴식 시간이어서 담배를 피우거나 서너 명씩 모여서 잡담을 나누고 있었다. 박수일이 김성식에게 "야! 성식아! 얘네들 왜 갑자기 우리를 풀어주고 있지? 한 삼 일 빡세게 조져대더니 너무 미안했었나? 크크."라고 말하며 웃었다. 성식은 "그러게! 우리가 너무 솔선수범하니까 감동했나 봐!"라고 맞장구쳤다. 박삼식 총무가 "얘들아! 그건 말이다. 우리 꼰대들이 밖에서 움직이기 때문에 그런 거야! 이 사람들 힘 있는 사람들 앞에서는 설설 기거든! 크크."라며 낄낄댔다.

　이렇게 담소하고 있을 때 스피커를 통해, "전달합니다. 훈련병 김성식은 조교와 함께 대대본부로 구보 보고한다! 전달 끝!"이라는 전달이 들렸다. 김성식은 "응? 나? 나를 왜? 대대장님이?"라며 엉거주춤하고 있는데 조교가 나서며, "김성식 훈병 복장 챙기고 구보 실시!"라고 명했다. 성식은 조교와 함께 구보로 대대장실에 들어가 나란히 서서 "병장 김병호, 훈병 김성식, 대대장님 부르심 받아 신고합니다!"라고 보고하였다. "아! 그래, 어서 와! 김성식 훈병! 고생 많지?" "훈병 김성식! 아닙니다!"라고 김성식이 씩씩하고 시원스럽게 대답하였다. "아! 좋아! 조금만 기다려 봐! 조금 전에 J 무역주식회사 최 과장님께서 전화하셨어요! 10분 후에 다시 전화하신다고 하셨으니 곧 전화가 올 거야! 앞으로 잘 챙겨줄 테니까 잘 부탁해!"라고 김성식에게 대대장이 미소 지으며 부탁하였다. 김성식이 "네에? 뭘 저한테 부탁하신다는 건가요?"라며 어리둥절해하자, "아! 최 과장님께 우리 부대 좋게 이야기해 달라고, 부탁이야!"라며 비굴한 미소를 지었다.

　성식이 "아! 네! 잘은 모르지만 아무튼….".라고 머쓱해할 때 전화벨이 울렸다. "통신 보안! 교육대대장 대령 정찬열!"이라고 대대장이 훈련병보다 더 씩씩하게 전화에 응답하였다. 대대장은 "네! 알겠습니다. 충성!"이라며 수화기를 성식에게 넘겼다. 성식이 수화기를 넘겨받은 후 "충성! 훈병 김성식!"이라고 응답하자, "하하하! 훈병 김성식 군인가? 반갑네! 나 최윤슬이 아빠일세! 윤슬 엄마가 자네 좀 잘 보살펴 달라고 얼마나 절절하게 부탁하던지! 이참에 자네 덕에 내가 아내에게 점수 좀 따야겠네! 자네 이왕에 군대 가게 됐으니 내가 책임지고 자네 군대 마칠 때까지 책이나 보다가 군대 마치도록 해 주겠네! 알겠지?" "아닙니다! 저는 다른 대학생들과 똑같이 최전방 DMZ 근무 소총수를 지원합니다!"라고 김성식은 씩씩하게 대답하였다. "아! 김성식 훈병! 내 말대로 해! 내가 대대장한테 얘기해 뒀으니까 인사 문제는 걱정 말고 공부나 잘하면서 군대 마치라고! 내가 언제 시간 내서 윤슬이 데리고 자네 근무지 한번 찾아갈지도 몰라! 그럼 수고하고! 대대장 좀 바꿔줘!"라고 말했다. "네! 알겠습니다!"라며 성식은 수화기를 대대장에게 넘겼다. "네! 네! 알겠습니다! 네! 자제분은 제가 특별히 잘 모실 거구요! 다음에 직접 뵙고 정감 있는 말씀 나눌 기회 주시면 감사하겠습니다! 네! 네!"라며 대대장은 조아리느라 정신이 없어서 졸병들이 옆에 있는 것도 망각하고 비굴함의 끝판을 보였다.

 대대장은 전화를 끊은 후에도 한참 동안 정신을 못 차리더니 김성식에게 "김성식 훈병! 앞으로 훈련 기간 동안 불편 사항 있으면 즉시 대대장에게 건의해 주면 고맙겠고, 그럼 소대로 원위치!"라고 명했다. 김성식이 소대로 돌아오자 모두들 걱정스러운 얼굴로 성식을 주시했는데 성식은 "여러분의 애로사항은 모두 대대장님께서 들어주시겠답니다. 뭐든지 불편하시면 제가 여기 조교님께 말씀드리겠습니다. '원어 소설 독서 토론 클럽' 파이팅!"이라고 외쳤다. "파이팅!"이라고 소대원 모두는 화답하며 환성을 질렀다. 이런 식의 민원이 이 신병교육대에 끊임없이 들어왔다. 이렇게 많은 민원이 들어온 이후 이 부대의 훈련은 주로 정훈교육과 시청각 교육 등이 주를 이루게 되었는데, 정훈교육은 주로 특기 자랑, 장기자랑 시간이었고 시청각 교육은 영화를 감상하는 시간이 많았다. 매일 특식이 보급되었고 PX에는 막걸리가 몇 말씩 들어왔다. 더구나 그동안 금지되었던 가족과의 서신 교류가 허용되었다. 장우식, 박삼식, 박수일, 김성식 등은 모이기만 하면, "군대는 그저 줄만 잘 서면 3년 편안히 간다고 하던데! 우리가 그럴라나?"라며 즐거워했다. 그러나 이들 모두가 한결같고 똑같이 "우리는 최전방 철책선 소총수를 1순위로 지원하겠다. 그리고 2순위도 최전방 철책선 소총수, 또 3순위에도 최전방 DMZ 철책선 소총수를 지원한다. 지금까지 붙들려 끌려와 자원입대 형식을 밟아 군 생활을 하게 된 선배 대학생들이 간 길을 그대로 따라가겠다!"라고 끝까지 고집했다.

51

J 무역주식회사 부장실에 비틀거리며 들어온 국내1과 김 과장은 부장에게 "충성! 부장니임! 찾으셨습니까?"라고 인사하긴 했지만, 몸을 제대로 가누지도 못했다. 김 부장은 확 풍겨오는 술 냄새와 김 과장의 흐트러진 모습을 보고 한심하고 기가 찬 듯 "김 과장! 혈색 좋네! 대낮부터…."라고 말하는데, 김 과장이 말을 낚아채듯 끼

어들었다. "대낮부터 웬일이냐고요? 죄송함다. 빠지게 고생하고 저한테 돌아온 건 조인트라! 속이 문드러질 것 같아서 병나발 불었습니다. 죄송함다!" "그래! 알았어! 누구한테 그렇게 깨졌어? 아침부터?" "최 과장님이 들어오셔서 프랑스 박 참사관님이 보내준 사진 보여주시며 부들부들하시면서 절 마구 조져댔습니다." "혹시 이 여학생이 최 과장 딸인가? 그리고 이 학생이 박 참사관 딸이고?"라며 영국에서 조금 전에 보내온 사진들을 보여주었다. "네! 맞습니다! 하지만 저도 잘 몰랐었습니다. 오늘 아침에야 알았습니다. 제가 알았더라면 어찌 대선배이신 최 과장님의 딸을 건드렸겠습니까? 죄송함다!" "캬아! 이럴 수가!"라며 부장도 한숨을 푹 쉬었다. 김 과장은 "부장님! 부장님 권총 꺼내셔서 절 쏴버리세요! 차라리 죽어버리고 싶습니다. 전 더 이상 버틸 힘이 없습니다. 절 죽이시든지 아님 미국이나 유럽 쪽 한국에서 머나먼 곳으로 파견시켜주세요!"라며 부장에게 대들었다. "아! 김 과장! 그만 진정하고! 다음에 술 깬 후에 조용히 얘기하자고! 가 봐요! 김 과장!"이라며 부장은 김 과장을 타일렀다. 김 부장은 김 과장이 나간 후 "휴우!" 한숨을 깊게 내쉬었다. "제길, 빨갱이 잡아들인다고 결국은 내 새끼들 다 잡아들였잖아? 휴우! 이게 무슨 꼴이고?" 김 부장은 권총을 꺼내 목표물을 겨냥하는 시늉을 하며 소리쳤다. "이 꼬락서니가 다 뭐꼬? 이 사달이 다 그 두 놈 때문이야!"라며 권총을 격발하는 시늉을 하며 분노를 폭발시켰다.

52

박희수는 개야소야도 국민학교에 교사 임용을 지원하였고, 교사가 부족한 개야소야도 국민학교에서는 며칠 만에 임용을 결정하고 박희수를 교사로 초빙하였다. 박희수는 간략하게 짐을 꾸려 부임길에 올랐고, 장항선 열차를 이용한 후 장항, 군산 간을 오가는 정기 여객선을 이용해 군산 도선장에 도착하였다. 박희수가 배에서 내리자 기다리고 있던 김정렬이 활짝 웃으며 희수를 맞이하였다. 정렬은 "희수 씨, 저쪽으로 가시죠!"라며 희수를 안내했다. 도선장 오른쪽 개야소야도를 포함한 고군산열도행 선착장 앞에 수십 명이 모여서 "K 대학교 법과대학 출신 최고 미녀 선생님 개야소야도 국민학교 취임 환영!"이라고 쓴 현수막을 들고 "박희수 선생님 환영해요!"라고 연호하고 있었다. 개야소야도 국민학교 6학년생 10명과 파출소장, 이장 등 개야소야도 유지급 인사들이 총출동하여 박희수 선생을 환영하러 군산까지 마중을 나온 것이다.

박희수는 황송하게도 군산까지 환영을 나온 모든 분에게 각별하고 깍듯하게 인사를 드린 후 배에 올랐다. 배에 오른 후, 개야소야도 최고 기관장인 파출소장이 박희수에게 깍듯이 인사를 청하였다. "안녕하세요! 선생님! 김정렬 아우한테 말씀은 많이 들었습니다. 개야소야도 파출소장 김 경사입니다. 앞으로 마을의 발전을 위해 선생님께서 크게 기여해 주실 거라고 우리 주민들 모두는 크게 기대하고 있습니다! 잘 부탁드립니다." 희수는 "어머! 소장님! 감사합니다. 저는 아무것도 모르지만, 우리 마을을 위해 열심히 해보겠습니다."라고 당차게 이야기했다. 박희수는 '소외되고 핍박받는 이 섬을 위해 자신이 어떤 일부터 할까?'라는 생각을 깊게 하고 있었는데, 부웅부웅 뱃고동이 울리며 배가 개야소야도 선착장에 도착하였다. 선착장에는 개야소야도 국민학교 교사들과 학생들 그리고 마을 주민이 모두 집결하여 "박희수 선생님!" "박희수 선생님!"을 연호하고 있었다. 박희수는 선착장에 내려 운집해 있는 모든 개야소야도 사람에게 엎드려 큰절을 올렸다. 박희수는 큰절을 올린 이후, "이렇게 열렬히 환영해 주셔서 감사합니다. 개야소야도 국민학교와 그리고 이 섬의 발전을 위해 미약하지만 제 힘을 다하겠습니다! 환영해 주셔서 감사합니다!"라고 명랑하고 활달하고 씩씩한 목소리로 말했다.

53

최윤슬은 김성식의 모교인 사학재단법인 군산북서중학교에 이력서를 제출하고 면접까지 마친 지 7일 만에 교사 임용 소식을 이사장으로부터 직접 전화로 통보받았다. 이사장과 전화 통화를 마친 윤슬은 "음! 우리 멋진 성식 씨 모교에서 선생 노릇을 할 수 있게 되었네! 크크크. 그곳에 가면 쌍코피와 짬뽕 국물 같은 녀석들이 즐비하겠지? 생각만 해도 재미있다. 짬뽕 국물이 우는 바람에 싸움에서 졌다고? 크크!"라며 히죽대며 좋아했다. 그때 아주머니가 편지를 전해주며 "아가씨! 님으로부터 소식이 왔네요! 오늘은 아가씨의 날이에요!"라며 기뻐하였다. 윤슬은 "어? 이 나쁜 놈의 편지네! 이럴 수가!" 라며 너무 기뻐서 손까지 덜덜 떨면서 편지를 개봉하였다.

사랑하는 내 님, 윤슬 씨!

지난 며칠 동안의 힘들고 불안하고 불확실한 상황이 정리되고 이제 안정적인 생활을 할 수 있게 되었어요! 며칠 전에는 아버님께서 손수 부대에 전화하시고 저를 격려해 주셨어요. 저는 아버님 전화에 많이 놀랐지만 아버님께서 가족과 같이 대해주시고 격려해 주셔서 이 세상 모든 것을 다 얻은 것처럼 크게 기뻤고 훨훨 나는 기분이었습니다. 어머님에 이어 아버님의 지지를 획득한 것이 너무 기뻤습니다. 저는 갑작스럽게 군인이 되었지만 불과 십여 일 만에 군대에 완전히 적응한 것 같아서 어쩌면 제가 군대 체질이 아닌가 하는 생각이 들 정도예요. 이왕 군대에 왔으니 우리 동기들 아니 전우들과 함께 씩씩하게 최전방 잘 지키며 나라에 이바지하고, 군 생활 잘 마친 후 건강하고 당당한 모습으로 나의 윤슬 씨 앞에 서겠습니다.

윤슬 씨 사랑합니다! 그리고 또 보고 싶습니다!

성식 올림

윤슬은 성식의 편지를 수십 차례 반복해 읽으면서, "아하! 우리 아빠께서 전화하셨고, 아빠의 지지를 획득하셨구나! 나의 멋진 님! 아이고, 좋아라! 이제 적어도 우리 집에는 걸림돌이 없는데, 군산에 계신 우리 아버님, 어머님께 어찌 말씀을 드리고 인사드리지? 검이불루, 화이불치 어쩌고저쩌고 그리고 초지일관 어쩌고저쩌고 하시는 분들이, '야! 성식아! 네가 뭐가 부족해서 23살이나 먹은 노처녀를 데려왔냐?'라고 하시면 어쩌지?"라며 이 생각 저 생각 상상의 나래를 펴며 히죽거렸다. "크크! 뭐어? 군대 체질? 그러면 나 윤슬은 날마다 독수공방이네! 크크!"라며 또 히죽거렸다. 이렇게 히죽대며 거실을 서성거리는 윤슬을 보다 못한 아주머니가 "아! 아가씨! 그렇게 좋아요? 너무 티 나게 좋아하시는 것 아녜요?"라고 한마디 했다. 윤슬은 "네! 아줌마! 오늘은 진짜 저의 날이에요! 오늘은 너무너무 행복해요."라며 가슴에 손을 얹으며 벅찬 기쁨을 누렸다. 이렇게 한 시간 이상을 키득댄 윤슬은 마음을 가다듬어 성식에게 답장을 쓰기 시작했다.

　　사랑하는 나의 멋진 님!
　　아쉬움도 많았고 걱정도 많이 했었지만 불과 십여 일 만에 안정을 되찾았다고 하시니 얼마나 마음이 편안하고 좋은지 모르겠어요. 언제 가서도 가야 할 군대이니 서둘러서 군 생활 마치는 것도 좋은 방법이고 길일 거라고 생각하며 스스로 위안하니 오히려 전화위복이 되었다는 생각이 드네요.
　　나는 성식 씨의 모교인 군산북서중학교에 이력서를 제출하고 면접을 마친 후 소식을 기다리고 있었는데 오늘 성식 씨 편지 도착하기 30분 전에 이사장님으로부터 임용되었다는 전화를 받았어요. 그래서 너무 기뻐하고 있었는데 성식 씨 편지를 받았고 성식 씨로부터 여러 가지 좋은 소식을 들었어요. 그 소식 중 가장 좋은 것이 우리 아빠와 통화하셨고 격려도 받았고 그리고 아빠의 지지를 얻었다는 거예요. 성식 씨 축하해요! 그래서 저와 성식 씨 간에 걸림돌이 거의 사라졌어요! 제 나이가 23살이나 되었으니 아버님, 어머님께서 어찌 생각하실지 걱정이 조금 되지만 제가 최선을 다해서 아버님, 어머님께 환심을 사겠습니다. 저의 활발한 성격과 추진력을 어쩌면 두 분 다 좋아하실지도 모르잖아요? 크크! 그리고 학교 근무 착실히 하면서 성식 씨 후배들 잘 가르쳐서 성식 씨처럼 멋지고 훌륭한 사람을 만들게요! 그리고 월급 받으면 차곡차곡 모아서 우리 아버님 소 한 마리 사드릴 거예요! 아버님 힘내시라고요! 검이불루, 화이불치 그리고 초지일관하시는 우리 집안 가통 이어받을 준비 확실히 할 거예요! 그리고 성식 씨 정상적으로 군대에 가면 꼭 면회하러 간다고 약속했었는데, 비정상적으로 군대 갔어도 이른 시일 안에 면회 갈게요!

    성식 씨! 너무 보고 싶어요! 그리고 많이 사랑합니다.
    윤슬 올림

편지 쓰기를 마친 윤슬은 넘치는 기쁨을 주체하지 못하고 피아노를 치기 시작했다. 베토벤 작곡 '성식을 위하여'를.

박희수는 김정렬을 쫓아 개야소야도에 내려온 지 20년이 되었다. 그동안 2남 3녀의 어머니가 되었고 이미 불혹의 나이가 된 박희수는, 지난 20년 동안을 회고하는 시간을 잠시 가졌다. 특별하게 한 것은 아무것도 없는 것 같았다. 그저 생각나는 것 있으면 저지르고 밀어붙이며 20년 동안을 바쁘고 또 바쁘게 지낸 기억밖에 없었다.

그동안 전기도 들어오지 않던, 일제강점기 때부터 핍박받으며 소외되었던 이 섬마을에 전기를 끌어들였고, 자신이 부임한 국민학교에서는 자신의 강력한 주장에 의해 선행학습을 시행하여 4학년 이상의 학생들에게 영어를 가르치기 시작했다. 그런 결과 개야소야도국민학교 출신들이 이웃 도시의 상급학교에 진학한 후 좋은 성적을 낼 수 있었고 서울의 일류 대학에도 속속 입학할 수 있었다. 열심히 일하면서 아이들을 양육하였고 2남 3녀의 어머니로서 하루가 48시간이라도 부족할 것만 같은 희수였지만 남편의 사업도 발 벗고 나서서 도우면서 하루하루를 분주하게 살았다. 이제 박희수는 2남 3녀의 어머니이자 지역의 유력한 사업가의 아내이자 개야소야도국민학교의 교장 선생님이 되었다. 일제강점기에는 조센징 독립군들의 소굴이라고 핍박당하였고 군사정권 시절에는 철저하게 빨갱이의 마을로 매도되었던 이 섬마을이 이제 다시는 어느 누구도 핍박할 수 없는 탄탄한 입지를 굳혔다고 생각하였다. 자신이 이 학교에 부임한 이후 많은 학생을 외지의 상급학교에 진학시켰고, 그렇게 공부한 젊은 청년들이 속속 고향에 돌아와 헌신할 수 있는 큰 버팀목이 되었기 때문이다.

박희수는 지난날의 어두웠던 시절을 회상하였다. J 무역주식회사 김 부장의 거사 이후 나라는 크게 소용돌이쳤지만 결국은 나라가 민주화의 길로 가는 실마리가 풀리기 시작하였다. 아프리카 정치 후진국에서 본받아 들여온 체육관 선거의 종식과 함께 누구든지 헌법에 따라 보장되는 삶을 추구할 수 있는 나라가 되었을 즈음, 그간 차근차근 준비하였던 '개야소야도 어민 간첩단 사건'의 재심을 청구하였다. 소송은 힘들었지만 결국 완벽한 승소를 통해 자기 집안과 이 섬마을의 명예를 회복할 수 있었다. 몇백 억의 피해 보상금이 이 섬마을에 들어왔고, 원고의 한 명이었던 자신의 남편 김정렬도 거금 12억 원의 피해 보상금을 받을 수 있었다. 김정렬은 그 돈과 원고 승소 판결문을 받아 들고 할아버지 산소 앞에 자리 잡은 아버지의 산소에 들렀다. 김정렬은 "아버지! 얼마나 억울하셨어요? 제가 빨갱이의 아들로 살던 지난 나날이 그렇게 억울하고 분했는데 너무 늦었지만 그래도 아버지 명예를 회복하였어요! 하나밖에 없는 잘생긴 아들 대학교 보내야 한다며 술, 담배, 노름 다 끊으셨잖아요? 제가 크게 한 잔

올리겠습니다. 아버지 재심에서 무죄받은 것 축하드려요. 다 똑똑한 며느리 덕분이에요. 며느리 칭찬해 주세요! 그리고 이제 편안히 쉬세요! 아버지!"라고 말하며 뜨거운 눈물을 뚝뚝 떨어뜨렸다. 옆에서 이걸 지켜보던 박희수도 뜨거운 눈물을 펑펑 쏟아냈다.

　박희수는 이 섬 개야소야도뿐 아니라 이 나라의 어느 곳에서도 이런 비극은 없어야 한다는 단순한 정의감의 발로에서 시작한 이 일이 결혼과 자신의 직업으로 연결되었고, 그동안 일에 매달리며 고달프게 살았지만 2남 3녀의 다복함을 누리고 있는 자신의 삶이 큰 의미가 있었다고 고개를 끄덕이며 회고의 시간을 마치고 마침내 본연의 바쁜 모습으로 되돌아왔다. 오늘은 남편 김정렬 사장의 공장 준공식이 있는 기쁜 날이다. 그간 군산 해망동에서 운영하던 어류 가공 공장을 크게 넓히는 확장 공사를 진행했었는데 오늘 모든 공정을 마치고 준공식과 함께 개업식을 하는 뜻깊은 날이다. 김정렬은 어려서부터 꿈꾸어오던 가두리 양식 사업에 만족하지 않았고 그 강력한 추진력으로 수확한 생선을 분류 가공하는 사업을 시작하였다. 김정렬은 쥐치는 포를 만들어 수출하였고 박대와 같은 생선을 반건조하여 전국의 도매상에도 보내는 수산업의 큰손이었다. 김정렬은 그간 운영하던 소규모 공장을 넓히고 재건축하여 위생적인 공장으로 발전시켰다. 직원도 100여 명에서 두 배 이상 충원하여 오늘이 바로 확장 개업을 하는 날이었다.

　김정렬은 걸레 북서중이라는 별명을 얻었던 군산북서중학교 출신들이 직업을 구하면 어떤 식으로라도 일자리를 만들어 주려고 노력하였고 약간의 여유가 생길 때마다 지역사회의 발전을 위해 돈을 기부하는 통 큰 사업가가 되었다. 오늘 개업식은 조촐하게 하기로 했지만 군산북서중학교 동창생들이 먹고 마시며 담소할 수 있는 자리를 별도로 만들었다. 시간이 되자 군산뿐 아니라 서울 등지에서 동창들이 운집하기 시작했다. 박수일, 손홍섭, 이대섭, 고충곤 등 정렬의 친구들이 운집하기 시작했지만 아직 김성식은 눈에 보이지 않았다. 조급해진 정렬이 수일에게 "야! 수일아! 성식이는 온다고 했는데 왜 안 오지? 혹시 연락해 봤냐?"라고 물어보았다. 수일이 "성식이! 바빠서 나도 걔 얼굴 1년에 한 번이나 볼까 말까 해!"라고 대답했지만, 정렬은 "그래! 우리들 나이에 안 바쁜 사람이 어디 있나? 그래도 온다고 했는데!"라며 안달했다.

    준공 테이프도 다 끊었고 인사도 다 마친 후 회식 시간이 되었지만, 성식은 나타나지 않았다. 이제 맛깔스럽게 준비한 고급 회와 군산 특산물을 총망라한 회식이 절정이었고, 정렬과 희수는 완공식에 참석한 모든 내빈에게 돌아다니며 친교의 시간을 보내고 있었다. 시간이 흐르자 군산북서중학교 동창생을 제외한 대부분 하객은 연회장을 빠져나갔다. 정렬과 희수는 오늘의 핵심 주빈인 중학교 동창들과 즐거운 시간을 갖기 위해 친구들이 운집해 있는 방으로 들어갔다. 미국 대사관 참사관을 거친 후 벨기에 대사가 되었던 손홍섭, D일보 기자 박수일, 공수부대 출신의 이대섭 등 중학교 때 절친들과 축하의 덕담을 나누며 술잔이 오가고 있을 때 김성식이 어머니 또래의 여성분을 모시고 들어섰다.

친구들 모두는 "김성식이다!"라며 기뻐하였고, 박희수는 성식과 함께 온 분이 최윤슬의 어머니임을 바로 알아채고, "엄마!"라고 소리치며 어머니께 달려갔다. 이렇게 박희수와 최윤슬의 어머니는 20여 년 만에 만나는데도 서로를 알아보고 깊은 포옹을 나누었다. 희수는 "엄마! 미안해요!"라는 말도 다 못 끝내고 엉엉 울기 시작했다. 윤슬 어머니도 소리 없이 울기 시작하였는데, 정렬은 성식과 굳센 악수를 나누며, "성식아! 많이 바쁘다며? 그렇게 바쁜데도 와줘서 고맙고! 잘 왔다!"라며 눈물을 글썽거리기 시작했다. 희수는 한동안 울더니 겨우 정신이 들었는지 성식과 포옹하며 "성식 씨! 잘 왔어요! 보고 싶었어요!"라고 인사했고, 성식은 "아! 네!"라며 무뚝뚝하게 대답했다.

성식은 친구들에게 "얘들아! 늦어서 미안하다. 개야소야도 앞바다의 찬란한 윤슬을 보며 잠시 내 여자 최윤슬을 그리는 시간을 보내느라 늦었으니 너그럽게 용서해 주길 바란다. 오늘 나의 장모님을 모시고 왔으니 모두 인사드려라!"라고 말하며 윤슬 어머니를 소개했다. 친구들은 모두 윤슬 어머니께 "안녕하세요!"라고 인사를 드렸다. 하지만 오랜 기간 외국에서 근무하다 귀국한 손홍섭은 그동안의 사정을 모르는 듯, "성식이 너 언제 결혼했냐?"라며 의아한 표정을 지으며 물었다. 김성식은 손홍섭의 질문을 무시하고 분위기를 바꾸어, "친구 여러분! 오늘 우리 모두는 여기 김정렬 사장의 사업이 승승장구하기를 바라는 마음으로 이곳에 모였습니다. 친구들! 김정렬 사장님께서 이 사업 더욱 발전시켜서 세계적인 기업으로 키울 수 있도록 우리 모두 기 한번 불어넣읍시다! 김정렬을 지금부터 열 번 연호합니다! 김~ 정~ 렬!"이라고 외쳤다.

이러한 김성식의 분위기 전환으로 친구들은 모두 "김~ 정~ 렬!" "김~ 정~ 렬!"을 열 번 연호하며 마음껏 김정렬 사장의 사업이 번창하기를 축하하였다. 김정렬은 친구들의 연호가 끝나기를 기다렸다가 말했다. "친구들! 바쁘실 텐데 이렇게 오서서 축하해줘서 고맙습니다! 제가 오늘 이 공장을 완공할 수 있었음은 여기 있는 제 아내의 헌신적인 뒷받침 덕분입니다. 제 예쁜 아내에게 박수 한번 부탁할까요?" 친구들 모두는 환호성과 휘파람을 불어대며 박수를 보냈다. 박희수는 일어나 활짝 웃으며, "감사합니다!"라고 인사하였다. 정렬은 계속해서 "그리고 제 아내 박희수 교장 선생님은 내 생애 최고의 친구 김성식에 의해 연결되었습니다. 내 친구 김성식 고맙다! 큰 사업체 운영하랴! 공부하랴! 몹시 바쁠 텐데 서울에서 이곳 촌구석까지 달려와 줘서 고맙다! 국내 최대 제화업체인 S 제화의 사장이시고 바쁜 사업 중에도 영어영문학 박사과정을 공부하고 있는 김성식을 다 같이 연호합시다!"라고 제안했다.

친구들 모두는 "김~ 성~ 식!" "김~ 성~ 식!"을 계속 연호했다. 김성식은 자리에서 일어나 밝게 웃으며 힘찬 목소리로, "자! 여기 있는 친구들 모두와 여기 참석하신 모든 분의 건강하고 행복한 삶을 위하여!"라고 건배를 제의하였고, 모두 "위하여!"를 크게 외치며 화답하였다. 이렇게 친구들과 모처럼 만에 가진 연회는 화기애애하고 즐거움이 넘치는 멋진 시간이었다. 시간이 흐르며 거나해진 친구들은 연회장을 빠져나가기 시작하였고 이제 비로소 성식과 장모님 그리고 정렬과 희수만 남았다. 어머니는 희수와 정렬의 손을 잡으며, "희수도 고맙고 듬직한 사위도 고마워요! 내가 이곳에 온 이유는 우리 성식이 좀 부탁하려고 왔어요! 성식은 내 사위이기도 하지만 이제는 내 아들이에요. 글쎄 이제 사십 줄인데 이 나이 먹도록 결혼을 안 하고 있으니 이걸 어떻게 하냐고? 내가 그토록 예쁘고 어린 제자들 디밀었지만 눈 한 번 깜짝하지 않아요! 그래서 희수하고 희수 신랑한테 부탁하러 왔어요! 우리 성식이 짝꿍 하나 만들어서 이제 편하게 살게 해줘요!"라며 거의 울먹이는 목소리로 말했다. 희수가 나서며 "엄마! 우리도 오랜 기간 성식 씨 설득했지만 여의찮았어요! 하지만 최선을 다해 볼게요!"라고 말한 뒤, 성식에게 다가가, "성식 씨! 지금도 윤슬이가 그렇게 보고 싶어?"라며 애달픈 표정으로 성식을 바라보았다.

성식은 "나 안 만났으면 우리 윤슬이 이곳으로 오지 않았을 거고 군산북서중학교에 취직했을 리도 없고 취직 안 했으면 그놈의 신입교사 환영회도 참석하지 않았을 거고 배 타고 개야소야도에 갈 일도 없었어! 다 나 같은 놈을 만났기 때문이야! 나 안 만났으면 윤슬은 나보다 훨씬 좋은 집안의 자제분과 결혼해서 지금쯤 행복하게 살고 있을 거야! 난 윤슬에게 너무 큰 빚을 졌어!"라고 중얼거렸다. 어머니와 희수 그리고 정렬이까지 거의 동시에 "그것이 어째서 성식의 잘못이야?"라고 합창하듯 하였다. 희수가 "뱃놀이 중에 배가 뒤집히는 사고는 우리들 모두가 일상에서 겪을 가능성이 있는 어쩔 수 없는 사고였어! 단지 그날 윤슬이 운이 없었을 뿐이야! 그렇게 따지면 내 잘못

이 더 커! 내가 '개소위' 만들어서 나대지 않았으면 윤슬이 군산으로 오지 않았어! 다 내 잘못이야!"라며 울기 시작하였다.

정렬이 "아니야! 원인 제공자는 바로 나야! 나와 우리 가족이 그렇게 핍박받지 않고 내가 제대로 학교 다녔으면 그런 일이 발생할 수도 없었어!"라며 또 훌쩍거렸다. "아니에요! 모두 다 내 책임이에요! 윤슬이 군산 내려간다고 했을 때 성식이 휴가 나오면 같이 가라고 했었어야 했어요! 선생질하는 게 뭐 그리 급한 일이라고 그렇게 서둘러서 부임할 이유가 없었어요! 성식이 휴가 나왔을 때 같이 군산에 내려와서 어른들께 인사드리고 차분하게 진행하게 했으면 아무 일도 없었을 거예요! 다 내 잘못이에요!"라며 어머니도 울기 시작했다. 모두 훌쩍거리며 한동안 울었다.

한동안 훌쩍거리던 성식이 소매로 눈가를 훔치더니 꿈을 꾸는 듯 조용하고 부드러운 목소리로 "나는 우리 윤슬이 만난 첫날부터 지금 이 순간까지 윤슬이 나를 보며 활짝 웃어주는 것을 상상만 해도 너무 행복했어요! 그리고 짜릿짜릿했어요! 제가 어디 있어도 제 가까운 곳에서 윤슬은 저를 바라보고 응원하며 늘 웃어주고 있기에 전 늘 행복합니다. 그래서 이렇게 열심히 살 수도 있고요! 저는 윤슬을 상상하는 것만으로 지금 현재도 충분히 행복합니다! 너무 걱정 마세요! 언젠가 제가 윤슬에게 진 빚 다 갚았다고 생각되면 그때 결혼도 생각해 볼게요!"라고 환상적인 모습으로 말했다.

어머니가 나서서 "세상에! 우리 윤슬이도 나한테 그랬어요! 성식이 처음 본 그날 밤부터 잠을 설치며 성식이 생각하는 것만으로도 몸이 짜릿짜릿하다고 하면서 행복해했어요! 엄마인 나는 그런 내 딸이 너무 부러웠어요! 우리 딸을 그렇게 행복하도록 사로잡은 성식이가 고마웠고요! 짧은 삶 마치고 하늘나라에 있지만 지금도 내 딸 윤슬은 행복할 거라고 나는 믿어요! 그리고 이런 아름다운 인연이 다 개야소야도가 있었기 때문에 가능했어요! 나는 개야소야도가 너무 좋고 성실하고 순박한 이곳 사람들이 너무 좋습니다. 우리 성식이랑 자주 놀러 오고 싶어요!"라고 얘기하며 우아하게 미소 지었다.

작가의 말

내 친구 채수일 박사는 본인을 만날 때마다 한결같이 "성배는 고등학교 다닐 때 공부도 정말 잘했고 글도 진짜 잘 썼어! 물론 지금 사업도 잘하고 있지만 공부 잘 마치고 글 썼으면 크게 성공했을 거야!"라고 말하고는 했습니다. 본인은 고등학교 시절 까칠하게 놀았고 공부는커녕 늘 땡땡이만 쳤지만, 친한 친구가 늘 그렇게 말하였기 때문에 "내가 그랬었나?"라고 믿기 시작하였고, 영세 자영업자로 살면서도 틈틈이 책을 읽었습니다. 그렇게 지내다 결국 본격적인 만학도가 되었고 문학을 공부하게 되었습니다. 채수일 박사! 변변치 않은 친구를 늘 격려하고 북돋아 주어서 감사합니다.

대학원 시절 본인이 써낸 몇 쪽짜리 글을 살펴보신 지도교수님은 본인의 글을 읽는 일 자체가 "Horror(공포)!"라고 말씀하시며, 본인의 글이 내용이 부실하고 질서가 없음을 꾸짖으셨습니다. 본인은 그런 질책을 받아들이며 조금씩 발전할 수 있었고, 마침내 대학원 수업 삼 년 차 논문 학기 말에 박사학위 논문을 완성할 수 있었습니다. 이때 본인을 지도해 주신 김순식 지도교수님, 김용태 교수님, 이기한 교수님, 정익순 교수님, 박현경 교수님께 깊은 감사를 드립니다. 그리고 그 시절 같이 공부하고 토론하던 동학들에게도 감사드립니다.

내세울 것 없는 자영업자에 불과했던 까칠한 남자를 신랑으로 맞아주고 45년이란 긴 세월을 동고동락하며 헌신해 준 내 아내 덕희! 감사하고 또 사랑합니다. 늘 바쁘다는 핑계로 잘 보살펴 주지도 못했지만 반듯하게 잘 자라준 아들 대윤, 대준에게 고맙고 사랑한다는 말 전하고 싶고, 며느리 정현, 지혜에게 그리고 손자 승현, 준혁, 에녹, 다윗 그리고 손녀 하임, 하나에게도 고맙고 사랑한다는 말 전하고 싶습니다. 그리고 부모님 그리고 동기간들 사랑하고 감사드립니다.

지난 50년 동안 자영업을 하면서 이웃한 주변 사장님들에게 감사합니다. 그대들과 이웃사촌으로 지내며 희로애락을 나누던 우정에 감사합니다.

나의 친구들이여! 막걸리 마시며 틈틈이 헛소리 나누던 친구들이여! 감사합니다. 그대들과 허튼소리 나누며 쌓은 우정이 다 삶의 원동력이었고 또 문학의 밑거름이었습니다. 고맙고 또 감사합니다.

— 2025년 8월, 문성배 올림

개야소야도

ⓒ 문성배

초판 1쇄 발행 2025년 9월 15일

지은이 문성배
편집 이현호
펴낸이 조동욱
펴낸곳 보이스프린트
만든곳 와이젤리
등록 제2020-000049호
주소 03057 서울시 종로구 계동2길 17-13(계동)
전화 (02) 744-8846
팩스 (02) 744-8847
이메일 aurmi@hanmail.net
블로그 http://blog.naver.com/ybooks
인스타그램 @domabaembooks

ISBN 979-11-987625-5-9 03810

＊책값은 뒤표지에 있습니다.
＊잘못 만들어진 책은 바꿔 드립니다.

＊'보이스프린트'는 '와이젤리' 출판사의 임프린트입니다.